가헌사

신기질사 전집

1

이 책은 (재)한국연구재단의 지원으로 학고방출판사에서 출간, 유통합니다.

한국연구재단
학술명저번역총서

동양편
623

稼軒詞

가헌사

신기질사 전집

신기질辛棄疾 저 / 서 성 역주

①

學古房

   내가 타이완臺灣에서 유학할 때, 연배가 나와 비슷한 노老학생을 사귀어 친하게 지냈다. 이 중국 친구와 함께 『시가강독』과목을 수강 했는데, 내가 모르는 것을 물어보면 친절하게 알려주곤 했다. 그는 고전시가古典詩歌에 해박한 지식과 실력을 가지고 있어서 내게 많은 도움을 주었다. 하루는 수업이 끝나서 우리 두 사람이 강의실에 남아 서 한담을 하다가, 이 친구가 "중국은 시가詩歌의 나라"라고 자랑스레 말했다. 내가 "그래, 그러면 중국 시가의 우수성을 자랑 좀 해보게"라 고 청했다. 그는 "중국의 시가는 주周(B.C1050-256)나라의 『시경』에서 연원하여, 변화와 발전을 거듭하면서 청淸(1616-1912)나라 말기까지 이어져 내려왔다. 시가의 역사가 유구하고 우수한 작품과 시인이 매 우 많다. 예를 들면, 『전당시』全唐詩에는 당시唐詩가 48,900여 수, 시 인 2,200여 명의 작품이 수록되어 있다. 중국어에는 사성四聲이 있어 서 음률의 조화가 아름답고, 또 다양한 압운을 사용하여 리듬감이 있는 시를 짓기에 편리하다. 또 표의表意문자인 한자漢字는 한 개의 글자에 여러 가지 의미를 내포하고 있고, 한 개의 짧은 시구詩句에 다의적多義的인 의미와 심상心象을 표현해낼 수 있다. 시구의 글자 수는 적지만, 함축된 감정과 의미는 깊고 풍부하다. 때문에 중국 고전시가를 감상하려면, 작품을 천천히 읽으면서 함축된 의미와 상징을 이해해야 한다."라고 강의하듯이 말했다. 간혹 내가 잘 이해하지 못할 듯싶으면, 필담을 해가면서 여러 가지를 설명해 주었다. 나는 그와 대화를 좀 더 계속하고 싶어서, "자네 말에 동의하네. 그러나 1919년에 5·4 신문화운동이 일어났을 때, 고전시가는 봉건시대의 문학이라고 폄하되고 배척받았지. 고전시가에는 옛날 사대부 문인들이 술잔을 기울이며 음풍농월吟風弄月한 작품이 많은데, 지금 시대에는 맞지 않고 현대인에게 감동을 주지 못한다고 생각되는데, 자네 생각은 어떤가?" 그는 내 말에 당치않다는 듯이 허허 웃으면서 말했다. "시詩는 마음속의 감정과 뜻을 말과 노래로 표현한 것이다. 치세治世의 시가詩歌는 화평하고 즐거우니, 정치는 어질고 바르고, 난세亂世의 노래는 원망과 분노가 가득하니, 정치가 포악하고, 망국의 노래는 슬프고 시름겨우니, 백성의 삶은 고달프다. 천지와 귀신을 감동시키는 데에는 시가보다 더 좋은 것이 없다. 어진 임금은 시가를 이용하여 인륜人倫을 돈독하게 하고, 백성을 잘 교화시키고, 풍속을 좋게 바꾼다." 이 말은 한漢나라 때의 『시경』「모시서」毛詩序에 있는 말이다. 시가는 시대의 정치, 도덕, 풍속 등과 밀접한 관계가 있으며, 그 시대를 반영한다는 시론詩論은 유가儒家의 전통적인 시론으로, 후세에 많은 영향을 주었다. 그는 "중국 고전시가에는 서정시가 많고 예술적 성취도 매우 높다. 그러나 희로애락의 개인적 감정을 노래한 순수 서정시도 있지만, 그 이면에는 정치적 우의寓意나 시대를 근심하는 우환의식憂患意識을 담은 작품도 많다. 고전시가를 감상하려면, 작품의 언외지의言外之意, 즉 함축된 뜻, 상징적 의미를 파악해야 한다. 그래야 작품의 진의眞義와 시적 미감美感을 음미할 수 있다."라고 역설했다. 그는 『시가강독』 교재를 펼쳐서, 이백李白, 두보杜甫, 신기질辛棄疾의 작품들을 예로 들어, 시구의 함축된 의미를 설명하면서 시적 감흥을 느끼도록 해주었다. 우리가 강의실을 나올 때, 저녁노을에 잠겨있는 교정의 풍경이 생각난다. 50년 전의 일이다.

왕국유王國維(1877-1927)는 『송원희곡고 서문』宋元戲曲考序에서 "각 시대에는 그 시대를 대표하는 문학이 있다. … 당대의 시詩, 송대의 사詞, 원대의 곡曲은 그 시대를 대표하는 문학이다."고 말했다. 그의 말처럼 각 시대에 따라 형식, 내용, 심미의식 등에서 새로운 문학 장르가 등장하여 한 시대를 풍미했다. 송대에는 사詞가 유행하여, 훌륭한 작가와 작품이 많이 나왔다. 때문에 중국 시가사詩歌史에서는 당·송 시대를 시가의 황금시기라고 한다. 중국의 일반 독자들이 고전시가를 읽는다면, 대부분 당시와 송사를 즐겨 읽는다.

사詞는 당나라 중·말기에 유행하기 시작했다. 처음에는 곡자사曲子詞라고 했는데, 노래로 부르는 노랫말이라는 뜻이다. 오대·북송 시기에는 연회에서 노래로 퍼졌고, 또 연회에서 문인들이 즉흥적으로 사를 지어 가녀에게 주어 부르게 하기도 하였다. 때문에 처음에는 연회의 흥을 돋우는 애상적이고 여성적 정서가 강했으나 소동파와 신기질에 이르러 남성적인 정서를 주입하여 사의 표현력이 넓어졌다. 특히 남송 후기부터 곡조가 실전되어 노래를 부를 수 없게 된 곡이 많게 되었다. 그러나 가사는 남아 있어서, 후세 문인들은 가사의 형식에 따라서 '사'詞를 창작하고, '사'를 읊조리기는 하지만 노래로 부르지는 않게 되었다. 때로는 음악에 정통한 문인이 스스로 작곡을 하고 '사'를 지어 노래 부르는 경우도 있으나, 이는 매우 드문 일이다.

사의 구절句節은 장단長短의 규칙이 있고, 평측平仄과 압운押韻의 방식에도 일정한 규칙이 있어서 시와는 형식이 다르다. 형식뿐만 아니라, 사의 심미적 내용이나 풍격이 시와는 다른 참신한 면이 있기 때문에, 송대의 문인들 사이에는 사의 창작이 유행했다. 예를 들면, 소식蘇軾은 사를 잘 지어서, 진정작陳廷焯(1853-1892)은 "동파東坡의 사詞는 시문詩文보다 더욱 우수하다."라는 평을 했다. 송사의 작가와 작품을 수록한 『전송사』全宋詞에는 작가 1,330여 명의 작품 약 2만여 수가 수록되어 있다.

　송사는 우리나라에도 전래하여, 『고려사』「악지」樂志에 소식蘇軾의 사가 수록되어 있다. 우리나라 문인들도 사를 창작하였으나, 시에 비해 작품 수는 많지 않다. 아마도 사의 형식이 복잡하고 까다로운 점이 많았기 때문일 것이다. 우리나라에서 번역된 중국고전시가 가운데, 시는 많이 번역되었으나 사는 번역이 드물었다. 그러나 중국 고전시가에서 사가 차지하는 중요성은 무시할 수 없으니, 서성 교수의 『가헌사』 번역은 매우 의미 있는 일이다.

　신기질辛棄疾은 문인이라고 하기보다는 무인武人, 애국지사, 지방관, 은자, 촌 늙은이 등 복합적인 인물형이다. 이는 그의 생애가 굴곡이 많고 다사다난했기 때문이다. 구양수歐陽修(1007-1072)는 "대체로 세상에 전하는 훌륭한 시는 옛날 곤궁한 처지에 처한 사람이 지은 것이 많다."蓋世所傳詩者, 多出于古窮人之辭也.—『梅聖兪詩集序』라고 했고, 조익趙翼(1727-1814)은 "국가의 불행은 시인의 행운이니, 격변하는 세상과 혼란한 시대를 읊은 시는 걸작이 된다."國家不幸詩家幸, 賦到滄桑便工.—『題元遺山集』라고 했다. 구양수와 조익의 말은 신기질의 생애와 작품의 특성을 나타내고 있다. 구양수와 조익의 말은 신기질의 생애와 작품의 특성을 나타내고 있다. 신기질의 629수에 달하는 작품은 일상의 생활 감정에서부터 시대를 걱정하는 우환의식憂患意識과 애국심 등 광범하고 다양하다. 특히 시대를 걱정하고 자신의 불우한 처지를 비분강개에 차서 읊은 작품에는 걸작이 많다.

"언외지의"言外之意 즉 작품의 함축된 의미와 상징은 시인이 작품을 창작할 때나 독자가 작품을 감상할 때나 매우 중요하다. 『가헌사』에는 수많은 전고典故의 사용, 암시, 상징 등의 수법이 사용되어서, 작품을 이해하고 감상하기가 쉽지 않다. 옮긴이 서성徐盛 교수는 자세한 주석과 해설을 통해서 어려운 작품을 쉽게 이해하고 감상할 수 있도록 많은 노력을 기울였다. 그러나 아직도 소루한 점이 있을 것이니, 앞으로 계속해서 보완되리라 믿는다.

서성 교수는 이제까지 어려운 환경 속에서도 중국 고전시가의 연구와 번역 작업을 꾸준히 해왔다. 일반 독자들을 위해 『한 권으로 읽는 정통 중국문화』, 『삼국지, 그림으로 만나다』, 『한시, 역사가 된 노래』 등 재미있는 읽을거리를 저술했고, 『양한 시집』, 『당시별재집』, 『대력십재자 시선』 등의 중국고전시가의 번역서를 내놓았다. "곤궁과 역경 속에서 진짜 실력이 나온다. 진짜 실력을 발휘하는 사람이 존경스러운 사람이다."라는 말이 있다. 『가헌사』의 완역을 축하한다.

2019년 8월 30일
裳岩山房에서 이동향

　　미술대학을 졸업하고 중문학과 3학년에 편입한 것은 이백李白 시
를 읽고 싶어서였다. 편입학한 첫 학기에 초급중국어와 중급중국어
를 함께 배우면서 동시에 〈중국역대시가강독〉中國歷代詩歌講讀 과목
에서 이동향李東鄉 선생님으로부터 『당시삼백수』唐詩三百首를 교재로
당시를 배운 게 기억난다. 첫 시간에 소개해주신 스무 글자로 된 이
백의 「경정산에 홀로 앉아」獨坐敬亭山까지도. 새와 구름과 산. 단순한
물상과 간결한 언어 속에 고독하고 드높은 정신을 오롯이 새겨둔 이
백의 절구에 매료되어 정말이지 중국고전시를 본격적으로 공부하게
되었구나 하는 생각에 가슴이 벅찼다. 그때부터 올해까지 꼭 30년이
되었으니 어찌 보면 그동안의 중문학 공부는 『가헌사』稼軒詞를 번역
하기 위해서였는지도 모른다.

　　고전시를 번역해야겠다는 생각에는 두 가지 동기가 있었다. 첫 번
째 동기는 대학원 도서관에서 일역본 『두보전시집』杜甫全詩集과 『이
태백시가전해』李太白詩歌全解를 보았기 때문이다. 그중 『두보전시집』
일역본은 1931년에 영목호웅鈴木虎雄이 완성하였다. 한편으로 부러
우면서 다른 한편으로 한국어 역본도 있었으면 좋겠다고 생각했다.
두 번째 동기는 이동향 선생님께서 번역의 중요성을 꾸준히 강조하

섰기 때문이다. 석사 과정 때 〈중국사연구〉中國詞研究 과목에서도 번역 과제로 사 문학의 잡기 어려운 신운神韻을 이해하도록 해주셨다. 뿐만 아니라 선생님께서 당신의 연구실에서 수업과 별도로『한위육조시삼백수』漢魏六朝詩三百首 윤독회를 열어주셨다. 나는 유학 가느라고 몇 번 참가하지 못했지만 그때 서관西館에 있던 선생님의 연구실 분위기가 아직도 기억에 생생하다. 그러한 동기와 기회들이『가헌사』를 번역하는 연기緣起가 되었다.

중국 고전시를 읽으면서도 언제나 사詞의 독특한 미감에 마음이 끌렸지만 오랫동안 본격적으로 읽지 못했다. 사실 사는 시보다 미묘한 점들이 더 많다. 문학 전통 속의 아어雅語와 일상의 속어俗語가 뒤섞이고, 구어가 많고, 도치는 예사이고, 전후 맥락이 여러 구에 걸쳐 있는 경우도 많다. 비유의 폭이 넓고 정감의 운용이 민감하다 보니 적절한 번역어를 찾아내기가 힘든 점도 있다. 더구나 음악 없이 가사만 남은 상태에서 생생하고 탄력적이었을 정감의 수위를 되살려야 하니 더욱 어려웠다.

『가헌사』 번역이 한국연구재단의 '명저번역지원 사업'에 선정된후, 중간평가와 결과평가에서 심사위원들로부터 유익한 의견을 많이 받았다. 그러한 의견을 반영하고 원고를 수정하고 나서도 여전히 미흡한 느낌을 떨칠 수 없었는데 정작 어디가 부족한지 알 수 없었다. 그런 원고를 이동향 선생님께 드리니 선생님께서 "내가 안 봐도 잘 했겠지. 내 시간 나면 볼게." 그러셨다. 그렇게 말씀하셨기 때문에 원고를 봐주실 줄 미처 생각지 못했는데, 몇 달 후 선생님께서 첫 번째 분권을 돌려주셨다. 거기에는 일일이 첨삭하거나 의견을 달아 놓으신 메모가 가득했다. 사실 선생님께서 신기질辛棄疾 사를 연구하시고『가헌신기질사연구』稼軒辛棄疾詞硏究를 내셨으니 선생님이야말로『가헌사』번역에 적임자이실 것이다. 내가 부족한 능력으로 번역하겠다고 나섰으니 도처에서 한계에 부딪칠 수밖에 없었다. 번역 원고를 세 권으로 분권하여 만들어 드렸는데 한 권씩 차례로 보시고 끝날 때마다 일산의 집으로 부쳐주셨다. 두 번째 분권을 보내주실 땐 다음과 같은 소감을 함께 붙이셨다. "어려운『가헌사』를 번역하고 주석, 해설을 하느라고 수고 많았네. 내가 총총히 작품 번역만 보았고, 주석, 해설은 살펴보지 못했으나, 큰 문제는 없는 것 같네. 내가 교정한 것은 모두 믿을 만하지 않으니, 자네가 참고하기 바라고, 추후에 만나서 의견을 교환하면 좋겠네. 나머지도 시간 나는 대로 교정 볼 것이네. 2018년 3월 21일."

세 번째 분권을 보내주실 땐 다음과 같은 글을 함께 보내주셨다. "인생이 원래 총총한 것인데, 사노라면 잡다한 일로 더욱 총총한 때가 있지.『가헌사』는 서 선생이 많은 공을 들여 번역한 것인데, 전체적으로 보면 훌륭한데… 가끔 疏漏(소루)한 곳도 보이는데, 모두 총총한 때문이지. 나는 요즘 여러 가지 일로 바빠서 여유를 가지고 봐주지 못해 미안. 내가 교정본 것은 참고자료일 뿐, 최종 판단은 서 선생이 하도록. 그리고 내가 교정본 것은 후에 나에게 반환해 주면, 한가할 때, 다시 보면서 좀 더 보충할 수 있을 것 같네. 이만 총총. 2018년 4월 13일."

선생님 말씀은 전체적인 모양은 갖추었을지 몰라도 부족한 부분도 많고 세부적으로 치밀하지 못하다는 아쉬움이자 격려였다. 신기질이 내 마음속에 습관이 되어 있음을 단번에 깨닫게 해주셨다. 그것은 내가 잘못 보았거나 미처 보지 못한 부분을 일일이 지적해주신 수많은 메모에서 그대로 드러났다. 선생님은 한 구 한 구를 허투루 보는 법이 없었다. 그것은 선생님께서 평생 지니신 태도이자 공부의 정수精髓이어서, 내가 『가헌사』를 번역하지 않았으면 결코 배우지 못할 귀중한 공부이기도 했다. 이들을 반영하여 비로소 원고를 출판사에 보냈다.

올 연초에 출판사에서 교정쇄가 나왔다고 말씀드리자 선생님께서 당신의 일인 듯 매우 기뻐하셨다. 그래서 발췌해서 200쪽을 보내드렸는데, 한 달 후 되돌려 보내주신 교정쇄를 받아 보니 수정해주신 부분이 이전 못지않게 많았다. 그래서 나머지도 한 묶음씩 드리다 보니 다시 반년의 시간이 걸렸다. 이번에는 주석과 해설은 물론 원문까지도 보아주셨다. 결국 선생님이 두 번에 걸쳐 각각 반년씩 자세히 고쳐주신 것이다. 사실 나는 결과보고서도 제출했고, 번역지원비도 받았고, 실적의 하나로 이제 출판사에 넘길 생각만 하고 있었다. 그런 마음이었으니 어찌 깊은 맥락을 읽을 수 있겠는가. 그러나 선생님은 다르셨다. 올해 여든으로 일이 많으신 데도 불구하고, 아무런 사심 없이 작품을 마주하고 한 수 한 수 정면으로 마주하고 읽어나가셨다. 선생님의 인생과 신기질의 인생이 만난 것이 아니었을까, 나는 수정해주신 원고를 보며 그런 생각이 들었다.

이러한 경과로 이 번역사집飜譯詞集이 좀 다른 의미를 갖는다고 본다. 먼저 나의 부족함을 선생님께서 많이 지워주셨으니 고맙기 이를 데 없다. 선생님이 계셔서 비로소 신기질을 읽을 수 있게 되었으니 천만 다행한 일이자 행복한 일이다. 이렇게 팔백 년의 시공을 두고 신기질과 선생님은 깊은 정감情感을 나누고 무한한 풍운風韻을 이야기하셨다. 나의 작업은 두 분의 대화와 향기를 담아 정리한 데 불과

하다. 물론 책 속에 부족한 부분이 있다면 그것은 모두 나의 몫이다. 그동안의 공부에 많은 가르침을 주신 이동향 선생님께 깊이 감사드린다.

2019년 8월

가헌사稼軒詞 권1

17

일러두기

1. 이 책은 1993년 상해고적출판사(上海古籍出版社)에서 펴낸 『가헌사』(稼軒詞)를 저본으로 하여 번역하였다.

2. 시 원문은 위의 판본에서 등광명(鄧廣銘)이 교감한 결과를 따랐으며, '□'로 되어 있는 부분은 원문에서 결락된 부분으로 역시 위의 책을 따랐다.

3. 모든 작품은 먼저 번역문을 제시하고 원문을 싣는 방식으로 축구(逐句) 번역하였다. 주석은 각주로 처리하였으며, 각 작품 끝에 번역자가 작품 이해에 필요한 간단한 '해설'을 달았다.

4. 한자가 필요한 경우는 우리말 독음 뒤에 한자를 넣었으며, 이름과 지명 등 고유명사의 독음은 대부분 한국 한자음으로 달았다. 주요한 지명은 필요한 경우 괄호 안에 현재의 지명을 적었다.

5. 책의 앞머리에 신기질과 그의 작품에 대한 역자의 해설을 실었고, 참고 지도를 끼웠으며, 책 뒤에 작품 제목 찾기를 부록으로 붙였다.

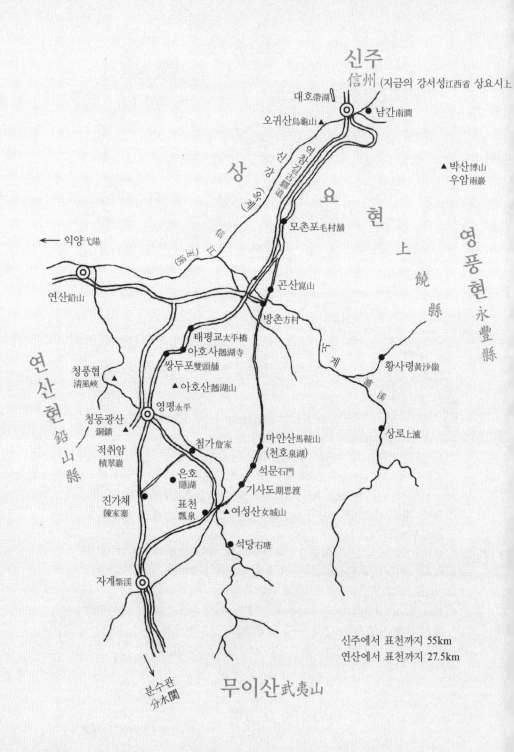

신주
信州 (지금의 강서성江西省 상요시上)

대호帶湖

오귀산烏龜山 ▲

남간南澗

▲ 박산博山
우암雨巖

상

요
현
上
饒
縣

영
풍
현
永
豐
縣

← 익양弋陽

연산鉛山

모촌포毛村舖

곤산崑山

방촌方村

황사령黃沙嶺

태평교太平橋

아호사鵝湖寺

쌍두포雙頭舖

▲ 아호산鵝湖山

청풍협
淸風峽 ▲

청동광산
銅鑛 ▲

영평永平

상로上瀘

연
산
현
鉛
山
縣

적취암
積翠巖

첨가詹家

마안산馬鞍山
(천호泉湖)

석문石門

은호
隱湖

기사도期思渡

진가채
陳家寨

표천
瓢泉

▲ 여성산女城山

석당石塘

자계紫溪

신주에서 표천까지 55km
연산에서 표천까지 27.5km

분수관
分水關

무이산武夷山

『가헌사』稼軒詞는 남송 시대 신기질辛棄疾(1140~1207)의 사 전집으로 모두 629수를 싣고 있다. 신기질은 소식蘇軾(1037~1101)과 더불어 호방사豪放詞를 대표하여 '소신'蘇辛이라 병칭되며, '사 가운데 용'詞中之龍이라 칭해지기도 한다. 또 그의 작품은 '영웅의 사'英雄之詞라 불리기도 한다. 이러한 명명은 모두 신기질이 다른 사인詞人들과 뚜렷이 구별되며, 그의 사詞에 웅건한 미학이 있음을 말해주고 있다. 지은이 신기질과 그의 『가헌사』에 대해 간략히 해설한다.

신기질의 생애

신기질의 『가헌사』를 이해하기 위해선 그의 삶을 이해할 필요가 있다. 다른 어떤 작가보다 신기질의 작품은 그의 인생 경력과 긴밀하게 연관되어 있다. 다시 말해 신기질은 시종일관 자신의 삶과 생명을 사로 써 냈다고 할 수 있다. 그의 행적과 생활은 물론, 그의 가치와 심미까지도 인생을 떠나서 이야기하기 어렵다.

신기질은 역성歷城(지금의 산동 제남) 사람으로, 자字는 탄부坦夫 또는 유안幼安이며, 호는 가헌거사稼軒居士이다. 신기질이 태어나기 13년 전(1127년) 북송이 금나라에 의해 정강지변靖康之難으로 멸망하였기 때문에 금나라에서 태어난 셈이다. 조부 신찬辛贊은 대가족의 생계에 대한 책임으로 개봉부 지부知府를 지냈는데, 그의 훈도로 어렸을 때부터 신기질은 역사와 현실을 알게 되었고, 계리計吏를 따라 수도 북경에 두 번이나 가면서 역사와 민족의 상황을 더 깊이 알게 되었다. 그가 22세 되던 1161년 금나라 황제 완안량完顔亮(1122~1161)이 남송을 치러 내려가던 중 장강 북안의 과주瓜洲에서 피살되자, 이러한 혼란을 이용하여 중원에서 항금抗金 무장 봉기가 일어났고, 신기질도 제남濟南에서 의병 2천명을 모아 경경耿京(1130?~1162)의 봉기군에 가담하고 그의 장서기掌書記가 되었다. 평소 남송과의 연합을 주장하던 그는 경경의 승낙을 받아 1162년(23세) 군사를 이끌고 남송으로 내려가 건강建康(지금의 남경)에서 고종高宗(1107~1187)을 알현하고 북방의 형세를 보고하였다. 이후 산동으로 돌아가던 도중 경경의 수하 장안국張安國(?~1162)이 배반하여 경경을 죽이고 금나라에 투항했다는 소식을 듣게 되었다. 신기질은 50여 기병만 데리고 내달려가 금나라 5만 부중을 상대로 싸우고 장안국을 생포하여 건강으로 내려갔다. 이때의 일을 그는 「자고천 ─청년 때 깃발 들고 용사 만 명 이끌고」에서 다음과 같이 노래하였다.

> 청년 때 깃발 들고 용사 만 명 이끌고
> 비단 적삼에 돌격 기병으로 장강을 처음 건넜지.
> 북방의 군사는 밤에 은호록銀胡䩮을 정돈하고
> 한나라 화살은 아침에 금복고金僕姑를 날렸지.
> 壯歲旌旗擁萬夫, 錦襜突騎渡江初. 燕兵夜娗銀胡䩮, 漢箭朝飛金僕姑.

23세 때 비범한 담력과 기백으로 이루었던 이러한 쌍방 교전에서 올린 혁혁한 성과와 고종을 알현한 경력은 그의 인생의 의의와 지향을 잘 보여준다. 청년 신기질은 북송과 남송 교체기의 현실을 자각하고, 금나라에 빼앗긴 북방의 고향 땅을 찾으려는 이상을 가진, 군사적 지휘 능력도 뛰어난 적극적인 인물이었다. 그가 당시의 형세를 분석하여 대응책으로 효종孝宗(1127~1194)에게 올린 「미근십론」美芹十論과 재상 우윤문虞允文(1110~1174)에게 올린 「구의」九議를 보면 정치, 군사, 경제, 지리, 전쟁에 대한 형세를 자세하게 분석하고 있어, 책략과 담력에도 뛰어났음을 알 수 있다. 그러나 남송의 위정자들은 주화파가 주도하면서 자신의 재산과 지위를 유지하는데 급급하여 현상을 유지하려고만 하였고, 신기질과 같은 주전파는 오히려 그들의 견제를 받아야 했다. 신기질은 지방의 관직에 있으면서도 자주 전직轉職 명령을 받았고 때로 탄핵을 당해 남송에서 생활한 약 40년 동안 약 20년은 면직 상태로 살아야 했다.

그의 남송에서의 생활은 세 번의 출사와 세 번의 은거로 요약된다. 그 대략을 보이면 아래와 같다.

1162년(23세) ~ 1181년(42세) : 첫 번째 관직 생활
1182년(43세) ~ 1192년(53세) : 대호帶湖 및 표천瓢泉 한거 시기
1192년(53세) ~ 1194년(55세) : 두 번째 관직 생활(복건)
1194년(55세) ~ 1202년(63세) : 표천 한거 시기
1203년(64세) ~ 1204년(65세) : 세 번째 관직 생활(절강)
1204년(65세) ~ 1207년(68세) : 표천 퇴거 시기

관직 생활 중에도 자주 전직하였던 것은 주화파들이 신기질을 경계하였기 때문이다. 또 중간중간 조정에서 탄핵을 가하여 은거 아닌 은거를 하게 되었다. 때문에 그의 인생에서 여러 지역을 다니게 되었고, 이러한 고충을 "두 해 동안 초 땅의 산천을 두루 편력하였노라"二年歷遍楚山川라고 하는가 하면, "온갖 군현 다녔기에 수레 오르기 겁이 나고,

천 리 멀리 물건을 말에 실어 옮겼지."百郡怯登車, 千里輸流馬. 라는 토로에서 쉽게 알 수 있다.

신기질은 행정에도 뛰어났음은 그의 치적에서 드러난다. 그가 저주滁州 지주로 부임하였을 때(33세) 저주는 금나라와 국경이 가까운 곳으로 백성들은 이산되거나 달아났고 상업은 피폐하였다. 신기질은 세금을 감면하고, 민병을 훈련하고, 둔전제를 실시하고, 유민을 소집하고, 이들을 안정시켰으며, 상인의 세금도 줄여주었다. 2년이 되지 않아 저주의 모습은 완전히 새롭게 달라졌다. 이러한 점을 보면 신기질은 행정에도 유능했음을 알 수 있다.

신기질이 1175년 7월 강서 제점형옥으로 전임(36세)된지 두 달 후인 9월 차상군茶商軍이 경내로 들어왔기에 이를 무력으로 진압하였다. 차상군은 상인을 중심으로 하여 일어난 무장 세력이었다. 신기질의 직책인 제점형옥은 한대의 시어사에 해당하며, 남송 때는 로路 단위에 설치되어 있는 사법관이었으므로 무장 상인을 진압하는 것은 그의 임무이기도 했다. 그는 공주贛州 태수 진천린陳天麟(1116~1177)과 함께 차상군을 진압하였다. 사건을 종결시킨 다음 효종에게 올린 「논도적차자」論盜賊箚子에서 신기질은 차상군 사건의 근본적인 원인을 서술하였다. 즉 차상군이 도적이 된 것은 관리들이 무거운 세금을 물렸기 때문이라는 것이다. 차상군이 고충을 호소해도 탐관오리들이 오히려 핍박하고 현이나 주에서 방관하였기 때문에 호소할 곳이 없고 의지할만한 공정한 법률도 없기에 백성들은 어쩔 수 없이 강도가 될 수밖에 없다고 분석했다. 백성은 나라의 근본인데 탐관들이 백성을 내모니 그들은 도적이 될 수밖에 없다는 것이다. 때문에 그 해결책이란 조정에서 군사를 파견하여 그들을 죽이는 데에 있는 것이 아니라 근본적인 부분, 즉 탐관

오리를 징치하여 백성을 핍박하지 않는 데에 있다고 하였다. 이처럼 지방 관리를 비판하니, 관리들은 신기질을 경계할 수밖에 없었다.

실제 신기질은 재직 중에 여러 방면으로 견제를 받았다. 예컨대 호남 안무사로 재직하고 있을 때(40세) 비호군飛虎軍을 조직하여 훈련시키니 누군가가 비용을 낭비한다고 밀고하여 저지당했다. 양절서로 제점형옥으로 재직하고 있을 때(42세) 흉년이 들자 매점매석을 단속하여 기근에서 벗어나고 이웃 신주信州까지 도와주자 "사람을 초개처럼 죽이고, 돈을 모래처럼 쓴다"殺人如草芥, 用錢如泥沙는 이유로 탄핵을 받아 파직되었다. 이 첫 번째 파면으로 십 년 동안 신주 대호帶湖에서 한거하였다. 이후 복건 안무사가 되었을 때(54세) 해방海防이 필요하여 '비안고'備安庫를 세우고 갑옷 1만 장을 만들자 또 누군가 "잔혹하고 탐욕스럽다"殘酷貪饕는 이유로 탄핵하여 파직되었다. 두 번째 파면으로 다시 8년의 한거 생활을 해야 했다. 세 번째 출사는 한차주의 북벌 정책으로 발탁되었기에 기대가 컸지만, 진정한 북벌이 아니라 한차주韓侂胄 개인의 세력 확대를 위한 것임을 알고서는 실망하여 귀향하였다. 이때는 이미 만년이 되었다.

이러한 부침 속에서도 부단히 작품을 쓴 신기질은 1207년(68세) 죽기까지 사 629수를 비롯하여 시 145수, 문장 17편을 남겼다. 이렇게 보면 신기질은 원래 무인武人이었고, 지방관으로 있을 때도 군사 방면에 힘을 기울였고, 만년에 이르기까지 중원을 회복할 이상을 품고 있었다. 그러나 북방에서 내려왔다는 이유로 남인南人의 견제를 받아야 했고 주화파의 반복되는 공격을 받아 그의 능력과 기대는 현실에서 이루지 못했다. 그의 이상은 이루어지지 못했으니 결국 정치적인 면에서 성공하지 못했다고 할 수 있다. 그러나 그는 시와 사를 좋아하였고, 특히 사를 쉬지 않고 공들여 창작함으로써 자신의 이상과 좌절, 분노와 기대를 노래 속에 각화하였다. 그 결과 송대 어느 사인보다도 많은 사를 남겼고, 제재를 확장하였고, 호방사 풍격을 개척하였고, 높은 수준을 이루어 문학가로 성공하였다. 그는 문학가가 되려 하지도, 유명한 문인을 꿈꾸지도 않았다. 다만 그의 이상과 기대, 울분과 좌절을 사로 남겼다. 억압하는 현실에 맞서 그의 분발하는 이상은 격렬하게 대립하면서 신기질은 자신의 정감과 지향을 성공적으로 형상화하였다. 그리하여 중국 문인 가운데 일가를 이룬 뛰어난 작가로 남게 되었다.

『가헌사』의 성립 과정

신기질의 사는 그의 생전에 제자 범개范開가 『가헌사』稼軒詞를 편찬하면서 정리되기 시작하였다. 1203년 생전에 간행된 4권본『가헌사』는 만년의 작품을 제외한 427수를 수록하였다. 이후 1299년 원대에 간행된 12권본(일명 信州本) 『가헌장단구』稼軒長短句는 572수를 수록하였다. 현대에 들어와 등광명鄧廣銘(1907~1998)은 역대로 전해오는 여러 사집詞集을 교감함은 물론 『영락대전』永樂大典, 『청파별지』淸波別志, 『초당시여』草堂詩餘 등에 실린 작품들까지 광범위하게 수집하고, 공범례孔凡禮(1923~2010)의 『전송사보집』全宋詞補輯까지 반영하여 총 629수를 정리하여 『가헌사편년전주』稼軒詞編年箋注를 펴냈다.

특히 등광명의 『가헌사편년전주』는 1950년대에 처음 나온 이래, 장기간의 교감과 치밀한 고증을 거치고, 가치 있는 다량의 자료를 보충하여 개정하였기에, 학술적으로 가장 높은 수준으로 완성된 결정판으로 간주된다. 또 이 책은 비록 편년의 형식으로 사 작품을 배열하고 있지만, 일정한 기간에 지어졌다고 판단되는 작품은 명확한 연도를 부여하는 대신에 전후 관계에서 판단할 수 있도록 적절히 끼워두는 방식으로 나열하여, 신기질 사의 전모를 그의 생애와 연결하여 비교적 총체적으로 파악할 수 있게 하였다. 현재 가장 많이 통용되는 판본은 1993년 상해고적출판사上海古籍出版社에서 간행된 등광명의 『가헌사편년전주』이다.

호방사豪放詞

신기질의 『가헌사』를 규정하는 가장 대표적인 말은 '호방사'豪放詞이다. '호방'이란 말은 시문의 풍격을 평가하는 용어로, 당대 말기 사공도司空圖(837~908)부터 사용되었고, 송대에 들어서도 구양수歐陽修(1007~1072), 왕안석王安石(1021~1086), 소식蘇軾(1037~1101), 소철蘇轍(1039~1112) 등이 사용하였다. 일반적으로 기상이 드넓고 구속 없이 자유로운 심경을 드러낸 작품을 가리킨다. 이를 '사'의 영역에서 하나의 경향으로 인식한 것은 소식 때의 일화가 잘 말해준다. 소식이 옥당에 재직하고 있을 때 한번은 노래를 잘 부르는 궁정의 호위무사에게 물었다. "나의 사를 유영柳永(약984~약1053)의 사와 비교하면 어떻소?" 궁정의 무사가 대답했다. "유영의 사는 열일곱여덟 살 여자아이가 홍아박을 들고 박자를 두드리며 '버들 늘어진 언덕에 새벽바람과 스러지는 달'을 노래하기 좋지만, 학사(소식)의 사는 관서 지방의 사나이가 철판을 들고 '장강이 동으로 흘러가며'를 노래하여야 할 것이오."柳郞中詞, 只合十七八女孩兒執紅牙拍板, 唱楊柳岸曉風殘月. 學士詞, 須關西大漢, 執鐵板, 唱大江東去. 이 말을 보면 벌써 여성적 리리시즘과 남성적 호방함이 뚜렷이 대비되었음을 알 수 있다. 남송 말기의 장염

張炎(1248~약1320)은 전통적인 '아사'雅詞에 대비하여 처음으로 소식蘇軾과 신기질을 '호방불기지어'豪放不羈之語라 하여 호방파로 인식하였다. '아사'는 곧 '완약사'婉約詞를 말하니, 사의 가장 주요한 두 가지 풍격은 완약사와 호방사라 할 수 있다.

사실 수당 교체기의 민간 곡자사民間曲子詞부터 시작된 사는 그 주된 정서가 기려향염綺麗香艶하고 완약유미婉約柔媚한 것이었다. 그것은 사가 술자리와 연회 자리에서 "비췻빛 아미를 가벼이 찡그리고 흰 이를 드러내며" "때로 섬섬옥수를 들어 붉은 얼굴 가린" 미인이 노래하는 가사였기 때문이었다. 만당 오대 때의 온정균溫庭筠(약812~약866), 위장韋莊(약836~약910), 풍연사馮延巳(903~960), 이욱李煜(937~978)의 사가 모두 이 범주에 든다고 할 수 있다. 비록 위장과 이욱이 전통 시詩의 정서를 끌어와 인생의 감개를 추가했다고 해도 소령小令에 리리시즘의 범주에서 벗어나지 않았다. 이러한 추세는 북송 때 계속되다가 유영柳永(약984~약1053)이 '늘어놓기'鋪張 수법으로 장조長調로 편폭을 늘이고 통속적인 구어와 속어를 사용하여 대중의 정감을 수용하면서 본격적으로 사의 모습이 변모하게 되었다. 이후 소식蘇軾(1037~1101)이 시의 요소를 끌어오고 호방한 감정을 나타내어 사의 표현영역을 넓히고, 진관秦觀(1049~1100)이 추상적 정감과 구상적 경물을 민감하게 결합시키고, 주방언周邦彦(1057~1121)이 부賦의 요소를 끌어와 서사적인 장면을 수용하면서 더욱 탄력 있는 장르가 되었다. 북송 때까지의 이러한 과정을 보면 전체적으로 완약한 정서 속에 범중엄范仲淹(989~1052)과 소식 등 소수만이 호방사를 쓴 것을 알 수 있다. 그러나 소식이 쓴 호방사는 수량이 적어 그 영향은 크지 않았다.

북송이 망하고 남방에 남송이 들어서면서 나라의 흥망과 현실의 문제가 일차적인 문제로 떠올랐다. 사에 있어서도 향염香艷하고 부려富麗한 여성적 정서 대신 웅건하고 격앙된 남성적 정조가 주조를 이루게 되었다. 남송 초기의 섭몽득葉夢得(1077~1148), 진여의陳與義(1090~1138), 장원간張元幹(1091~약1161), 장효상張孝祥(1132~1170), 육유陸游(1125~1210), 신기질, 진량陳亮(1143~1194), 유극장劉克莊(1187~1269) 등이 지은 작품들이 이러한 웅건하고 격앙된 목소리를 내었다. 이들 가운데 신기질이 이들 호방사 작가들의 대표라 할 수 있다. 호방사는 시야가 넓고, 기상이 웅장하고, 시문의 수법을 사용하고, 어휘가 다양하고, 전고 사용이 많은 편이다. 대신 음률에 소홀한 편이고 곧잘 거칠고 직설적이다. 때문에 문학이 요구하는 함축성이 부족한 점이 자주 지적되는데, 신기질만이 전무후무하게 이러한 단점을 극복하여 깊은 문학적 공간을 만들어내었다.

사실 송대는 당대에 비해 전반적으로 문학적 정서가 우미優美한 경향을 보였다. 그중에서도 송사는 장르적 특성 때문에 '완약'婉約, 즉 우아함과 감상感傷을 위주로 하여 더욱 아정雅正하고 향락적인 경향이 강하였다. "그림 그려진 병풍에서 황금 자고새 나는"畵屛金鷓鴣 실내에서 미인이 "게으르게 일어나 아미를 그리고"懶畵蛾眉, 정인을 만나 '비단 허리띠'羅帶와 '향낭'香囊을 풀어 정을 보이고, 배 타고 떠난 정인이 '새벽바람에 스러지는 달'曉風殘月 아래 어느 언덕에서 깨어나는지 그리워하였다. 그러나 시대는 변하여 이제는 남도南渡한 국가 현실과 시대의 고민에 직면하여 야성과 힘을 요구하였고, 양강陽剛과 기세氣勢를 미감으로 하는 새로운 문학을 추구하였다. 고종의 중흥 정책에 호응하여 국가주의는 모든 문화 영역에 스며들었다. 애국시愛國詩와 애국사愛國詞는 문단을 주도하여 충분忠憤을 호소하고,

장대한 포부를 토하고, 뜨거운 열정을 말하였다.

　신기질의 작품 역시 가슴 속의 말을 그대로 옮겨 놓은 듯하고 '허
공을 울리는 강경한 의론'硬語盤空을 내뱉었다. 그의 사에서는 자연의
모습도 의지를 가진 듯 힘이 충만하다. 자연을 역동적으로 묘사한
대목을 찾아보자.

　　　청산도 고상한 그대와 이야기하고 싶어
　　　수만 마리 말처럼 나란히 달려오누나.
　　　青山欲共高人語. 聯翩萬馬來無數
　　　　　　　　　　　「보살만 ―청산도 고상한 그대와 이야기하고 싶어」

　　　첩첩한 산봉우리는 서쪽으로 달리다가
　　　만 마리 말이 돌아오는 기세로
　　　산들이 동으로 달려가려한다.
　　　疊嶂西馳, 萬馬回旋, 衆山欲東.
　　　　　　　　　　　「심원춘 ―첩첩한 봉우리는 서쪽으로 달리다가」

　　　바람과 파도는 마치 삼협과 같고
　　　삐쭉빼쭉한 봉우리들은 검과 창 같구나.
　　　似三峽風濤, 嵯峨劍戟.
　　　　　　　　　　　「서학선 ―돛배는 어찌 그리 빠른가?」

　　　푸른 강은 마주보는 양쪽 산에 막혀
　　　이 높은 쌍계루 앞을 지날 때
　　　나는 듯한 빠른 물살이 느려진다.
　　　峽束蒼江對起, 過危樓欲飛還斂.
　　　　　　　　　　　「수룡음 ―머리 들어 서북쪽의 구름을 바라보니」

문밖엔 수많은 송백이 울창한데
모두 오래된 수염을 늘어뜨린 당당한 팔척장신이라네.
門外蒼官千百輩, 盡堂堂八尺鬚髯古.
「하신랑 一양미간엔 뛰어난 기상이 준수하구나」

바라보니 하늘 가득 날아드는 갈매기와 해오라기
삽시간에 땅을 울리는 북소리.
강을 가로질러 산으로 내닫는 갑옷과 전포 입은 병사들
치열한 전투에 비휴 같은 군사들 후퇴하지 않는다.
望飛來半空鷗鷺, 須臾動地鼙鼓. 截江組練驅山去, 鏖戰未收貔虎.
「모어아 一바라보니 하늘 가득 날아드는 갈매기와 해오라기」

꽃을 마주하니 무엇과 같은가?
마치 오나라 궁중의 총희들이
비췻빛 치마와 붉은 저고리 입고 진陣을 친 듯하구나.
對花何似? 似吳宮初敎, 翠圍紅陣.
「염노교 一꽃을 마주하니 무엇과 같은가?」

위에서 보듯 그의 사에서 산은 말처럼 내달리거나 아니면 창검처
럼 높이 솟아 있다. 소나무도 수염을 늘어뜨린 팔척장신들이고, 조수
와 파도는 북소리에 갑옷 입고 내달리는 군사들 같다. 마주보는 모란
꽃들마저 마치 군복입고 훈련하는 궁녀들과 같다.
호방사는 소식으로부터 시작하여 신기질에 절정을 이루었기에 종
종 두 사람을 비교하는 경우가 많다. 호방사는 시적 요소를 많이 끌어
들였기에 극기적克己的인 정조가 강하고, 언어의 운용에서도 더욱 자
유롭다. 때문에 전통 시의 특징에 사의 자유로운 언어 운용이 결합되
어 더욱 드넓은 표현 공간을 갖게 되었다. 같은 언지言志와 기세라

하더라도 소식이 주로 도가적 광달曠達을 위주로 했다면 신기질은 유가적 용세用世의 뜻을 위주로 드러내어 노래하였다. 물론 소식에게도 천하를 자신의 일로 여기는 유가의 용세用世 의지가 있지만 그것은 물외에 초연한 도가의 방달한 심회에 비해 덜 집중적이고 또 여력으로 제작되었지, 신기질처럼 주도적이지도 않고 전면적으로 제시되지도 않았다. 신기질이야말로 자신의 이상과 지향, 흉금과 포부를 사의 장르적 특성이 지닌 다양한 방법으로 드러내었다. 왕국유王國維(1877~1927)가 『인간사화』人間詞話에서 "소식의 사는 광달하고, 신기질의 사는 호기롭다."東坡之詞曠, 稼軒之詞豪.고 한 점은 이를 가리킨다.

신기질의 사는 '생기'生氣가 많고 외향적이다. 신기질 자신이 무인 출신으로 외향적인 기운을 가지고 있었기 때문이다. 육유陸游는 "그대 보게나, 신기질의 기운은 호랑이와 같고"君看幼安氣如虎라 했으며, 사방득謝枋得(1226~1289)도 "신기질에게는 영웅의 재능, 충의의 마음, 굳세고 큰 기운이 있다."公有英雄之才, 忠義之心, 剛大之氣.고 하였다. 황간黃榦(1152~1221)은 신기질에게 보내는 편지에서 "과감하고 용맹한 자질에 굳세고 큰 기운은 진실로 일세의 영웅이오."以果毅之資, 剛大之氣, 眞一世之雄也.라 했다. 그의 작품은 그의 기질에서 나왔다고 보는 관점은 보편적이어서, 신기질의 제자인 범개范開(12세기)는 「가헌사 서문」에서 그의 사는 "기가 충만하고 감정이 축적된 데서 나온 것이어서 사가 절로 그리 되지 않을 수 없기 때문이다."其氣之所充, 蓄之所發, 詞自不能不爾也.고 하였다. 이렇게 보면 신기질의 작품은 그의 굳센 기운의 발로라 할 수 있다.

신기질의 호방사의 대표작을 들면 「수룡음 —머리 들어 서북쪽의 구름을 바라보니」, 「파진자 —취하여 등 심지 돋우고 검을 바라보니」, 「수조가두 —해와 달은 우주의 맷돌 위를 기어가는 개미와 같고」, 「영우락 —천고의 강산」, 「수조가두 —해 떨어지는 변경에 먼지 일어나니」, 「만강홍 —신풍의 지친 나그네」 등이다.

남조에 대한 역사적 기시감

신기질의 『가헌사』에 보이는 호방사는 많은 경우 현실에 대한 비극적인 인식에서 비롯되었다. 그는 북에서 남으로 내려온 남송의 형세에서 종종 남북조 시대에 북조와 대치하던 남조南朝의 상황이 현실에서 재연되는 역사적 기시감旣視感을 가졌고, 이를 경계하는 현실적 책임감에서 강남에서 편안偏安 정국을 유지하며 살아가는 완고한 보수 세력과 격투를 벌여야 했다. 그의 필봉은 남북의 대치 상황과 공담에 빠진 위정자를 가리키지 않을 수 없었다.

> 바라보면 중원엔 선비들이 가득했는데
> 지금 태양 아래에는 싸우다 죽은 백골들뿐이로다.
> 청담에 몰두하던 왕연王衍의 무리를 탄식하노라!
> 한밤에 미친 듯 노래하니 슬픈 바람이 불고
> 처마 끝 쨍그랑거리는 풍경소리에 말 달리는 소리 듣는다.
> 남방과 북방이
> 찢겨져 있구나.
> 起望衣冠神州路, 白日消殘戰骨. 歎夷甫諸人淸絶! 夜半狂歌悲風起, 聽錚錚陣馬簷間鐵. 南共北, 正分裂.
>   「하신랑 —그대의 시를 자세히 논한다면」

천마天馬가 강을 건너 남으로 내려온 이래
진정 천하를 경륜할 인재는 몇이나 되는가?

장안의 부로父老들은 왕의 군대 기다리고
남도한 관료들은 신정新亭의 풍경 보고 탄식하지만
애석하게도 갈라진 산하는 예와 다름없구나.
청담에 몰두하던 왕연王衍의 무리들
중원이 함락되어도
언제 머리 돌려 보기라도 했던가?
만 리의 오랑캐 평정하여
공명을 이루는 것이
진정한 선비의 일인 걸
그대는 아는가모르는가?
渡江天馬南來, 幾人眞是經綸手? 長安父老, 新亭風景, 可憐依
舊. 夷甫諸人, 神州沉陸, 幾曾回首! 算平戎萬里, 功名本是, 眞儒
事、公知否.

「수룡음 —천마가 강을 건너 남으로 내려온 이래」

하늘에 닿는 장검의 기개를 누가 알아주랴
청담에 빠진 왕연王衍의 무리를 비웃노니
서북에는 아직 수복할 땅이 있다네.
이 일을 그대가 맡아 완수한다면
천고의 영웅처럼 일엽편주를 타고 은거해도 좋으리.
長劍倚天誰問, 夷甫諸人堪笑, 西北有神州. 此事君自了, 千古一
扁舟.

「수조가두 —해와 달은 우주의 맷돌 위를 기어가는 개미와 같고」

신기질은 자신의 뜻을 말할 때나 남을 격려할 때도 "서북에는 아직
수복할 땅이 있고" "남방과 북방이 찢겨져 있다"고 상기시켰다. 남송
의 조정에서 개인의 이익을 도모하며 공리공담에 빠진 위정자들을

반복하여 '왕연의 무리'夷甫諸人라 비유하였다. 왕연王衍(256~311)은 서진의 문벌세족인 낭야 왕씨 출신으로, 원래 왕도王導(276~339)가 "높이 솟아 우뚝하니, 천 길 암벽이 서있는 듯하구나."라 평할 정도로 뛰어난 인물이었다. 돈을 속물로 여겨 '이것'阿堵이란 부른 일화는 유명하다. 그러나 삼국시대 유표劉表(142~208)와 마찬가지로 평시에는 가문과 평판으로 영달할 수 있었으나 전란이 빈번한 난세에서는 정치적 능력이 부족한 점이 일시에 드러났다. 그는 벼슬이 사공과 사도에 올랐어도 나라가 아닌 개인의 이익에 몰두하여 자신의 형제들을 형주 자사와 청주 자사 등 요직에 앉혔다. 당시 북방의 비한족非漢族들이 중원으로 세력을 넓히면서 오호십육국이 시작되었고 서진은 전조前趙와 후조後趙의 위협을 차례로 받다가 결국 후조의 석륵石勒(274~333)에게 패하여 왕후장상들이 모두 불려나가게 되었다. 당시 석륵이 서진의 일에 대해 묻자, 태위이자 상서령의 지위에 있던 왕연은 자신은 어려서부터 정치를 좋아하지 않았고 서진의 패배도 자신에게는 책임이 없다고 변명하였다. 정치적 자리에서 청담을 하고 있는 셈인데 평시라면 모를까 국난의 상황에도 이런다는 것은 대세를 모르는 어리석음일 뿐이었다. 이를 들은 석륵은 그 무책임한 말에 화가 나 욕을 퍼붓고 왕연을 죽였다. 그로부터 몇 십 년 후 동진의 환온桓溫(312~373)이 북벌하러 강릉에서 군사를 일으켜 회수와 사수를 지나 국경을 넘어갈 때, 배를 타고 중원을 바라보며 탄식하며 말하였다. "마침내 중원이 함락되어 백년간 폐허가 되었으니, 왕연의 무리가 그 책임을 지지 않으면 안 되리라."遂使神州陸沉, 百年丘墟, 王夷甫諸人不得不任其責. 환온이 말한 '왕연의 무리'라는 말을 신기질이 그대로 끌어와 당시 무능한 남송의 위정자들을 가리켰다.

뿐만 아니라 신기질은 남송의 여러 곳을 다니며 역사의 자리마다 남조의 흔적을 떠올렸다.

> 원가元嘉 연간에 송 문제宋文帝가 경솔하게 북벌하여
> 곽거병처럼 낭거서狼居胥에서 하늘에 고하는 공을 세우려 하였으나
> 오히려 패배하여 황망하게 내려와 북방을 바라보았지.
> 元嘉草草, 封狼居胥, 嬴得倉皇北顧.
>
> 「영우락 ―천고의 강산」

> 남도한 관료들은 신정新亭의 풍경 보고 탄식하지만
> 애석하게도 갈라진 산하는 예와 다름없구나.
> 新亭風景, 可憐依舊.
>
> 「수룡음 ―천마가 강을 건너 남으로 내려온 이래」

> 누가 말했나, 채찍으로 강을 메워 건널 수 있다고
> 誰道投鞭飛渡
>
> 「수조가두 ―해 떨어지는 변경에 먼지 일어나니」

이들 작품을 보면 그가 남조의 역사를 떠올리는 것은 언제나 당시 남송의 엄중한 상황을 비유하기 위해서였다. 예컨대 북고정에서는 남조의 송 문제宋文帝(407~453)가 450년(원가 27) 왕현모王玄謨(388~468)를 시켜 경솔하게 북벌을 시켰다가 실패한 일을 회상한 것은 신기질이 이 작품을 쓰던 당시 1205년 영종寧宗(1168~1224)과 한차주韓侘冑(1152~1207)가 무모하게 북벌을 시도한 일을 비유하기 위해서였다. 또 금릉에서는 남조의 동진 초기 명사들이 교외의 신정新亭에 모여 낙양의 산천과 비슷한 걸 보고 나라를 잃은 비탄에 눈물을 흘린 일화를

가져온 것도 남송의 상황을 일깨우기 위해서였다. 또 양주에서는 양자
강을 바라보고 부견苻堅(338~385)이 90만 대군을 이끌고 동진을 남침할
때 "나의 이 많은 군사들이 채찍을 강에 던지면 강물을 막아 흐르지
못하게 할 것이다."以吾之衆旅, 投鞭於江, 足斷其流.고 호언장담한 일은
지금의 금나라가 북방에서 강대한 군사력으로 호시탐탐 노리고 있음
을 일깨우기 위해서였다. 이렇게 곳곳에서 남조의 역사를 환기하고,
남송이 그때와 다르지 않음을 비유하였다.

　　역사에 대한 기시감은 인물들에서도 나타난다. 신기질은 역사에
의미 있는 업적을 남긴 인물들을 칭송함으로써 남송의 군주들이
적극적으로 고토 회복에 나설 것을 촉구하였다. 그가 칭송한 인물
가운데 한 갈래는 공업을 남긴 군주들이다. 역사 순으로 보면 여와女
媧, 우禹, 연소왕燕昭王(BC335~BC279), 유방劉邦(BC256~BC195), 조조曹操
(155~220), 유비劉備(161~223), 손권孫權(182~252), 유유劉裕(363~422) 등
이다. 이들은 모두 현실의 난관을 돌파하고, 영웅적인 업적을 남겼기
에, 역사 속에 이들을 불러내 현실 속에서 활동하기를 바랐다. 그것은
곧 당시 남송의 군주들이나 위정자들이 안주하는 상황을 질타하는
것이기도 했다. 이에 견주어 신기질 자신은 능력이 있으면서도 참훼
를 받거나 배제되어 고통 받는 사람들 또는 은거하는 중에도 분발하는
인물들을 내세워 유능한 인재들이 활동하게 되기를 바랐다. 즉 굴원屈
原(BC약340~BC278), 염파廉頗(BC3세기), 가의賈誼(BC200~BC168), 이광李廣
(?~BC119), 진등陳登(2세기), 제갈량諸葛亮(181~234), 조적祖逖(266~321),
유곤劉琨(271~318), 사안謝安(320~385), 도연명陶淵明(352~427) 등과 같
은 인물들의 충분忠憤에 공감하며 그들의 처지를 호소하였다. 이들
가운데 많은 수는 삼국시대와 동진과 같은 분열 시기에 활동한 사람들

로, 남송의 신기질은 이들로부터 정신적 유대를 나타내었다.

위에서 보듯 신기질은 남북이 대치된 시대에 실지를 회복하려는 역사의식, 남송의 지리적 특징, 영웅적 인물에 대한 예찬 등에서 남조와 유사한 상황임을 인식하였다. 현재 남송의 상황으로부터 동진이 주는 역사적 기시감을 강하게 느끼고, 남송이 남조와 같은 수세의 역사가 재연되지 않도록 분발을 촉구하였다.

현실에 대한 분노

신기질은 중원을 수복하려는 영웅적인 의지를 가졌지만 그것은 쉽게 이루어지지 않았다. 당시 조정은 금나라와 화친하는 주화파가 득세하면서 신기질과 같은 주전파는 배제되었고, 북방에서 내려왔다는 이유만으로 남인들에 의해 무시당하였다. 이밖에도 타성적으로 내려오는 불합리한 관념과 부패한 정치로 곳곳에서 견제를 받아야했다. 초기의 밝고 낭만적인 정조는 점점 현실을 비판하는 지사志士적 정서로 바뀌어졌다. 잦은 전직에 여러 지역을 옮겨 다니는 불만을 쏟아내었고, 이십 년의 한거 생활에 '공연한 시름'閑愁은 날로 늘어났다.

현실의 상황과 자신의 지향이 대립하면서 그의 정감의 표현은 자신과 세상 두 방면에 각각 다른 면모로 나타났다. 세상에 대해서는 속인에 대한 조롱과 현실에 대한 분노로 나타났고, 자신에 대해서는 뜻을 이룰 수 없는 처지에 대한 탄식과 의지적 자아에 대한 지향으로 나타났다. 속인에 대한 조롱은 다음과 같은 구절이 특히 그러하다.

술 담는 '치'卮가 사람을 향해
화기和氣를 품고 넘어지듯 절을 한다.

가장 중요한 건 '그래' '그래' 말하고 '옳소' '옳소' 대답하며
만사에 '좋소'라 말하는 것.
卮酒向人時, 和氣先傾倒. 最要然然可可, 萬事稱好.
「천년조 ─술 담는 '치'가 사람을 향해」

저들을 보라
사람들의 비위를 잘 맞추는
구관조九官鳥들을.
看他門, 得人憐, 秦吉了.
「천년조 ─술 담는 '치'가 사람을 향해」

신예新銳의 똑똑한 사람들은
말하는 것이라곤 명성 아니면 이익.
有箇尖新底, 說底話非名卽利.
「아유궁 ─내가 아는 몇 사람은 보기만 해도 즐거우니」

'논밭 사고 집을 구할' 생각이라면
기백 넘치는 유비劉備를
만나기 응당 부끄러워하리라.
求田問舍, 怕應羞見, 劉郞才氣.
「수룡음 ─초 땅 하늘은 천 리에 걸쳐 맑은 가을」

    치卮는 술잔의 일종으로, 술이 가득 담기면 기울어지고 비어지면 제
대로 놓이는데, 이를 빌어 주견 없이 시류에 따라 행동하며 그저 현실
에 적응하는 사람을 조롱하였다. 그들은 삼국시대 유비가 비판한, 난
세에도 '논밭 사고 집을 구할'求田問舍 생각에 명성과 이익만을 탐하는
허사許汜와 같았다. 그러나 생각해보면 그들은 "천 년 동안 밭주인은
팔백 번이나 바뀌고, 입 하나에 밥숟가락은 하나를 들이밀 수 있을

뿐이다."千年田換八百主, 一人口揷幾張匙.

　세상에 대한 분노는 막연한 분노가 아니라 분세질속憤世嫉俗의 성격을 갖는 비판적 분노이다. 그것은 「미근십론」美芹十論에서 말했듯이 '충정에서 일어난 분노'忠憤所激인 '충분'忠憤이었다.

> 강가의 풍파가 비록 험하다 해도
> 인간 세상의 풍파보다 험하지 않다네.
> 江頭未是風波惡, 別有人間行路難.
>
> > 「자고천 ㅡ「양관곡」 다 불러도 눈물 마르지 않는구나」

> 깊고 깊은 한을
> 잘라내어 「단가행」短歌行을 짓노라.
> 누가 나를 위해 초나라 춤을 추고
> 내 초나라 미치광이 노래를 들을 것인가?
> 長恨復長恨, 裁作短歌行. 何人爲我楚舞, 聽我楚狂聲?
>
> > 「수조가두 ㅡ깊고 깊은 한을」

> 오랑캐를 평정할 만 자의 책략서를
> 동쪽 이웃의 나무 심는 책과 바꾸었다네.
> 却將萬字平戎策, 換得東家種樹書.
>
> > 「자고천 ㅡ청년 때 깃발 들고 용사 만 명 이끌고」

　신기질의 '충분'忠憤은 때로 '초나라 미치광이 노래'楚狂聲처럼 밖으로 발산되거나, 아니면 때로 '오랑캐를 평정할 책략서'平戎策 아닌 '나무 심는 책'種樹書을 읽는 침중한 분노로 표현되었다.
　그의 작품은 이처럼 세상에 대한 분노와 자신의 실의가 교착되어 나타나는 경우가 많다. 이는 복잡한 내면과 억압된 심리가 친구를 만나거나 술을 마시는 등 특정한 상황에서 분출되기 때문이다. 특히 뜻을 이루지 못하는데 대한 탄식은 다양하게 변주되어 나타난다.

오구검吳鉤劍을 쥐고 보다가
난간을 두드리니
높은 곳에 오른 뜻을
아는 이 없어라.
把吳鉤看了, 欄干拍遍, 無人會, 登臨意.
　　　　　　　　　　「수룡음 ―초 땅 하늘은 천 리에 걸쳐 맑은 가을」

조조의 '늙은 천리마' 시가 있으니
그대 또한 구유에 고개 숙이고 있음을 탄식하노라.
歎息曹瞞老驥詩, 伏櫪如公者.
　　　　　　　　　　「복산자 ―만 리 멀리 구름을 박차고 오르며」

누가 물어보랴, 염파廉頗가 늙었어도
아직도 밥을 잘 먹느냐고.
憑誰問廉頗老矣, 尚能飯否.
　　　　　　　　　　「영우락 ―천고의 강산」

"남아는 죽어도 심장이 철석같아야"라고 말했지.
男兒到死心如鐵
　　　　　　　　　　「하신랑 ―늙었으니 무얼 말하랴마는」

누가 나 가헌稼軒의 마음을 알아주랴
무우舞雩 아래에서 바람을 쐬는 마음을.

誰識稼軒心事, 似風乎舞雩之下.
「수룡음 ─그대 때문에 나 표천이 놀라 자빠지니」

　신기질은 술을 좋아하였기에 그의 격정은 굴원처럼 홀로 깨어 있음을 안타깝게 여기거나, 완적阮籍(210~263)처럼 자신의 시대에서 뜻을 얻지 못한 광사狂士로 자부하며 가슴 속 불평을 쏟아 내놓기도 하였다.

　　오늘 밤 홀로 취하여
　　오히려 깨어있는 뭇 사람을 비웃네.
　　今宵成獨醉, 却笑衆人醒.
　　　　　「임강선 ─비바람이 봄을 재촉하여 한식이 가까운데」

　　어젯밤 술이라는 병사로 시름이란 성을 무너뜨렸지.
　　아주 미친 듯
　　거꾸로 감정이 북받쳐 올라왔지.
　　가슴 속 불평 모두 쏟아 부었지만
　　아직 남아있구나.
　　酒兵昨夜壓愁城. 太狂生, 轉關情. 寫盡胸中, 魂磊未全平.
　　　　「강신자 ─저녁 무렵 날씨 개었으나 배꽃엔 아직 빗방울 맺혀있다」

　　내가 취하여 미친 노래 부르면
　　그대는 새 가사를 지어
　　노래에 맞춰 화답하였지.
　　我醉狂吟, 君作新聲, 倚歌和之.
　　　　　「심원춘 ─내가 취하여 미친 노래 부르면」

세상에 대한 오연함은 굴원이 "사람들이 모두 취했는데 나만 깨어 있다"衆人皆醉我獨醒는 말을 거꾸로 바꾸어 세상은 깨어 있는데 홀로 술을 마셔 취했다는 역설로 나타나거나, 완적처럼 '가슴 속 불평'胸中 魂磊을 술로 삭이려는 태도에서 잘 나타난다. 이렇게 현실에 대한 분노와 오연한 자아의 표현은 그의 작품이 호방한 경향을 더욱 두드러지게 만들었다.

도연명과 사안

남조의 인물 가운데 도연명과 사안은 신기질에 있어 특수한 지위를 가진다. 신기질이 역대로 유능한 제왕의 업적을 칭송한 것은 남송 황제에 대한 기대에서였지 자기 자신이 그와 같은 일을 하겠다는 뜻이 아니다. 그러나 도연명과 사안은 다르다. 모두 신기질이 추구할 수 있는 위치에 있는 사람들이므로 자신의 본보기로 여겼다. 도연명은 하급 관리를 전전하다가 은거하였고, 사안은 은거하였지만 다시 재상이 되어 현실 정치에 적극 참여하였다. 신기질은 이 두 사람에 대해 높은 평가를 했지만 그 무게는 상당히 다르다.

신기질은 도연명에 대해 특별한 정감을 가졌다. 그의 작품 가운데 도연명과 관련된 사는 70여 수나 되며, 가헌거사稼軒居士라고 스스로 호를 지은 것은 도연명의 궁경躬耕을 배운 결과이다. 또 대호帶湖 근처 정자에 식장정植杖亭이란 이름을 붙이고 표천瓢泉에 정운당停雲堂이란 당호를 붙인 것도 도연명의 작품에서 따온 것이다. 친구 부암수傅巖叟의 건물인 유연각悠然閣에 대해서도 다섯 수의 사를 지었다. '식장', '정운', '유연' 등은 모두 도연명의 시문에 나오는 말들이다. 신기질은 도연명에 대한 자신의 마음을 자주 토로하였다.

동쪽 울타리 아래에서 국화를 꺾어들던
고아한 마음을 가진 사람은 천 년에 걸쳐
오직 팽택령 도연명만 있을 뿐.
須信采菊東籬, 高情千載, 只有陶彭澤.

「염노교 ―용산은 어디에 있는가?」

곧 여기에 초막을 짓고
도연명을 본받아
손수 문 앞에 다섯 그루 버들을 심으리.
便此地結吾廬, 待學淵明, 更手種門前五柳.

「동선가 ―만 개의 골짜기에 폭포가 날아 떨어지고」

탁주를 기울이고
동쪽 울타리를 돌며
오로지 도연명만이 마음으로 맺어졌구나.
傾白酒, 繞東籬, 只於陶令有心期.

「자고천 ―희마대 앞 가을 기러기 날 때」

이들 작품에서 신기질은 도연명을 친구이자 스승으로 여겼다. 또
"목선생, 도연명, 나의 스승이라네."穆先生, 陶縣令, 是吾師.라고 하여
직접적으로 스승으로 여겼다. 이십 년에 걸친 한거와 울분 속에 도
연명이야 말로 그가 마음을 나눌 수 있는 친구였고, 정신의 스승이
었다. 그 도연명은 역사 속의 인물이 아니라 "이 노옹은 죽지 않았다
고 믿나니, 지금도 여전히 살아있는 듯 늠름한 생기."須信此翁未死.
到如今凜然生氣.가 있다고 보았다. 그에게 있어 도연명은 살아있었던
것이다.

그러나 신기질이 도연명을 좋아한 것은 단순히 도연명이 은일을 즐기고 대자연을 아끼는 고사高士였기 때문만이 아니다. 신기질은 희망을 잃고 좌절 속에 있을 때, 위안을 받고 의지할 수 있었던 인물이 도연명이었기 때문이다. 신기질에게 있어 도연명은 적극적인 인물로 여겨졌다. 도연명은 뜻이 있으나 이룰 수 없는 '깊은 한'幽恨이 있었고 가슴 가득 불평이 있었던 사람이었다.

> 도연명이 중양절을 가장 좋아한 것은
> 가슴 가득 불평이 있었기 때문.
> 淵明謾愛重九, 胸次正崔嵬.
>
> 「수조가두 —오늘이 무슨 날인가」

> 서풍에 백발을 날리며
> 오두미에 허리를 굽히는 일
> 참을 수 없었으리라.
> 白髮西風, 折腰五斗, 不應堪此.
>
> 「수룡음 —늙어서야 도연명을 알게 되었으니」

부패한 현실에 대한 불만과 권세에 아부하지 않는 골기는 곧 신기질이 추구하는 인품이기도 하였다. "내가 술에 취해 자려고 하니 그대 가도 좋네"我醉欲眠卿可去라고 말하는 솔직한 태도와 오두미五斗米 때문에 절하지 않는 반항정신은 도연명이 더 이상 조용하고 소극적인 은사가 아님을 말하고 있다. 신기질은 도연명을 오히려 제갈량과 동일시하기조차 하였다.

> 술잔 들고 역참에서 헤어지는데

풍류를 보아하니, 도연명과 같은 내가
와룡 제갈량과 같은 그대와 흡사하구나.
把酒長亭說. 看淵明風流酷似, 臥龍諸葛.

「하신랑 —술잔 들고 역참에서 헤어지는데」

지난 날 일찍이 논했으니
도연명이 제갈량보다 더 뛰어난 듯하다고.
往日曾論, 淵明似勝臥龍些.

「옥호접 —귀천은 우연에 따른 것이어서 마치」

어떤 때는 도연명이 제갈량보다 더 뛰어나다고 하였다. 다시 말해
도연명은 은거하고 있는 제갈량과 같다는 뜻이다. 원래 제갈량과 같았
던 사람이 다만 뜻을 얻지 못했다고 보는 것이다.

도연명의 적극적인 면모는 송대 황정견黃庭堅(1045~1105)부터 시작
되었고 주희朱熹(1130~1200) 등도 언급한 바 있다. 그러나 이들의 의
견은 도연명이 동진에서 유송劉宋으로 조대가 갈리는 상황에서 유송
을 따르지 않았다는 점에 착안하였다. 그러나 도연명의 은거는 동진
이 망하기 전이어서 이들의 근거는 설득력이 적다. 신기질은 오히려
도연명 자체가 은일을 즐기기 위해 은일한 사람이 아니라고 보았다.
그것은 신기질 자신과 마찬가지로 어쩔 수 없이 은거하였다고 보았
다. 신기질의 이러한 관점은 동시대의 진량陳亮, 명대의 장지도張志
道, 청대의 공자진龔自珍(1792~1841)과 담사동譚嗣同(1865~1898), 민국
시대의 노신魯迅(1881~1936) 등에 이어져, 노신은 "도연명이 조용한 사
람만이 아니기 때문에 위대하다."陶潛正因爲幷非渾身是靜穆, 所以他偉大.
며 '눈을 부릅뜬 금강역사'金剛怒目와 같은 면모가 있다고 하였다. 신

기질은 도연명으로부터 무한한 위로와 공감을 얻었다.

신기질이 동진의 인물 가운데 존경한 또 한 사람으로 사안謝安이 있다. 사안 역시 고상한 심회로 은거와 출사를 반복한 인물로 신기질이 주목하였다. 그러나 사안에 대한 이미지는 초기의 존경에서 후기의 비판으로 바뀌어갔다. 처음에는 "공명은 후배들에게 맡겨두고, 긴 날을 바둑으로 보냈지."兒輩功名都付與, 長日惟消棋局.라고 하거나 "사안이 줄곧 동산을 사랑했다지만, 결국엔 동산이 그를 잡아둘 수 없었다네." 謝公直是愛東山, 畢竟東山留不住.고 하여 어쩔 수 없이 출사한 것으로 보았다. 그러나 후기에 가면 그에 대한 묘사는 달라졌다.

> 사안謝安은 나중에 부귀하게 되었어도
> 어쩔 수 없이 부귀하게 된 것이니
> 응당 부귀에 덤덤했으리라.
> 동산에서 사안은 무슨 일로 출사했는가?
> 당시에도 또한 말했지
> 창생을 위해 출사한 것이라고.
> 富貴他年, 直饒未免, 也應無味. 甚東山何事, 當時也道, 爲蒼生起.
> 「수룡음 ─늙어서야 도연명을 알게 되었으니」

사안은 스스로 말하기를 부귀를 추구하지 않지만 만약 부귀하게 된다면 그것은 어쩔 수 없는 것이라며 받아들일 뜻을 가졌다. 또 은거하다가 출사한 것도 창생을 위해서라고 하였다. 그러나 신기질은 이 두 가지마저 일종의 속념이라 보고 부정하였다. 왜냐하면 대다수 사람들은 이러한 태도로 자신의 욕망을 가리기 때문이다. 신기질 역시 고토 회복과 남송의 부흥을 위해 사안과 같은 길을 추구했지만,

따지고 보면 신기질도 자신의 개인적인 욕망이 없었다고 할 수 없었다. 이에 반해 도연명이 은거를 선택한 것은 기회를 엿보는 자신의 욕망에서가 아니라 당시의 정치현상과 어두운 현실을 비판했기 때문이었다. 신기질이 이 점을 깨닫게 되자 비로소 도연명과 사안의 무게가 달라 보였다. 도연명의 정신이 사안을 높이 초월했음을 알게 된 것이다.

요컨대 신기질에 있어 도연명은 일상생활에 대한 정취와 자연에 대한 사랑뿐만 아니라 높은 정신적 품격과 인생관을 보여주고, 무엇보다도 정치와 현실에 대한 고도의 식견을 제시했다는 점에서 절대적인 영향을 끼쳤다.

제재의 확장과 다양한 풍격

신기질의 『가헌사』는 호방사를 대표하지만 이밖에도 다양한 면모를 가지고 있다. 그것은 제재의 확장과 다양한 풍격으로 나타났다. 소식이 '시의 방식으로 사 짓기'以詩爲詞로 사의 형식과 내용을 확대하였다면, 신기질은 여기에서 더 나아가 사부辭賦와 고문古文 등 '문장의 방식으로 사 짓기'以文爲詞를 하여 사의 형식과 내용을 더욱 확장하였다.

신기질은 평생 독서에 힘썼으며 사 짓는 즐거움을 버리지 않았다. 그러한 이유로 문사철文史哲과 관련된 많은 서적을 섭렵하였고, 이러한 기초 위에서 광범위한 인물과 사실을 전고로 활용하였다. 신기질의 친구 유재劉宰(1167~1240)는 "제자백가를 부리고, 삼라만상을 그러모았다."馳騁百家, 搜羅萬象.고 말하였다. 청대 오형조吳衡照(1771~?)도 "신기질은 새로운 천지를 열어 고금에 우뚝하다. 『논어』, 『맹자』, 『시

경』「소서」,『춘추좌전』,『장자』,「이소」,『사기』,『한서』,『세설신어』,
『문선』, 이백과 두보의 시 등을 광범위하게 끌어와 사용했는데, 필력
이 점점 엄격해져갔다."辛稼軒別開天地, 橫絶古今, 論、孟、詩小序、左氏春
秋、南華、離騷、史、漢、世說、選學、李杜詩, 拉雜運用, 彌見其筆力之峭.고 하
였다. 현대학자 등광명鄧廣銘(1907~1998)도 다음과 같이 말했다. "제
재가 많고 형식이 다양하다. 이를 가지고 정감을 풀어내는데 사용하
거나 사물을 읊는데 사용하고 또 사실을 나열하거나 이치를 논하는
데 사용하였다. 어떤 작품은 위완청려委婉淸麗하고 어떤 작품은 농섬
면밀穠纖綿密하며, 또 어떤 작품은 분발격월奮發激越하고 어떤 작품은
비분강개悲歌慷慨하다. 그 풍부하고 다채로운 점은 송대의 다른 사인
의 작품이 따라올 수 없다."其題材之廣闊, 體裁的多種多樣, 用以抒情, 用以
詠物, 用以鋪陳事實或講說道理, 有的委婉淸麗, 有的穠纖綿密, 有的奮發激越,
有的悲歌慷慨, 其豐富多彩也是兩宋其他詞人的作品所不能比擬. 등광명은 제
재부터 풍격까지 신기질의 폭넓은 작품세계를 요약하였다.

　요컨대 신기질은 여러 가지 작품을 시도하였고, 그러한 결과로 자
신만의 독자적인 문학 풍모를 이루었다. 전통적인 분류법에 따라 작
품을 나누어본다면, 개인의 감회를 담은 정치서정사政治抒情詞, 실지
회복을 호소하는 항금사抗金詞, 산수와 은거의 정취를 담은 한적사閑
適詞, 강남의 농촌과 농민의 생활을 그린 농촌사農村詞, 사물을 통해
정서를 나타낸 영물사詠物詞, 생동적이면서도 절실한 애정사愛情詞,
해학스러운 내용을 담은 배해사俳諧詞, 생일을 축하하는 내용의 축수
사祝壽詞 등이 있다.

　신기질이 사 쓰는데 능숙한 점은 조건을 제한해서 쓰는 작품들에
서 볼 수 있다. 『가헌사』 가운데는 글자를 한정하거나, 사물의 이름

을 가져와 그것으로 작품을 쓰는 경우가 있다. 예컨대 「완계사 —그대는 품성이 훌륭하여 남들에게 '웃음'을 주는 사람」에서는 가기歌妓의 이름이 소소笑笑인 점에서 6구 모두 '笑'(소) 자를 하나씩 넣어 구성하였고, 「영우락 —뜨거운 태양과 가을의 서릿발처럼」에선 친척 동생과 헤어지며 성씨 '신'辛 자를 다양하게 사용하여 격려하였다. 또 '경전의 어구를 모아 짓는다든지'(「답사행 —진퇴와 존망을 알고」) '육씨 성을 가진 사람과 관련된 일'(「육요령 —술친구와 꽃 같은 가기들」)로 작품을 쓰기도 했다. 또 '약 이름'을 8개 또는 9개를 넣어 작품을 짓기도 하였다.(「정풍파 —산길에 바람 부니 초목이 향기로운데」, 「정풍파 —기운 달 높고 차가운 강가의 산마을」) 이들 작품은 비록 언어유희적인 측면이 있으나 그만큼 구상을 많이 하고 여러 각도에서 작품을 시도했다는 흔적으로 볼 수 있다.

　　어휘의 운용에 있어 신기질은 어떤 사인詞人보다 넓고 다양하다. 송대 사인들은 일반적으로 당시唐詩에서 어휘를 많이 가져왔다. 특히 하주賀鑄(1052~1125)와 주방언周邦彦(1057~1121)은 만당의 이상은李商隱(약813~약858)과 두목杜牧(803~약852)의 시구에서 많이 가져오고 소식도 시의 언어를 많이 가져왔다. 그러나 신기질은 고어古語와 속어俗語를 모두 사용하여 어휘가 가장 풍부하다. 전고 사용에 있어서도 범위와 다양함에 있어 소식을 훨씬 넘어선다. 속어에 있어서도 예컨대 나이든 자신을 부르는 말을 소식이 '노부'老夫라 하여 다소 소탈한데 비해 신기질은 '노자'老子라 하여 산동 지방의 향토적 색채를 넣었다. 구법에 있어서도 병문騈文과 산문이 섞이면서, 성률과 의미가 교직되어 완곡하고 함축적인 아름다움을 만들어냈다. 말미에서는 때로 의문문으로 깊은 감개와 여운을 만들어냈다.

『가헌사』는 호방사뿐만 아니라 다양한 풍격의 작품이 있다. 신기질 자신이 일정한 격에 구애되지 않았다. 호방사와 대비되는 완약풍의 작품도 많이 남겼다. 신기질의 제자 범개范開가 「가헌사 서문」에서 "그의 작품들 사이에는 실로 맑으면서도 여완麗婉함과 무미嫵媚함이 있으니, 이는 소식의 사에 없고 공의 사에만 있는 독특한 풍격이다."其間固有淸, 而麗婉而嫵媚, 此又坡詞之所無, 而公詞之所獨也.고 말한 바와 같다. 일반적으로 완약사는 가벼운 점이 있지만 신기질은 완곡하고 함축적이어서 나름대로의 특징을 가지고 있다.

> 몇 차례의 비바람을 어찌 더 견뎌낼 수 있으랴?
> 봄은 총총히 또 지나가는데.
> 꽃이 일찍 핀다고 늘 아쉬워하며 봄을 아꼈는데
> 더구나 이제 붉은 꽃잎마저 무수히 떨어지는구나.
> 봄아 잠시 머무렴
> 듣자하니 하늘 아래 어디든 풀이 우거져 돌아갈 길도 없다더라.
> 更能消幾番風雨? 匆匆春又歸去. 惜春長恨花開早, 何況落紅無
> 數. 春且住. 見說道天涯芳草無歸路.
> 　　　「모어아 ―몇 차례의 비바람을 어찌 더 견뎌낼 수 있으랴?」

> 동풍이 밤사이 천 그루 나무에 꽃을 피우고
> 다시 불어 떨어뜨리니
> 별들이 비처럼 흩어진다.
> 화려한 거마가 지나가고 길에 향기 가득해라.
> 퉁소가 봉황처럼 울고
> 옥항아리 같은 연등이 하늘에서 돌며 빛나고
> 밤새도록 용과 물고기 등롱이 춤을 춘다.

東風夜放花千樹, 更吹落, 星如雨. 寶馬雕車香滿路. 鳳簫聲動,
玉壺光轉, 一夜魚龍舞.

「청옥안 —동풍이 밤사이 천 그루 나무에 꽃을 피우고」

비녀를 둘로 쪼개 나누어 가지고 헤어진
도엽 나루터
남포 안개 속에 버들빛 짙어라.
누각에 오르기 두려우니
열흘 중 아흐레는 비바람.
애달파라, 붉은 꽃잎 편편이 흩날려도
아무도 마음 쓰는 이 없고
더구나 꾀꼬리 울음 멈추게 할 사람도 없어라.
寶釵分, 桃葉渡, 煙柳暗南浦. 怕上層樓, 十日九風雨. 斷腸片片
飛紅, 都無人管; 更誰勸啼鶯聲住.

「축영대근 —비녀를 둘로 쪼개 나누어 가지고 헤어진」

위와 같은 완약풍의 작품에서 그의 섬세하고 농밀한 특징이 잘 나
타난다. 가는 봄을 아쉬워하거나, 정월 원소절의 화사한 밤을 노래하
거나, 규중 여인의 그리움을 완곡하게 노래하거나 모두 밀도가 있는
시적 공간을 갖는다.

해학적인 작품도 있다. 왕국유는 『인간사화』에서 신기질의 작품에
서 거칠고 해학적인 점은 배울 수 있지만 그 속의 '좋은 점'佳處은
배우기 어렵다고 했다. 거칠고 해학적인 점은 의도적으로 추구할 수
있지만 그 속의 '좋은 점'인 함축된 의미와 정감은 의도적으로 추구한
다고 해서 얻기 어렵기 때문이다.

벌써부터 양쪽 이빨 빠졌는데
다시 중간이 빠져 휑하다.
애들아 이 늙은이 웃지 말아라
너희들 다니라고 개구멍 뚫어 놨다.
已闕兩邊廂, 又豁中間箇. 說與兒曹莫笑翁, 狗寶從君過.
「복산자 ―굳센 것은 부러지기 쉬우나」

"머뭇거리지 말고 속히 물러가거라
내 힘은 아직 너를 깨버릴 수 있노라."
술잔은 재배하며
말하기를 "가라고 손을 내저으면 가고,
손짓해서 부르면 오리다."
"勿留亟退, 吾力猶能肆汝杯." 杯再拜, 道"麾之卽去, 招則須來."
「심원춘 ―너 술잔아!」

어젯밤 소나무 옆에 취해 넘어져
소나무에게 "내 취한 꼴 어때?"라고 물었지.
마치 소나무가 움직여 부축하러 오는 듯해서
손으로 소나무를 밀치며 "저리 가!"라고 말했지.
昨夜松邊醉倒, 問松"我醉何如". 只疑松動要來扶, 以手推松曰"去".
「서강월 ―취중에 잠시 기쁨과 웃음을 탐하니」

젊을 때는 시름의 맛을 몰라
누대에 오르기 좋아했지.
누대에 오르기 좋아하여
새로 지은 가사로 억지로 '시름'을 말했지.
少年不識愁滋味, 愛上層樓. 愛上層樓, 爲賦新詞強說愁.
「추노아 ―젊을 때는 시름의 맛을 몰라」

해설 53

이가 빠져가는 노년을 스스로 돌아본다든지, 술잔과의 대화를 상
정해 금주의 어려움을 말한다든지, 술에 취해 소나무를 밀쳐낸다든
지, '시름'이란 말에 깃든 멋과 진정한 의미를 깨닫는다든지 모두 해
학적인 면모라 해도 작자의 개성이 배어있다. 얼른 보면 가볍고 웃음
이 나와도 그의 심경을 헤아리면 침통해진다. 그의 해학미 속에는
씁쓸한 페이소스가 어려 있다.

　신기질은 20년 간 은거 생활을 했기에 산수를 완상하고 한적한 정
취를 노래한 작품도 적지 않다. 때로 진정으로 산수의 품에 심신을
맡겨놓기도 했다. 이는 그가 파직당한 결과에서 나온 것이기도 하지
만, 자연에 대한 무한한 사랑이나 은일의 즐거움에서 우러나온 것이
기도 하다.

　　　대호를 내 무척 사랑하나니
　　　천 길 비췻빛 거울이 열렸구나.
　　　선생은 지팡이에 짚신 신고 할 일도 없이
　　　하루에도 천 번이나 호수를 돈다.
　　　나는 갈매기와 백로와 맹약을 맺었으니
　　　오늘 맹약을 맺은 후
　　　오가며 서로 의심하지 말지어다.
　　　백학은 어디 있는가
　　　함께 데려와 보게나.
　　　帶湖吾甚愛, 千丈翠奩開. 先生杖屨無事, 一日走千回. 凡我同盟
　　　鷗鷺, 今日既盟之後, 來往莫相猜. 白鶴在何處, 嘗試與偕來.
　　　　　　　　　　　　　　　　「수조가두 ―대호를 내 무척 사랑하나니」

　　　산발하고 옷깃을 풀어헤친 곳

참외와 오얏을 물에 띄우고 술잔을 든다.
졸졸 흐르는 물이 섬돌을 적시니
연못을 파서 달을 불러온다.
散髮披襟處, 浮瓜沉李杯. 涓涓流水細侵階. 鑿箇池兒喚箇月兒來.
「남가자 —산발하고 옷깃을 풀어헤친 곳」

큰 아이는 시내 동쪽에서 콩밭을 매고
가운데 놈은 마침 닭장을 짜고 있다.
제일 좋아하는 개구쟁이 막내
시냇가에 누워 연밥을 벗기는구나.
大兒鋤豆溪東. 中兒正織鷄籠. 最喜小兒亡賴, 溪頭臥剝蓮蓬.
「청평악 —초가집 처마 나지막하고」

이들 작품은 청신하고 아름답다. 특히 "연못을 파서 달을 불러 온
다"는 구는 순수하면서도 새롭다. 농촌의 생활을 그린 작품들은 질박
하다. 어떤 작품은 비록 은일의 정취를 노래했어도 현실에 대한 불만
을 스스로 위로하고 가슴 속의 분노를 달래기 위해 쓰기도 했다. 때
문에 경물 묘사가 자연에 대한 묘사에서 그치지 않고 인간사를 비유
하는 경우도 많으며, 특히 역대 평론가들은 이러한 관점에서 사를
읽는 경우가 많다.

비장미

위와 같은 사실들을 고찰했을 때 우리는 『가헌사』에 깃든 비장미
를 좀 더 이해할 수 있게 되고, 그의 호방사가 지닌 남다른 특징도
알 수 있다. 앞에서 말했듯이 그는 자신의 삶 전체로 작품을 지었다.

그의 삶이 순탄했다면 작품 속에 비극적인 공간을 담지 못했을 것이다. 중원 회복의 의지를 가지고 분발하고 노력했음에도 그는 오히려 주화파의 견제와 남인의 배척을 당하여 평생 뜻을 얻지 못하고 살아야 했다. 쏟아낼 수 없는 충분忠奮, 가슴 속에 울결로 맺힌 깊은 한幽恨, 수시로 터져 나오는 '공연한 시름'閑愁은 막으려 해도 어쩔 수 없이 터져 나올 때 강개비장한 소리로 쏟아져 나왔고, 그것이 종횡으로 흘러 호방사가 되었다. 때로 자연 경물에 비유하여 실려 나왔고, 때로 역사 전고에 기탁하여 표현되었다. 때로 깊은 강물처럼 도도하게 서술하였고, 때로 미친 사람처럼 외쳤다. 『송사』「신기질전」에선 그의 작품이 '비장하고 격렬하다'悲壯激烈고 요약하였다.

이러한 시각에서 그의 작품을 보면 모든 작품이 비극적인 정조로 다시 읽힌다. 젊을 때의 호기로운 외침도 단순한 지향만인 듯해 안타깝다.

> 소매 안에는 빛나는 기이한 오색의 옥돌이 있으니
> 언젠가는 무너진 서북의 하늘을 메울 것이로다.
> 잠시 이곳에 와 담소하며 장강을 지키고 있으니
> 강물은 맑고 푸르게 흐르네.
> 袖裏珍奇光五色, 他年要補天西北. 且歸來談笑護長江, 波澄碧.
> 「만강홍 ―붕새가 날개를 펼쳐 날며」

비록 남에게 주는 작품으로 상대에게 바라는 뜻에서 한 말이지만 동시에 자신의 지향이자 운명이라고 할 수 있다. 평범하지 않는 포부와 불우한 운명 사이에서 격렬한 모순은 그 자신이 깨닫지 못했을 뿐 그가 남송으로 내려올 때부터 예정되어 있었던 일이라고 할 수

있다. 장년이 되어 자신의 뜻을 하늘과 땅을 헤매며 찾을 때는 더욱
비장하다.

> 머리 들어 서북쪽의 구름을 바라보니
> 하늘까지 닿는 장검長劍이 있어야 하리.
> 사람들은 모두 말하지
> 밤 깊으면 종종 이곳에서 솟은 빛이
> 두성斗星과 우성牛星까지 닿는다고.
> 내가 둘러보니 산은 높고
> 못은 넓고 물 차갑고
> 달은 밝고 별빛은 희미하구나.
> 물소의 뿔에 불을 붙여
> 난간에 의지해 검劍을 찾으려하나
> 전설처럼 바람과 우레가 노하고
> 수중의 괴물이 날뛸까 두렵구나.
> 擧頭西北浮雲, 倚天萬里須長劍. 人言此地, 夜深長見, 斗牛光
> 焰. 我覺山高, 潭空水冷, 月明星淡. 待燃犀下看, 憑欄却怕, 風雷
> 怒, 魚龍慘.
>
> 「수룡음 ―머리 들어 서북쪽의 구름을 바라보니」

그가 노년이 되어 무력한 처지가 되었을 때의 실의에 찬 노래 역시
탄식을 자아낸다. 노년이 되어도 뜻을 놓지 않고 있기 때문이다.

> 허공을 울리는 강경한 의론은 누가 들어주랴?
> 그때 서창에 비친 달만 듣고 있었지.
> 硬語盤空誰來聽? 記當時只有西窗月.
>
> 「하신랑 ―늙었으니 무얼 말하랴마는」

심하구나, 나의 노쇠함이여!
슬프구나, 평생의 친구가 흩어졌으니
지금 몇이나 남았는가!
부질없이 늘어뜨린 백발 삼천 장
인간 만사를 웃어버리노라.
　甚矣吾衰矣. 悵平生交遊零落, 只今餘幾! 白髮空垂三千丈, 一笑
人間萬事.

「하신랑 ―심하구나, 나의 노쇠함이여!」

군왕을 위하여 천하를 통일하고
생전과 사후에 걸쳐 이름을 떨치려 했으나
안타까와라, 이미 백발이 자랐구나!
　了却君王天下事, 贏得生前身後名. 可憐白髮生!

「파진자 ―취하여 등 심지 돋우고 검을 바라보니」

　그의 말을 귀기울여 들어주는 사람도, 그의 뜻을 공감하는 친구도
남아 있지 않다. 때문에 그가 은거하며 마음을 기탁했던 자연도, 한일
한 정취도, 일상의 흥취도 그 이면에는 영웅의 쓸쓸한 마음이 깃들어
있다.

두 손은 쓸모없이 두어선 안 되니
술잔과 게 집게발을 들었다.
　未應兩手無用, 要把蟹螯杯.

「수조가두 ―빛나는 해가 금궐을 비추니」

굶주린 쥐는 침상을 맴돌고
춤추는 박쥐는 등불을 흔든다.

지붕 위 솔바람 불고 빗방울 거센데
창문 사이 문풍지는 저 홀로 중얼거린다.
繞床饑鼠, 蝙蝠翻燈舞. 屋上松風吹急雨, 破紙窓間自語.

「청평악 ―굶주린 쥐는 침상을 맴돌고」

때문에 그가 노래했던 한일한 정취, 이십 년 동안 농촌에서 살았던
은거의 노래도 모두 어쩔 수 없는 자기 위로로 다시 읽혀진다. 소나
무 언덕松岡, 벼꽃 향기稻花香, 잔 물고기纖鱗, 제호새提壺의 지저귐,
초가집 처마茅簷, 외양간牛欄, 촌주村酒의 맛, 촌로野老와 촌부村婦의
순박함, 오래된 사당古廟, 학과 원숭이가 기다리고, 갈매기와 맹약을
하고, 갈매기가 맞이하여 웃고白鳥相迎, 相憐相笑, "솔 한 그루 대 한
그루 나의 참된 친구, 산새와 산꽃이 나의 친한 형제"一松一竹眞朋友,
山鳥山花好弟兄.였지만, 이 모든 풍광과 이야기가 사실은 강개비량한
노래일 수 있다. 이러한 조용하고 한가한 풍경과 작자의 격렬한 내면
사이의 낙차가 비극적인 공간을 만들어낸다.

청대 진정작陳廷焯은 신기질의 작품이 '침울창량沈鬱蒼涼하며 "깊
은 뜻이 함축되어 있는 가운데 성률과 억양이 힘차고 변화 많고 잘
조화되어 사 가운데 최상의 경지에 올랐다"沈鬱之中, 運以頓挫, 方是詞
中最上乘.고 하였다. 이러한 평가는 그를 사 장르에서 두보杜甫
(712~770)와 같은 경지에 오른 것으로 본 셈이다.

만약 신기질이 자신의 분노와 의지를 지속시키지 못하고 일회성의
불평과 불만으로 그쳤다면 작품은 평면적으로 서술되었을 것이다.
그는 자신의 삶 속에서 자신의 높은 뜻을 시종 유지하였고, 정치적
감개를 하나의 정신과 철학으로 승화시켰기에 일관된 세계를 가질
수 있었다. 그는 우주와 인생에 대한 통찰로 불평등한 현상을 이해하

려 하였고, 역사 속의 불공정한 사례에서 공감과 위안을 받았고, 인생의 영욕에 대한 균형감각으로 은일과 자연 속의 소요로 해소하려 하였다. 충만한 열정과 호방한 정서로 정치적 포부를 드러내고, 신화와 전설의 요소를 끌어와 현실을 바라보고 투시함으로써 현실과 역사는 시인의 의지 속에 한층 고양된 차원에서 펼쳐졌다.

요컨대 신기질은 모순된 사회 현실 속에서 일생의 염원과 지향, 생활과 가치를 사 장르 속에 주입하여 독자적인 세계를 이루었다. 시대상황을 누구보다 먼저 걱정하고, 모순된 사회에서 끝없이 시도하고, 남과 자신의 생활을 고민했던 진지한 추구와 열정이 맺혀있다. 우리가 『가헌사』에 더욱 주목하는 것도 이러한 한 인간의 삶의 방식이 예술적 형식 속에 고스란히 담겨 있기 때문이며, 험난한 역사와 현실을 수시로 대면하면서 서정적 자아를 형성하고 자신의 문학적 세계를 이룩하였기 때문일 것이다.

가헌사서문稼軒詞序

범개范開[1]

그릇이 크면 그 소리는 반드시 크게 울리고, 지향이 높으면 작품의 뜻은 반드시 심원하다. 소리와 뜻의 근원을 알면 곧 가사가 자연스럽게 나오는 바를 알게 된다. 이는 대체로 작위적으로 짓지 않아도 소리聲音와 뜻言意으로 드러나고 표현되는 것이니, 또한 축적된 기량과 지향의 정도에 따라 그리 하지 않을 수 없을 따름이다.

器大者聲必閎, 志高者意必遠.[2] 知夫聲與意之本原, 則知歌詞之所自出. 是蓋不容有意於作爲, 而其發越著見於聲音言意之表者, 則亦隨其所蓄之淺深, 有不能不爾者存焉耳.

----

1) 范開(범개): 자字는 곽지廓之. 스스로 신기질의 문인門人이라 하였다. 신기질이 신주信州(지금의 강서 상요시) 대호帶湖에서 한거할 때 신기질을 따라 사詞를 배웠다. 이 시기에 두 사람은 사를 주고받았으며, 본 사집에도 신기질이 그에게 지어준 사가 여러 편 실려 있다. 이 서문은 1188년 범개가 편집한 『가헌사갑집』稼軒詞甲集에 실려 있다. 이 사집詞集은 신기질의 작품을 수집한 최초의 사집으로, 당시 신기질의 나이는 49세였다. 범개에 대한 그 밖의 사적은 미상.

2) 器大者(기대자) 2구: 그릇과 소리聲의 관계로 작자의 지향志과 작품의 뜻意 사이의 관계를 나타내었다. 예컨대 종이나 북과 같은 악기는 그 몸체가 커야 소리가 크듯, 문학적 뜻이 심원하려면 작자의 지향이 높아야 한다는 뜻이다. 때문에 이어지는 구절에서 성음聲音으로 그릇과 대응시키고 말뜻言意으로 사람의 지향에 대응시켜, 소리와 뜻이라는 외재적 표현은 그 내적 지향의 높이와 축적에 달려 있다고 말하였다. 또 이는 의식적으로 한다고 해서 가능한 것이 아니라 자연스럽게 이루어진다고 하였다.

세상 사람들은 가헌거사稼軒居士 신공辛公의 사詞가 소식蘇軾과 비슷하다고 하지만, 의식적으로 소식을 배운 것이 아니라, 축적한 바에서 나왔기 때문에 소식과 닮지 않을 수 없었다. 소식이 말하기를, 동생 소철蘇轍과 함께 시문을 많이 지었지만, 일찍이 시문을 지으려는 의도를 가지지 않았으며, 또한 담소하는 사이에 얻은 것이지 억지로 지은 것이 아니라고 하였다. 공公께서 사詞를 지은 것도 그러하였다. 만약 웃고 즐기는 데서 짓지 않으면 재미있게 놀고 즐기는 데서 짓고, 재미있게 놀고 즐기는 데서 짓지 않으면 주흥에 겨워 붓을 휘두르고 먹을 뿌리는 상황에서 지었다. 붓을 아직 다 휘두르지 않았는데도 사람들이 다투어 가져가 소장했다. 때로 한가한 가운데 바위 위에 쓰고, 흥이 일어나면 땅바닥에 쓰기도 하였으며, 또한 가볍게 읊조리기만 하고 기록하지 않거나, 끄적거려 두었다가 초고를 태워 버리기도 했다. 그러기에 흩어지고 없어진 작품이 많다. 이 역시 일찍이 작위적으로 지으려고 하지 않았다는 뜻이니, 이를 소식과 견주어 보면 비슷하다.

世言稼軒居士辛公之詞似東坡, 非有意於學坡也, 自其發於所蓄者言之, 則不能不坡若也。坡公嘗自言與其弟子由爲文□多而未嘗敢有作文之意,[3] 且以爲得於談笑之間而非勉强之所爲.

---

3) 坡公(파공) 2구: 소식의 「남행전집 서문」南行前集序에 보인다. 소식은 모친의 복상을 마치고 사천에서 조정으로 돌아오던 1059년 부친 소순蘇洵, 동생 소철蘇轍과 지은 시문을 모아 『남행집』南行集을 편찬하였고, 이 책의 서문에서 자신의 작문의 방식과 경험을 언급하였다. "고대에 문장을 쓰는 사람은 문장의 공교함을 위해 공교하게 쓴 것이 아니라 그리 하지 않을 수 없이 자연스럽게 썼기에 공교해졌다. …그러므로 소식은 동생 소철과 시문을 아주 많이

公之於詞亦然: 苟不得之於嬉笑, 則得之於行樂; 不得之於行樂, 則得之於醉墨淋漓之際. 揮毫未竟而客爭藏去. 或閑中書石, 興來寫地, 亦或微吟而不錄, 漫錄而焚藁, 以故多散逸. 是亦未嘗有作之之意, 其於坡也, 是以似之.

　비록 그러하지만, 공께서는 일대의 호걸로 기개와 절개로 자부하고 공로와 업적으로 자신하지만, 그 쓰임을 감추고 청명과 광달을 일삼고자 하니, 노래 가사에 무슨 작위가 있었겠는가. 단지 성정性情을 즐겁게 하고 근심을 해소하는 수단으로 삼았을 뿐이다. 그러므로 그 사詞의 형식은 마치 황제黃帝가 동정洞庭의 들에서 연주한 음악처럼 시작과 끝이 없으며, 고정된 격식이 있는 것이 아니다. 마치 봄 구름이 공중에 떠서 뭉치고 흩어지고 생기고 없어지는 것이 수시로 변하지만 언제나 아름다운 형상이 아닌 적이 없는 것과 같다. 이는 다른 이유가 아니라 사를 일부러 지으려는 작위가 없기 때문이며, 기가 충만하고 감정이 축적된 데서 나온 것이어서 사가 절로 그리 되지 않을 수 없기 때문이다. 그의 작품들 사이에는 실로 맑으면서도 여완麗婉함과 무미嫵媚함이 있으니, 이는 소식의 사에 없고 공의 사에만 있는 독특한 풍격이다. 예전에 송적宋迪과 장영張詠이 방정하고 엄숙하며 강직하고 엄정하였지만, 그들의 사詞에도 섬농纖濃하고 완

<hr />

지었지만, 일찍이 시문을 지으려는 의도를 가지지 않았다. …담소하는 사이에 얻은 것이지 억지로 지은 시문이 아니다." 夫昔之爲文者, 非能爲之爲工, 乃不能不爲之爲工也. …故軾與弟轍爲文至多, 而未嘗敢有作文之意. …得於談笑之間, 而非勉强所爲之文也.

려婉麗한 말이 있었으니, 아마도 철석 심장을 가진 부류의 사람들이 모두 이와 같은가 보다.

雖然, 公一世之豪, 以氣節自負, 以功業自許, 方將斂藏其用以事淸曠, 果何意於歌詞哉, 直陶寫之具耳.[4] 故其詞之爲體, 如張樂洞庭之野,[5] 無首不尾, 不主故常;[6] 又如春雲浮空, 卷舒起滅, 隨所變態, 無非可觀. 無他, 意不在於作詞, 而其氣之所充, 蓄之所發, 詞自不能不爾也. 其間固有淸,[7] 而麗婉而嫵媚,[8] 此又坡詞

---

4) 陶寫之具(도사지구): 성정을 즐겁게 하고 근심을 해소하는 수단. 문학예술에 있어 이러한 관점은 공자가 말한 "기예에서 노닐다"遊於藝에서 기원하여, 동진의 종병宗炳이 말한 '창신'暢神 개념으로 계승된 이후, 송대에는 '자적'自適, '자오'自娛, '기흥'寄興 등의 관념으로 크게 유행하였다.

5) 張樂洞庭之野(장악동정지야): 동정의 들에서 음악을 연주하다. 전설에 나오는 오래되고 아름다운 이미지로 정신의 자유로운 경지를 나타낸다. 『장자』 「천운」天運에 "황제黃帝가 동정의 들에서 함지의 음악을 연주하였다."帝張咸池之樂於洞庭之野.는 말이 있다. 당대 성현영成玄英은 '동정의 들'을 '천지지간'天地之間으로 주석하였다. 신기질의 「수룡음─관세음보살이 허공을 날아왔으니」에서도 "동정의 들에서 연주하는 음악소리 같으니, 상수의 여신이 오갔을 거라 한다."洞庭張樂, 湘靈來去.는 구절이 있다.

6) 無首不尾(무수불미) 2구: 시작도 없고 끝도 없으며, 이전의 고정된 틀에 얽매이지 않는다. 『장자』 「천운」天運에 "그 끝에는 꼬리가 없고, 그 처음에는 머리가 없다."其卒無尾, 其始無首.는 말이 있으며, 또 "그 소리는 짧을 수도 있고 길 수도 있으며, 부드러울 수도 있고 강할 수도 있어, 변화가 한결같이 이어지며, 예전의 고정된 격식에 얽매이지 않는다."其聲能短能長, 能柔能剛, 變化齊一, 不主故常.는 말이 있다. 장자는 음악의 변화로 세상의 변화를 비유했지만, 여기서는 장자의 비유와 의미를 가져와 신기질 사의 특징을 서술하였다.

7) 淸(청): 미학美學 용어로, 작품이 청아淸雅하고 청신淸新하여 속된 기운이 없다는 뜻.

8) 麗婉(여완): 미학 용어로, 화려하고 완약婉約하다는 말로 부드럽고 아름답다

之所無, 而公詞之所獨也. 昔宋復古、張乖崖方嚴勁正, 而其詞酒
復有濃纖婉麗之語,9) 豈鐵石心腸者類皆如是耶.10)

나 범개는 오랫동안 공을 쫓아 노닐며, 공께서 주신 은택을 많이
받았다. 한가한 날에 작품을 찾아 모아보니 백 수가 넘었으니, 이들
은 모두 공으로부터 직접 얻은 작품들이다. 최근 나라 안에 유포된
것이 대부분 위본僞本이 많아 내 이를 두렵게 여겼기 때문에, 감히
혼자 가지고 있을 수 없어 장차 전하는 사람의 의혹이 없도록 하고자
한다.

　開久從公遊, 其殘膏賸馥, 得所霑焉爲多. 因暇日裒集冥搜, 才
逾百首, 皆親得於公者. 以近時流布於海內者率多贋本, 吾爲此
懼, 故不敢獨閟, 將以祛傳者之惑焉.

　순희 연간 무신년(1188) 정월 초하루 문인 범개가 서문을 쓰다.
　　　　　　　　　　淳熙戊申正月元日門人范開序.

는 뜻. ○ 嫵媚(무미): 미학 용어로, 아리땁고 부드럽다는 뜻. 원래 여성의
　아름다운 자태를 가리킨다.
9) 濃纖(섬농): 미학 용어로, 농염하고 섬세하다는 뜻. ○ 婉麗(완려): 미학 용
　어로, 화려하고 완약하다는 뜻. 위의 여완麗婉과 같다.
10) 豈~耶: 아마도 ~일 것이다. 이 구절은 신기질을 포함하여 송적과 장영 등은
　모두 강직한 성품의 인물이지만, 문학적 풍격은 그들의 성품과 반대로 부드
　럽고 섬세하므로, 강직한 부류의 인물은 원래 완약한 작품을 쓰는가 보다며
　의외의 어조를 나타내었다.

가헌사稼軒詞 권1

장강과 회수, 호남과 호북 시기, 총 88수
1163년(남도 초기)부터 1181년(송 효종 순희 8)까지

한궁춘漢宮春[1]
— 입춘날立春日

봄이 벌써 돌아와
미인의 머리 위에
한들거리는 춘번春幡을 보는구나.
공연히 비바람이 불어와
남은 추위를 거두려 하지 않는구나.
해마다 때맞춰 떠나는 제비는
오늘 밤 서원西園으로 날아갈 꿈을 꾸리라.
노란 감으로 담은 황감주를 전혀 준비하지 못했으니
더구나 부추 쌓인 오신반五辛盤을 이웃에게 전해 줄 수 없어라.

동풍이 오늘부터 불어
매화에 향기 날리게 하고 버들을 물들이느라
한가한 날 없게 됨을 오히려 웃노라.
한가한 때는 또 거울 속에도 불어
사람의 홍안도 바꾸어 놓으리라.
시름이 끊이지 않으니
묻노니 그 누가 얽힌 고리 같은 근심을 풀 수 있으랴?
가장 두려운 건 꽃이 피었다가 지면
어느 날 아침에 기러기가 나보다 먼저 북으로 돌아가는 일.

春已歸來, 看美人頭上, 裊裊春幡.² 無端風雨,³ 未肯收盡餘寒.
年時燕子, 料今宵夢到西園.⁴ 渾未辦黃柑薦酒,⁵ 更傳靑韭堆盤.⁶
　却笑東風從此,⁷ 便薰梅染柳, 更沒些閑. 閑時又來鏡裏, 轉變朱
顔. 淸愁不斷, 問何人會解連環?⁸ 生怕見花開花落,⁹ 朝來塞雁先
還.¹⁰

注

1 漢宮春(한궁춘): 노래의 곡 이름. 사詞는 악곡에 맞추어 쓴 가사이
기 때문에 제목으로 노래의 곡조를 쓴다. 이러한 곡조의 틀을 사
문학에서는 사패詞牌라고 한다. 각 사패마다 글자 수, 구句 수, 평측
平仄, 압운押韻이 별도로 규정되어 있으므로 노래를 알아야 여기에
가사를 채워 넣을 수 있다. 일반적으로 사패 명칭의 의미와 곡의
내용은 관련이 없으며, 동일한 사패로 여러 사인들의 가사가 붙게
된다. 소식蘇軾이 사패 제목에 부제副題를 붙이게 되면서 부제가 붙
은 작품이 늘어났다. 일반적으로 같은 사패의 작품을 구별하기 위
해서 제목 뒤에 부제 또는 사의 첫 구절을 덧붙여 적는다.
2 裊裊(뇨뇨): 한들한들. 한들거리는 모양. ○ 春幡(춘번): 비단이나
헝겊을 꽃이나 나비 모양으로 오려 여인의 머리나 꽃가지에 다는
장식물. 입춘에 다는 풍속이 있기에 춘번이라 했다. 번승幡勝 또는
채승彩勝이라고도 한다. 『세시풍토기』歲時風土記 등 참조. 이 풍속
은 『형초세시기』荊楚歲時記에도 보이는 것으로 보아 남북조시대부
터 있었지만, 송대에 더욱 번성하였다.
3 無端(무단): 까닭 없이. 공연히.
4 西園(서원): 한대의 도성인 장안의 서쪽 교외에 있던 상림원上林苑.
여기서는 북송의 도성 변경汴京의 서문 밖에 있던 경림원瓊林苑을
가리킨다. 황제가 사냥하고 행락하는 장소였다.

5 渾(혼): 전부. 온통. ○ 黃柑薦酒(황감천주): 노란 감으로 만든 술.
입춘날에는 이런 술을 서로 주고받으면서 신춘의 도래를 축하하였다.
6 靑韭堆盤(청구퇴반): 입춘날에 떡과 야채를 소반에 담아 서로 주고
받는데 이를 춘반春盤이라 하였다.『사시보감』四時寶鑑 참조. 또 원
단과 입춘에는 파, 마늘, 부추, 여뀌, 갓 등 다섯 가지 채소를 섞어
오신반五辛盤을 만들기도 한다. 이들을 먹으며 새로운 절기를 축하
하였다.『본초강목』「채부」菜部 참조. 여기서는 부추 잎을 쌓아올린
춘반을 의미한다.
7 却笑(각소): 오히려 웃다. 상편上片의 긴장을 완화하는 역할을 한
다. 봄의 도래를 기뻐하여 웃지만, 이어지는 구절에서 봄의 도래는
시간의 변화를 의미하여 자신의 청춘도 늙게 하기에 그 웃음은 씁
쓸하게 변한다.
8 連環(연환): 이어진 고리. 구련환九連環과 같이 잘 풀어지지 않는
고리로, 여기서는 사람의 시름을 비유하였다.
9 生怕(생파): 가장 두렵다. 아주 두렵다. '生'(생)은 정도가 강함을 나
타낸다.
10 塞雁(새안): 작년에 변경邊境에서 날아온 기러기.

해설

　입춘의 도래에 따른 계절의 변화와 시인의 감회를 묘사하였다. 상
편上片은 주로 자연에 대해 묘사하였고, 하편下片은 사람의 일에 대해
서술하였다. 사람의 일은 두 가지 방면에서 전개하고 있다. 한 가지는
제비가 북쪽의 서원西園을 꿈꾸고, 기러기가 북방의 변경邊境에 나보
다 먼저 돌아간다는 말에서 보듯 북방에 대한 관심으로 요약된다. 다
른 한 가지는 한가한 시간 없이 빠르게 흐르는 세월에 홍안이 늙어가
는 데서 오는 불안과 안타까움이다. 결국 춘번, 제비, 오신반, 동풍,

꽃, 기러기 등 도처에 봄의 경물을 그리고 있지만, 이들이 모두 시인의 그리움과 안타까움과 연결되어 입춘의 계절감은 고조되고, 시름과 아쉬움 속에 봄의 풍광은 더욱 강렬해진다.

　제비가 서원으로 향하고 기러기가 변경으로 날아가는 데서 잃어버린 고국과 고향에 대한 지향이 뚜렷이 보인다. 특히 제비가 북으로 돌아간다고 말한 데서, 시인은 따뜻한 지역에 있음을 알 수 있다. 때문에 이 사詞는 일반적으로 1163년(24세)에 경구京口(지금의 鎭江)에서 지은 것으로 본다. 이때는 신기질이 금나라에서 남송으로 내려온 다음해이다. 겨울을 보내고 봄을 맞이하는 계절 감각과 함께 혼란한 시국과 불안정한 정세를 은연중에 환기한다. 이러한 시대 배경으로 인해 '공연히 부는 비바람'無端風雨이나 '남은 추위'餘寒 등도 혼란한 시대 상황을 비유한 것으로 볼 수 있는 여지를 갖게 된다. 부드러운 언어 속에 우국과 비분강개가 숨어 있고, 애절함과 아쉬움 속에 풍자가 깃들어 있다.

만강홍滿江紅
— 늦봄暮春

강남에 살면서
다시 청명과 한식을 보내는구나.
꽃길에 한바탕 비바람이 지나가니
금방 꽃잎이 낭자해라.
붉은 꽃은 어느새 흐르는 강물 따라 가버리고
동산 숲속은 무성해져 나무 그늘이 짙어졌구나.
생각해보니 해마다 자동화刺桐花가 모두 떨어질 땐
봄추위는 더이상 힘을 쓰지 못했지.

정원은 고요한데
부질없이 그리워하는구나.
말할 사람 없고
두서없는 시름만 끝이 없어라.
두려운 건 꾀꼬리와 제비가
나의 사정을 알아차리는 것.
흰 비단 편지 부치려 하나 그 사람 지금 어디 있는지
구름처럼 자취 없이 여기저기 떠돌고 있으리라.
나더러 누대에 오르라고 하지 말아라
평평한 들판은 푸르기만 하나니.

家住江南, 又過了淸明寒食.¹ 花徑裏一番風雨, 一番狼藉.² 紅
粉暗隨流水去,³ 園林漸覺淸陰密.⁴ 算年年落盡刺桐花,⁵ 寒無力.⁶
庭院靜, 空相憶. 無說處, 閑愁極.⁷ 怕流鶯乳燕, 得知消息. 尺素
如今何處也?⁸ 彩雲依舊無蹤跡. 謾敎人羞去上層樓,⁹ 平蕪碧.

注

1 淸明寒食(청명한식): 청명과 한식. 고대 봄철의 절기로, 청명은 양
  력 4월 5일 또는 6일이다. 한식寒食은 동지 후 105일째 되는 날로
  불을 금하여 찬밥을 먹었는데 이를 한식이라 하였다. 한식은 청명
  의 하루나 이틀 전에 오는 경우가 많아, 보통 같은 절기로 친다.
  청명과 한식에는 날씨가 온화하고 맑아져 파종하는 시기로 알려졌
  으며, 답청踏靑과 성묘 등의 풍속이 있었다.

2 狼藉(낭자): 여기저기 흩어져 어지럽다. 여기서는 꽃잎이 여기저기
  어지러이 나부끼며 흩어져 내리다. 구양수歐陽修의 「채상자」采桑子
  에 "남은 꽃 낭자하고, 버들개지 흐릿해라."狼藉殘紅, 飛絮濛濛.는 구
  절이 있다.

3 紅粉(홍분): 여인이 화장할 때 얼굴에 바르는 붉은 분. 여기서는
  떨어지는 꽃잎을 가리키지만, 그 이면에는 젊은 시절이란 뜻도 깃
  들어 있다.

4 淸陰(청음): 녹음이 만들어낸 그늘.

5 刺桐花(자동화): 음나무꽃. 음나무는 낙엽 교목으로 잎이 무성하고
  이른 봄에 선홍색의 꽃이 핀다. 잎이 오동잎과 비슷하고 가지에 가
  시가 있다.

6 寒無力(한무력): 추위의 세력이 약해지다. 날씨가 점점 따뜻해지다.

7 閑愁(한수): 두서없이 일어나는 근심. 공연한 시름.

8 尺素(척소): 편지. 한대에는 편지를 쓸 때 한 자 한 촌 길이의 비단

이나 나무판에 썼기 때문에, 비단에 쓴 편지를 '척소'尺素라 하고, 나무판에 쓴 편지를 '척독'尺牘이라 했다. 동한 말기 채옹蔡邕이 쓴 「장성 아래 샘에서 말에 물 먹이며」飮馬長城窟行에 용례가 보인다. "먼 곳에서 온 손님이, 나에게 쌍 잉어 편지함을 주어서, 어린 종을 시켜 잉어를 갈랐더니, 뱃속에서 비단 편지 나왔지요."客從遠方來, 遺我雙鯉魚. 呼兒烹鯉魚, 中有尺素書.

9 謾敎(만교): 休敎(휴교)와 같다. ~하지 말게 하라. 이 구는 구양수歐 陽修의 「답사행」踏莎行에 나오는 "푸른 들판이 끝나는 곳은 봄 산인 데, 행인은 더 멀리 봄 산 밖에 있으리라."平蕪盡處是靑山, 行人更在春 山外.는 구의 뜻과 마찬가지로 누대에 오르면 그리운 사람이 더욱 그리워진다는 뜻이다. 이는 동한 말기 채옹의 「장성 아래 샘에서 말에 물 먹이며」飮馬長城窟行에서 "파릇파릇한 강가의 풀, 아득히 먼 길 나간 사람을 그리워합니다."靑靑河邊草, 緜緜思遠道.의 전통에서 이어져 나온 것이다. 이는 늦봄의 푸른 들이 불러일으키는 정서가 견디지 못할 정도로 큼을 나타낸다.

해설

객지에 있는 남편을 그리는 아낙의 어투로, 늦봄의 계절 속에 그리는 사람을 만나지 못하는 안타까움과 시름을 표현하였다. 상편上片은 늦봄의 정경으로 청명이 되어 비바람에 붉은 꽃잎이 떨어지고, 녹음이 조심씩 우거지며, 더 이상 추위가 위세를 부리지 못하는 계절감각을 묘사하였다. 하편下片은 인사人事를 서술한 것으로 그리운 마음을 나타냈다. 떠난 사람은 어디 있는지 알 수 없어 편지를 부치려 해도 부칠 수 없고, 그의 모습은 구름과 마찬가지로 자취 없고 또 방향도 일정하지 않다.

일차적으로 이 사詞는 늦봄의 계절감 속에 떠난 사람을 그리워하는 내용이며, 전고를 전혀 쓰지 않고 평이하게 묘사하였다. 고대의 계절 감각은 지금에 비해 1개월 정도 앞서기에, 지금의 입춘이 있는 2월이 초봄에 해당하고, 지금의 청명이 있는 4월이 늦봄에 해당한다. 일부 학자들은 자연의 묘사에 대해서도 시사時事를 비유하고 있다고 보았다. 예컨대 홀로 있는 것은 정치적 실의를 나타내고, 꽃이 떨어지는 것은 시국의 혼란을 비유하며, 떠난 사람의 소식을 기다림은 북벌北伐을 기다린다는 식이다. 이렇게 되면 꾀꼬리와 제비도 소인배의 참언으로 해석할 수 있다. 나아가 현대학자 등광명鄧廣銘은 이 사의 제작 시기를 남도한지 2년 후인 1164년(25세) 강음江陰에서 첨판簽判으로 있을 때 지은 것으로 보았다. 이때는 장준張浚이 금나라를 공격하자고 건의하여 전쟁을 펼쳤으나 부리符離(안휘성 宿州市)에서 크게 패한 이후로, "꽃길에 한바탕 비바람이 지나가니, 금방 꽃잎이 낭자해라"도 부리에서의 참패를 암시한다고 보았다. 이와 같은 독법은 나름대로 문학적인 전통이 있어 고대는 물론 현대의 학자들도 채택하는 경우가 많다. 이러한 독법은 여전히 참고할 가치가 있지만, 모든 작품에 습관적으로 연결하는 것은 무리가 있으므로 작품에 따라 적절한 시각과 균형 잡힌 감각을 가져야 할 것이다. 이 사에서도 다만 참고하는데 그치는 것이 좋다고 본다.

「만강홍」滿江紅의 어조는 평탄하고 순조롭다. 그러나 일반적으로 입성자入聲字로 압운하여, 전체 어조는 순조로운 데 비해 구의 마감은 비교적 강력하다. 때문에 물 흐르듯 유연한 어조 속에 침통함이 있다. 특히 상편과 하편의 끝에 있는 '寒無力'과 '平蕪碧', 그리고 하편의 '空相憶'과 '無說處'는 '평평측'平平仄으로 되어 있어 강렬한 효과를 준다. 신기질은 「만강홍」 사패詞牌로 모두 33수의 사를 지었다.

수조가두 水調歌頭

— 전운사 조개암의 생신을 축하하며 壽趙漕介庵[1]

악와渥洼에서 온 천리마 같이
그대의 이름은 제왕의 가문을 진동시켰지.
예전에 금란전에서 주초奏草를 올리면
붓글씨는 만 마리 용과 뱀이 춤추는 듯했지.
무한한 봄빛을 가지고 내려왔으니
강산이 모두 늙는다고 해도
그대의 귀밑머리는 아직도 까마귀와 같이 검구나.
조운漕運의 업무는 밀쳐놓고
오늘은 국화주에 취해야 하리.

동쌍성董雙成을 부르고
농옥弄玉을 노래하게 하고
악록화萼綠華를 춤추게 해야 하리.
한 잔을 마시면 천 년을 산다 하니
신선의 유하주流霞酒를 강과 바다처럼 마셔야 하리.
듣건대 임금 계신 도성에서는
은하수의 파도를 끌어와
서북의 오랑캐 먼지를 씻으려 한다지.
고개 돌려 해를 바라보니
구름 속을 날아가는 수레가 보이는구나.

千里渥洼種,² 名動帝王家. 金鑾當日奏草,³ 落筆萬龍蛇.⁴ 帶得無邊春下,⁵ 等待江山都老, 敎看鬢方鴉.⁶ 莫管錢流地,⁷ 且擬醉黃花.

喚雙成,⁸ 歌弄玉,⁹ 舞綠華.¹⁰ 一觴爲飮千歲, 江海吸流霞.¹¹ 聞道淸都帝所,¹² 要挽銀河仙浪,¹³ 西北洗胡沙.¹⁴ 回首日邊去,¹⁵ 雲裏認飛車.

注

1 壽(수): 생일을 축하하다. ○ 趙介庵(조개암): 전운사 조언단趙彦端 (1121~1175). 조언단의 자가 덕장德莊이어서 조덕장趙德莊이라 부르는 경우가 더 많다. 호는 개암介庵이다. 송나라 황족으로 나중에 벼슬이 좌사랑관左司郎官까지 올랐다. 『개암거사집』介庵居士集 10권이 전한다. 신기질과 사詞를 주고받았다. ○ 漕(조): 조운漕運을 담당하는 관직을 가리킨다. 당시 조개암은 강남동로江南東路 계탁전운부사計度轉運副使로 건강建康(지금의 남경)에 있었다. 「직보문각조공묘지명」直寶文閣趙公墓誌銘에는 조개암이 1166년(건도 3) 겨울부터 1168년(건도 5) 봄 사이에 강동 조운사에 임직했다고 하였다.

2 渥洼種(악와종): 악와에서 나온 준마의 품종. 악와는 호수 이름으로 지금의 감숙성 안서현安西縣에 소재한다. 여기에서 자라는 준마는 달릴 때 갈기에서 붉은 피가 흘러 내려 '한혈마'汗血馬라고도 하며, 말의 품종이 아주 뛰어나기에 '천마'라고도 하였다. 『사기』「무제기」武帝紀를 보면, 기원전 113년에 악와에서 나는 말을 조정에 바쳤기에 무제가 「천마」를 지었다고 하였으며, 『사기』「악서」樂書와 『한서』「예악지」禮樂志에 그 가사가 수록되어 있다. 조개암이 종실의 인재이기 때문에 천마에 비유하였다.

3 金鑾(금란): 금란전. 당대 장안 대명궁 안에 금란궁金鑾宮이 있었고

거기에 한림원이 있었다. 송대에는 금란전 옆에 학사원學士院이 있
었다. ○ 奏草(주초): 주장奏章의 초고.

4 龍蛇(용사): 용과 뱀. 서예의 필획이 용과 뱀이 구불거리듯 생동감
이 넘치고 힘차다는 뜻.

5 無邊春(무변춘): 무한한 봄빛. 정치적 업적이 뛰어남을 비유한다.
이 구는 천상의 무한한 봄빛을 가지고 내려온다는 말로, 앞의 천마
가 하늘에서 내려왔다는 뜻과 이어지며, 동시에 조개암이 중앙에서
지방의 전운부사로 내려왔다는 뜻을 환기한다.

6 敎看(교간): 한 번 바라보다. ○ 鬢方鴉(빈방아): 귀밑머리가 까마
귀 같이 검다. 方(방)은 비슷하다.

7 錢流地(전류지): 돈이 땅 위에 흐르다. 이재에 밝음을 비유한다. 당
대 유안劉晏은 재정, 조세, 염철 등에 대한 관리를 잘 하여 수륙의
운수運輸를 개통시키고 물가를 안정시켰는데, 일찍이 "돈이 땅 위에
흐르는 게 보이는 듯하다"如見錢流地上고 말했다. 『신당서』「유안전」劉
晏傳 참조. 조개암이 유안과 같이 전운의 업무를 잘 한다는 뜻이다.

8 雙成(쌍성): 동쌍성董雙成. 신화와 전설에 나오는 인물로 서왕모西
王母의 시녀. 생황을 잘 불었으며, 서왕모의 반도원蟠桃園을 관리하
였다. 「한무내전」漢武內傳 참조.

9 弄玉(농옥): 전설 중의 인물로, 진 목공秦穆公의 딸. 퉁소를 잘 부는
소사簫史를 좋아하여 결혼했는데, 농옥도 몇 년 후 퉁소로 봉황의
울음을 낼 수 있게 되었다. 나중에 두 사람은 봉황을 타고 날아갔
다. 『열선전』列仙傳 참조.

10 綠華(녹화): 악록화萼綠華. 전설 중의 여자 신선. 나이는 스물 정도
이고 청의靑衣를 입었다. 진 목제晉穆帝 때 밤중에 양권羊權의 집에
내려가 시詩, 화한포火澣布, 금옥 팔찌金玉條脫를 주었다. 『진고』眞誥
「운상」運象 참조. 『본사사』本事詞에 따르면, 조개암이 경구京口에 살

때 다른 곳보다 배로 많은 건물을 짓고 배로 많은 명기名妓와 미녀艷姬를 두어, 사람들이 선녀들이라 여겼다고 한다. 그 중 가장 뛰어난 열 명의 각각에 대해 조개암은 「자고천」鷓鴣天을 지었다고 한다. 여기서는 동쌍성, 농옥, 악녹화로 조개암의 저택에 있는 가무하는 여인들을 비유하였다.

11 流霞(유하): 신선이 마시는 술 이름. 이를 마시면 수개월 동안 배가 고프지 않는다고 한다. 『논형』論衡 「허도」虛道 참조. 일반적으로 좋은 술을 가리킨다.

12 淸都(청도): 천제가 사는 궁궐. 『열자』「주목왕」周穆王에 "청도, 자미, 균천, 광악은 모두 천제가 사는 곳이다."淸都紫微 鈞天廣樂, 帝之所居.라는 말이 있다. 여기서는 남송의 조정을 비유한다.

13 要挽(요만) 2구: 은하수를 끌어와 오랑캐가 일으킨 전쟁의 먼지를 씻다. 두보杜甫의 「병기와 말을 씻으며」洗兵馬에 "어찌하여 장사들이 은하수를 끌어와, 갑옷과 병기를 깨끗이 씻어 오래도록 쓰지 않도록 할까!安得壯士挽天河, 淨洗甲兵長不用!라는 구절을 이용하였다. 두보는 장안과 낙양이 안사의 반란군을 몰아내고 수복되자 난리를 종식하고 천하가 태평하기를 기원하였다.

14 洗胡沙(세호사): 오랑캐의 말들이 일으킨 모래 먼지를 씻어내다. 북방에서 침략해온 비한족을 몰아내다. 이백李白의 「영왕 동순가」永王東巡歌 제2수에 "그대 위해 웃으며 말하는 사이 오랑캐 먼지를 씻어내리라"爲君談笑净胡沙는 구절이 있다.

15 日邊(일변): 해의 가. 조정이나 군주를 비유한다.

해설

조개암의 재능을 칭송하고 중원 수복에 대한 기원을 노래했다. 조개암의 생일 연석에 참가하여 이 사를 지어 축하한 것으로 보인다.

고양되고 낙천적인 정서에 호매한 심정을 담아, 신화와 현실을 넘나들며 상상력을 자유분방하게 구사하였다. 축수사祝壽詞에 으레 보이는 세속적인 아부나 칭찬 대신에 천진한 상상과 진지한 정감이 깃들어 있으며 탈속적인 분위기까지 띤다.

이 사는 1168년(29세) 건강建康(지금의 남경)에서 지었다. 이때는 신기질이 남으로 내려온 지 이미 7년이 지난 후로, 이해부터 1170년(31세)까지 3년 간 선상 통반建康通判에 임직하였다. 동시대 인물인 구숭邱崈이 조개암의 생일을 축하하여 지은「수조가두」水調歌頭에서는 "내일 아침 중양절 좋은 명절에"九日明朝佳節라는 구절이 있는 것으로 보아 조개암의 생일은 중양절 바로 전날임을 알 수 있다. 말미에서 머리를 돌리기도 전에 조개암이 다시 조정으로 돌아가 북방 수복의 임무를 맡기 바란다는 뜻을 나타내었다. 이는 곧 상대방에 대한 축원과 격려이면서 동시에 자신에 대한 면려이기도 하다. 다시 말해 종친으로 세력과 명망이 있는 조개암에게 자신을 추천해 줄 것을 바라고, 이를 통해 자신의 재능을 펼치려는 뜻도 깃들어 있다.

완계사浣溪沙

— 엄자문嚴子文의 시녀 소소에게贈子文侍人, 名笑笑[1]

그대는 품성이 훌륭하여 남들에게 '웃음'을 주는 사람
입을 열어 자주 '웃어도' 좋으리라.
한 번 '웃기만' 해도 좌중에 봄빛이 넘치는구나.

노래할 때면, 눈썹 찡그릴 순간에 다시 가볍게 '웃고'
취할 때면, '웃어야' 할 순간에 오히려 가볍게 찡그리누나.
찡그리고 '웃는' 모습 모두 좋으니 더욱 생기 있구나.

儂是嶔崎可笑人,[2] 不妨開口笑時頻. 有人一笑坐生春.
歌欲顰時還淺笑,[3] 醉逢笑處却輕顰. 宜顰宜笑越精神.[4]

注

[1] 子文(자문): 엄환嚴煥. 강소 상숙常熟 사람으로 자字는 자문子文이다. 엄자문嚴子文은 1142년(소흥 12) 진사과에 급제한 후 휘주 신안徽州新安 교수敎授, 건강부建康府 통판, 태상승太常丞, 복건시박사福建市舶使 등을 역임하고 조봉대부朝奉大夫까지 이르렀다. 서예와 회화에도 능했다. ○ 侍人(시인): 가까이 따르는 노복. 여기서는 가기歌妓를 가리킨다.

[2] 儂(농): 나. 너. 여기서는 너. 강소江蘇와 절강浙江 일대의 방언. 여

인이 강남 사람이기 때문에 그 방언을 써서 그녀를 가리켰다. ○ 嶔崎(금기): 험준한 모양. 비유하여 탁월한 품격을 가리킨다. ○ 可笑人(가소인): 가소로운 사람. 남의 비웃음을 사는 사람. 그러나 여기서는 '부러워하다'는 뜻으로 본다. 이 구는 서진 때 주의周顗가 환이桓彝를 중시하며 한 말에서 유래했다. "환이는 품격이 다른 사람들보다 탁월하여 부러움을 산다." 茂倫嶔崎歷落, 固可笑人也. 『세설신어』世說新語 「용지」容止와 『진서』「환이전」桓彝傳 참조. 주의의 말은 환이를 중시하고 칭찬하는 말이기 때문에 가소可笑를 '비웃다'고 새겨 "환이는 품격이 다른 사람들보다 탁월하지만 세상 사람들이 이를 몰라 비웃는다."고 해석하는 것은 적절하지 않다고 본다. 주의와 환이 모두 명문 세족 출신으로 뛰어난 인물로 알려졌다. 또 신기질의 「자고천」에 "그대 집안의 형제는 진실로 부러워, 하나하나 모두가 문필로 오봉루 짓는 솜씨라네." 君家兄弟眞堪笑, 箇箇能修五鳳樓. 란 구절에서도 소笑 자를 '부러워하다'로 새긴 용례가 있다.

3 顰(빈): 눈썹을 찡그리다. 미인의 아름다움을 찡그린 눈썹에서 찾은 것은 『장자』부터이다. 춘추시대 월나라 미녀 서시西施가 속병이 있어 눈썹을 찡그리자 마을의 추녀가 이를 예쁘다고 생각하고 자신도 가슴을 안고 눈썹을 찡그리고 다녔다. 이를 본 마을의 부자는 문을 닫고 나오지 않았으며, 이를 본 가난한 사람은 아내를 데리고 마을을 떠났다. 『장자』「천운」天運 참조.

4 精神(정신): 정신을 진작하다. 생기 있고 활발하다. 신기질의 「자고천」에 "검은 머리에 새치도 전혀 없고, 취하여 붓을 들면 더욱 생기 있구나." 綠鬢都無白髮侵, 醉時拈筆越精神. 란 용례가 있다.

해설

엄자문嚴子文의 시녀 소소笑笑에게 준 사詞로, 주로 소소의 모습을 묘사하며 칭찬하고 있다. 소소는 엄자문의 가기歌妓로 보인다. 신기질이 주목한 것은 가기 이름이 소소笑笑라는 점이며, 여기에 착안하여 6구 모두 '笑'(소) 자가 하나씩 들어가도록 구성하였다. 여인의 활발함과 아름다움이 잘 드러나는 '웃음'笑은 이와 상대되는 개념인 '찡그림' 矉과 짝하게 된 것은 『장자』에 나오는 '효빈'效矉부터이다. 하편에서는 이 두 개념을 잘 활용하여 미인의 사랑스러움을 그리고 있다. 이는 상편에서 말한 품성이 훌륭하다鹸崎는 말과 호응한다.

엄자문이 건강建康에 통판으로 재직한 때는 1166부터 1169년 사이이고, 신기질 역시 통판으로 재직한 때는 1168년부터 1170년 사이이므로, 두 사람이 건강 통판으로 같이 근무하였던 시기는 1168년과 1169년이다. 때문에 이 사는 1168(29세)~1169년(30세) 사이에 지은 것으로 본다. 신기질이 엄자문과 창화한 작품으로는 「수조가두」가 한 수 더 있다.

만강홍滿江紅
— 건강 지부 사치도의 연회 석상에서 짓다建康史帥致道席上賦[1]

붕새가 날개를 펼쳐 날며
어둑한 인간 세상에 인물이 없음을 비웃더라.
다시 머리 돌려 깊은 구중궁궐로 향하니
옥 계단 위에 그대가 산처럼 서있더구나.
소매 안에는 빛나는 기이한 오색의 옥돌이 있으니
언젠가는 무너진 서북의 하늘을 메울 것이로다.
잠시 이곳에 와 담소하며 장강을 지키고 있으니
강물은 맑고 푸르게 흐르네.

아름다운 땅 이 곳 금릉에
문장의 대가大家인 그대가 있구나.
「금루곡金縷曲」을 노래하며
홍아박紅牙拍을 두드리는 소리.
보아하니 술잔 앞으로
조정의 소식이 날아오리라.
생각건대 향기로운 조서에 재상으로 임명된 꿈이 이루어지리라만
지금은 그림 그려진 배에서 청계의 피리소릴 듣는구나.
오늘은 정말로 종산鍾山을 두고 약속하노니
오래도록 서로 친구가 되기를!

鵬翼垂空,² 笑人世蒼然無物.³ 又還向九重深處,⁴ 玉階山立. 袖
裏珍奇光五色,⁵ 他年要補天西北. 且歸來談笑護長江, 波澄碧.

佳麗地,⁶ 文章伯.⁷ 金縷唱,⁸ 紅牙拍.⁹ 看尊前飛下, 日邊消息. 料
想寶香黃閣夢,¹⁰ 依然畵舫靑溪笛.¹¹ 待如今端的約鍾山,¹² 長相識.

注

1 建康(건강): 지금의 남경시. 동진과 남조의 도성이었으며 남송 때
에는 건강부建康府가 되었다. 1129년 강녕부江寧府를 건강부로 개명
하고 치소를 지금의 남경에 두었다. ○ 史致道(사치도): 사정지史正
志. 치도致道는 자字. 양주揚州 사람. 1151년에 진사에 급제하고, 추
밀원 편수樞密院編修가 되었다. 일찍이 「회복요람」恢復要覽 5편을 올
려 북벌을 주장하였다. 이후 사농시승司農寺丞, 탁지원외랑度支員外
郎 등을 역임했다. 1167년부터 1170년 사이에 건강부 지부知府 겸
건강행궁유수建康行宮留守와 연강수군제치사沿江水軍制置使가 되었
다. ○ 帥(수): 송대 행정 구역인 '로'路에 설치된 안무사사安撫使司의
장관을 안무사安撫使 또는 수帥라 하였다. 안무사사의 치소는 주부
州府 또는 군軍인데, 일반적으로 부의 장관인 지부知府가 안무사를
겸직하였다.

2 鵬翼垂空(붕익수공): 붕새의 날개가 하늘을 덮다. 『장자』 「소요유」
의 이미지를 환기한다. "북쪽 바다에 물고기가 있는데, 그 이름을
곤이라고 한다. 그 곤은 매우 커서 몇 천 리가 되는 지 알 수가
없다. 그 곤이 변하여 새가 되니, 그 이름은 붕이다. 그 붕의 등은
넓어서 몇 천 리나 되는 지 알 수가 없다. 붕이 힘차게 날아오르
면, 그 날개는 마치 하늘을 뒤덮은 구름과 같다."北冥有魚, 其名爲鯤.
鯤之大, 不知其幾千里也. 化而爲鳥, 其名爲鵬. 鵬之背, 不知其幾千里也. 怒而
飛, 其翼若垂天之雲.

3 蒼然(창연): 푸르고 먼 모습.

4 九重(구중): 구중궁궐. 아홉 겹의 궁문. 도성의 궁궐 또는 천자의 거처를 말한다.

5 光五色(광오색): 오색석五色石을 가리킨다. 사마정司馬貞의 『삼황본기』三皇本紀에 "여와씨 말년에 제후 가운데 공공씨가 있었다. 공공씨가 축융과 싸우다가 이기지 못하자 화가 나 머리로 부주산을 들이받아 산이 무너지고 하늘을 받치는 기둥이 부러졌고 땅줄기가 끊어졌다. 이에 여와가 오색석을 구워 하늘을 메웠다."女媧氏末年, 諸侯有共工氏, 與祝融戰, 不勝而怒, 乃頭觸不周山崩, 天柱折, 地維絶. 女媧乃煉五色石以補天.는 기록이 있다. 『회남자』「천문훈」天文訓에도 "옛날 공공이 전욱과 임금 자리를 두고 다투다가 노한 나머지 부주산을 들이받자, 하늘을 받치는 기둥이 부러졌고 땅줄기가 끊어졌다."昔者共工與顓頊爭爲帝, 怒而觸不周之山, 天柱折, 地維絶.는 신화가 있다.

6 佳麗地(가려지): 아름다운 땅. 금릉을 가리킨다. 남조 제량齊梁 시대 사조謝朓의 「입조곡」入朝曲에서 유래했다. "강남은 아름다운 땅이고, 금릉은 제왕의 고을이다."江南佳麗地, 金陵帝王州.

7 文章伯(문장백): 문장의 대가. 문호文豪.

8 金縷(금루): 악곡 「금루곡」金縷曲 또는 「금루의」金縷衣를 가리킨다. 만당晚唐 때 두추낭杜秋娘이 노래한 「금루의」金縷衣가 유명하다. "그대에게 권하노니 금루의를 아끼지 말기를, 그대에게 권하노니 젊은 때를 귀중히 아끼기를. 꽃이 피어 꺾을 만하면 모름지기 꺾어야 하니, 꽃 진 후 부질없이 빈 가지만 꺾지 말기를!"勸君莫惜金縷衣, 勸君須惜少年時. 花開堪折直須折, 莫待無花空折枝. 두목杜牧의 시에서도 "두추낭은 옥 술잔을 든 채 취해, 더불어 '금루의'를 노래했네."秋持玉斝醉, 與唱金縷衣.라는 구절이 있다.

9 紅牙拍(홍아박): 아판牙板이라고도 한다. 일종의 박판拍板으로 그

색이 붉으므로 홍아박이라 하였다. 남송의 유문표兪文豹가 지은 『취검속록』吹劍續錄에 흥미로운 용례가 있다. 소식蘇軾이 옥당에 재직하고 있을 때, 궁정의 호위무사가 노래를 잘 부르기에 물었다. "나의 사를 유영柳永의 사와 비교하면 어떻소?" 궁정의 무사가 대답했다. "유영의 사는 열일곱여덟 살 여자아이가 홍아박을 들고 박자를 두드리며 '버들 늘어진 언덕에 새벽바람과 스러지는 달'을 노래하기 좋지만, 학사(소식)의 사는 관서 지방의 장부가 철판을 들고 '장강이 동으로 흘러가고'를 노래하여야 할 것이오."柳郎中詞, 只合十七八女孩 兒執紅牙拍板, 唱楊柳岸曉風殘月. 學士詞, 須關西大漢, 執鐵板, 唱大江東去.

10 寶香(보향): 아름다운 향기. 여기서는 황제의 조서가 봉함된 옥새의 인니印泥에서 나오는 향기를 가리킨다. ○ 黃閣(황각): 승상이 근무하는 관청. 한대漢代에 승상과 삼공이 정무를 보는 관청을 황색으로 칠하였기에 황각이라 하였다.

11 靑溪(청계): 삼국시대 오나라에서 건업建業 성 동남에 굴착한 수로. 원래 이름은 동거東渠였다. 오행의 방위를 적용하여 동쪽이 '청'에 해당하므로 청계라고 하였다. 지금의 남경시 종산 서남에서 발원하여 전호前湖(지금의 燕雀湖)에서 모였다가 성으로 들어간 후 남쪽으로 진회하로 들어간다. 구불거리며 십 리에 이어졌기에 구곡청계九曲 靑溪라 하였으며, '금릉 48경' 가운데 하나였다. 지금은 진회하에 들어가는 단락만 남아있다. 청계의 피리와 관련된 전고로는 『세설신어』에 환이桓伊와 왕휘지王徽之의 고사가 있다. 왕휘지가 남경에 갔을 때 청계 옆에 배를 대었는데 마침 환이가 강가를 지나갔다. 두 사람은 모르는 사이였는데 마침 배 안에서 저 사람이 (피리의 명수) 환이라고 하였다. 이에 왕휘지가 사람을 보내 환이에게 "피리를 잘 분다고 하는데 나를 위해 한 번 연주해 주오."라고 말하였다. 당시 환이는 이미 고관이 되었을 때이나 풍도가 있어 바로 수레에서 내

려 호상胡床에 앉아 세 번三弄(같은 곡을 다른 음휘에서 3번 중복함) 연주
하였다. 곡이 끝나자 환이는 수레를 타고 떠났고 두 사람은 말 한
마디 나누지 않았다.

12 端的(단적): 정말로. 확실히. ○ 鍾山(종산): 장산蔣山 또는 자금산紫
金山이라고도 한다. 지금의 남경시 성 동북부에 소재한다.

해설

건강부를 다스리는 사치도史致道의 연석에서 연회의 성황과 사치도
의 훌륭함을 칭송하였다. 증사贈詞가 으레 갖는 수식과 아유阿諛의 언
어에서 멀리 벗어나 충만한 열정과 호방한 정서로 정치적 포부를 이입
시켰다는 점에서 강렬한 개성을 지닌다. 신화와 전설의 요소를 끌어와
현실을 바라보고 투시함으로써 현실에 대한 묘사와 시인의 의지는 한
층 고양된 차원에서 펼쳐진다.

상편은 대붕전시大鵬展翅와 여와보천女媧補天의 전고로 사치도의 뛰
어난 재능과 뜻을 찬미하였다. 사치도는 좌조봉랑左朝奉郎 겸 집영전
수찬集英殿修撰으로 조정에서 근무하다가 1168년 9월 건강建康의 군사
와 행정을 주관하는 임무를 맡고 부임하였다. 때문에 사의 첫머리에서
붕새의 시각에서 이전에 궁중에서의 활동을 부각시켰다. 동시에 뛰어
난 재능을 가진 그에게 북방의 고토를 회복시켜줄 것을 기대하였다.
하편은 연회석의 떠들썩한 분위기와 호화로운 무대 속에 지금과 미래
를 교착시켜 일관된 정신을 유지하기를 기원하였다. 말미에서 말하는
종산과의 약속이란 곧 산과 친구가 되고 산과 같은 굳건한 맹서라는
뜻이기도 하지만, 진회하의 여러 막료들과의 우정으로, 중후하고 충실
한 정감의 토대 위에서 교우와 사업이 유지되기를 기원하는 뜻도 들어
가 있다. 이 사는 사치도가 건강에 부임하던 해인 1168년(29세)에 지은
것으로 본다.

염노교念奴嬌

— 건강 상심정에 올라, 유수 사치도께 드림登建康賞心亭, 呈史留守致道[1]

내 여기 와서 옛일을 회고하며

높은 정자에 오르니

공연한 시름만 산더미 같아라.

호랑이가 웅크리고 용이 서린 곳은 어디인가?

다만 흥망성쇠의 자취만 눈에 가득하구나.

버드나무 밖으로 해가 지고

강가에 새 돌아가는데

들에는 높은 나무들이 바람에 흔들린다.

조각 돛배 서쪽으로 가는데

한 곡조 피리소리 누가 부는가?

사안謝安의 풍류를 생각하노니

그의 만년에

환이桓伊가 뜯는 쟁 연주에 눈물 흘렸지.

공명은 후배들에게 맡겨두고

긴 날을 바둑으로 보냈지.

보배로운 거울은 찾기 힘들고

구름은 저물어 가는데

누가 나에게 술잔을 권할 것인가?

강가에 바람 드세니

내일 아침이면 파도가 집을 뒤집을 것 같구나.

我來弔古,² 上危樓贏得,³ 閑愁千斛.⁴ 虎踞龍蟠何處是?²⁵ 只有興
亡滿目.⁶ 柳外斜陽, 水邊歸鳥, 隴上吹喬木.⁷ 片帆西去, 一聲誰噴
霜竹?²⁸

却憶安石風流,⁹ 東山歲晚,¹⁰ 淚落哀箏曲.¹¹ 兒輩功名都付與,¹²
長日惟消棋局. 寶鏡難尋,¹³ 碧雲將暮, 誰勸杯中綠?¹⁴ 江頭風怒,
朝來波浪翻屋.

注

1 賞心亭(상심정): 북송 때 정위丁謂가 창건한 정자. 건강 하수문下水
  門 성 위에 세워진 누각으로, 아래로는 진회하가 흘렀다. 당시 유람
  명승지였다. ○ 留守(유수): 행궁유수行宮留守. 관직명으로, 군주가
  천도하거나 순행을 나가면 중신이 대신하여 그 행궁이나 땅을 지키
  는 임무를 맡았다. 송나라 종실이 남도한 초기에 고종高宗이 일찍이
  건강에 머무르다가 임안臨安으로 천도하였으므로, 행궁유수의 직책
  이 생기게 되었다. 사치도史致道는 1167년부터 1170년 사이에 건강
  부 지부知府 겸 건강 행궁유수建康行宮留守가 되었다. ○ 史致道(사
  치도): 바로 앞의 사 「만강홍」 참조.

2 弔古(조고): 회고懷古. 옛일 또는 옛사람을 추념하다. 옛날을 회상
  하다.

3 危樓(위루): 높은 누각. 상심정을 가리킨다.

4 斛(곡): 도량형 용기. 원래 10말斗이었으나 송대에는 5말로 쳤다.
  천 곡은 지극히 많은 양을 가리킨다.

5 虎踞龍蟠(호거룡반): 호랑이가 웅크리고 용이 서리 틀다. 건강성의

지세가 험준하고 기세 있음을 형용한 말. 제갈량이 손권에게 한 말에서 유래했다. "말릉(지금의 남경시)의 지형을 보면, 종산은 용처럼 서리 틀고 석두성은 호랑이처럼 웅크리고 있으니, 진실로 제왕의 도읍지로다."秣陵地形, 鍾山龍蟠, 石城虎踞, 眞帝王之都也. 『금릉도경』金陵圖經 참조.

6 興亡(흥망): 육조 시대의 흥망성쇠를 겪은 유적지를 가리킨다. 금릉(남경시)은 동오, 동진, 송, 제, 양, 진 등 여섯 왕조의 도읍지였다. 북송의 왕안석王安石은 「계지향」桂枝香에서 "육조의 옛일은 흐르는 강물 따라 흘러가고"六朝舊事隨流水라고 노래하였다.

7 隴(롱): 밭두둑. 들을 가리킨다. ○ 喬木(교목): 교목. 높은 나무.

8 噴霜竹(분상죽): 피리를 불다. 霜竹(상죽)은 서리 묻은 대나무로 곧 가을의 대나무. 여기서는 피리를 비유했다. 황정견黃庭堅의 「염노교」에 "손랑이 미소 지으니, 마침 가을 피리 부는 소리."孫郎微笑, 坐來聲飮霜竹.라는 구절이 있다.

9 安石(안석): 동진의 정치가 사안謝安을 가리킨다. 자가 안석安石이었다. ○ 風流(풍류): 풍채, 풍도. 남조 때 왕검王儉이 사람들에게 종종 말하기를 '강좌에 풍도가 있는 재상이라곤 오직 사안이 있을 뿐'이라고 했다.'儉常語人曰: '江左風流宰相惟有謝安.' 『남제서』南齊書「왕검전」王儉傳 참조.

10 東山(동산): 은거하는 곳. 동진東晉의 사안謝安이 관직을 버리고 회계會稽의 동산東山에 은거한 이래, 동산은 은거지를 의미하였다. 여기서는 사안을 가리킨다.

11 淚落(누락) 구: 동진 때 환이桓伊가 사안을 위해 음악으로 간언을 올린 일에 사안이 감격한 일을 가리킨다. 비수지전 이후 사안의 이름이 갈수록 높아지자 이를 시기하는 사람들이 효무제孝武帝에게 폄훼하곤 하였다. 하루는 효무제가 주연을 베풀 때 환이에게 피리

를 연주하게 하였다. 환이는 피리를 연주한 후 쟁箏을 연주하며 노
래하였다. "군주가 되는 것도 쉽지 않지만, 신하가 되는 일도 진실
로 어려워. 충성과 믿음의 일은 잘 드러나지 않고, 일어나는 일에
대해선 의심을 받는구나."爲君旣不易, 爲臣良獨難. 忠信事不顯, 事有見疑
患. 이에 사안이 눈물을 흘리며 환이에게 다가가 그 수염을 쓰다듬
으면서 "사군께서 이러한 일에 범상하지 않소이다!"使君於此不凡!라
고 말하였다. 효무제도 자신이 간신들의 참언에 귀 기울였음을 부
끄러워하였다. 『진서』晉書「환이전」桓伊傳 참조.

12 兒輩(아배) 2구: 공명을 얻는 일은 모두 후배들에게 맡기고 자신은
바둑으로 소일하다. 383년 전진前秦의 부견苻堅이 군사 80여 만을
이끌고 내려오자, 재상 사안이 동생 사석謝石을 정토대도독으로 임
명하고, 조카 사현謝玄을 선봉으로 하여 회수를 서쪽으로 올라가도
록 했다. 동진의 부대가 비수淝水에서 전진의 군사와 겨룬 후 수양
壽陽을 수복하자 사석과 사현이 건강에 승전보를 보냈다. 이때 사안
은 마침 손님과 바둑을 두고 있었는데 승전보를 받고도 태연히 바
둑을 두었다. 손님이 무슨 편지냐고 묻자 "아이들이 도적을 깼다는
군요."小兒輩遂已破賊.라고 대답하였다. 『진서』「사안전」 참조.

13 寶鏡難尋(보경난심): 귀한 거울을 찾기 어렵다. 당대 이준李濬의
『송창잡록』松窓雜錄에 전고가 보인다. 어떤 어부가 진회하에서 오래
된 동경을 건져 올렸는데 사람의 폐부를 비쳐 볼 수 있는 신기한
것이었다. 나중에 부주의하여 물속에 떨어뜨렸는데 다시 찾을 수
없었다. 여기서는 자신을 알아주는 사람을 찾기 어렵다는 뜻으로
사용하였다.

14 杯中綠(배중록): 배중녹의杯中綠蟻의 준말. 잔 속의 푸른 지게미.
즉 술을 가리킨다.

　건강建康의 상심정에 올라 주위의 풍광과 육조의 유적을 들러보고 사안謝安의 행적을 회고하였다. 상편에서는 주로 건강의 풍광을 그리면서도 '호거룡반'虎踞龍蟠의 지세로부터 고금의 흥망이 주는 역사적인 의미를 음미하였다. 이로부터 곧 드높은 역사의 임무를 인식한다. 이에 비해 풍광은 버드나무 밖으로 해 저물고 피리소리 울려 퍼지는 모습으로 대조적이다. 이러한 대비에서 뜻을 품은 사인詞人의 '공연한 시름'閑愁은 산더미 같이 클 수밖에 없다. 하편은 주로 동진의 재상 사안謝安을 빌려 이루지 못한 북벌의 아쉬움을 그렸다. 비수지전을 승리로 이끄는 공을 세웠어도 시기와 참훼로 인해 결국 재상의 자리에서 물러나야 했던 사안으로부터 남송의 불안정한 정치 환경 속에 자신의 뜻을 일관성 있게 밀고 나갈 수 없는 사치도의 처지를 환기시켰다. 말미에 보이는, 바람에 뒤집어지는 집의 이미지는 내심의 불평을 형상화한 것이자 남송의 불안한 시국을 함께 나타낸 것으로 볼 수 있다. 또는 남송이 적을 마주하고 있는 형세를 비유한 것으로 볼 수 있어 강한 인상을 준다.

　사치도가 건강부 지부로 있던 1167년부터 1170년 사이에 신기질은 그를 위해 3수의 사를 지어서 올렸다. 앞의 「만강홍」이 활달한 정서가 주조라면 이 사는 침울하고 비장한 면이 강하므로 아마도 사치도가 임기를 마치는 시기에 그 아쉬움을 위로하려고 쓴 듯하다. 이렇게 보면 이 사는 1170년(31세)에 쓴 것으로 보아야 적절할 것이다.

천추세千秋歲

— 금릉에서 지부 사치도의 생신을 축하하며, 이때 판축 사역이 있었
다金陵壽史帥致道. 時有版築役[1]

변방 성벽 가을 풀이
올해도 평안하다고 알려오고
술잔과 음식이 있는 연석에서도 지략을 부려 적을 이기니
영웅의 표상이로다.
난공불락의 성에 기상이 솟고
담소하는 소리는 옥처럼 아름답구나.
봄이 다가오매
매화와 달리 사람은 늙지 않아라.

금 술잔에 아까워 말고 술을 부어라
황제의 조서가 이제 곧 이르리라.
그대를 붙잡아두기 어렵나니
재능을 펼치기엔 강동江東이 작구나.
휘장 안에서 계책을 운용하며
천하를 바로 잡으리라.
백 년 천 년이 가도록
지금부터 중서령이 되어 주관해야 하리.

塞垣秋草,[2] 又報平安好. 樽俎上,[3] 英雄表. 金湯生氣象,[4] 玉珠

霏談笑.⁵ 春近也, 梅花得似人難老.⁶

莫惜金樽倒, 鳳詔看看到.⁷ 留不住, 江東小.⁸ 從容帷幄去,⁹ 整
頓乾坤了.¹⁰ 千百歲, 從今盡是中書考.¹¹

注

1 金陵(금릉): 지금의 남경시. 남경의 고대 지명으로 금릉 이외에 말
   릉秣陵, 건업建業, 건강建康 등이 있다. ○ 壽(수): 생일을 축하하다.
   ○ 史致道(사치도): 앞의 「만강홍」 참조. ○ 版築役(판축역): 양 옆
   에 판을 세우고 그 사이에 진흙을 넣고 다져 흙벽을 만드는 작업.
   남송 때 주응합周應合이 편찬한 『경정건강지』景定建康志에 의하면
   1168년(건도 4)에 사치도가 공원貢院을 창건하고, 신정新亭, 동야정
   東冶亭, 이수정二水亭 등을 중건하고, 방생지放生池를 청계靑溪로 옮
   기고 청계각靑溪閣을 지었다고 하였다. 1169년(건도 5)에 사치도가
   진회교鎭淮橋, 음홍교飮虹橋 등을 중수하고 그 위로 장려한 대옥大屋
   수십 칸을 지었다고 하였다. 또 같은 책 권20 「성궐지 건강부성」城
   闕志建康府城에 1169년 성벽이 무너졌으므로 유수 사치도가 중축하
   였으며, 여장을 추가로 세웠다乾道五年, 留守史正志因城壞復加修築, 增
   立女墻.고 하였다.

2 塞垣(새원): 적을 막기 위해 변방에 설치한 성벽. 원래는 한대에
   선비족의 침입을 막기 위해 설치하였다. 채옹蔡邕의 글에 "진나라는
   장성을 구축하고 한나라는 새원을 세웠으니 한족과 이족의 다른 풍
   속을 구별하기 위해서이다."秦築長城, 漢起塞垣, 所以別外內異殊俗也.는
   말이 있다. 여기서는 국경 지대.

3 樽俎(준조): 술통과 고기 접시. 유능한 사람은 "천 장丈 높은 성벽
   도 준조 사이에서 함락시키며, 백 척 높은 충차衝車도 침상과 자리
   위에서 부러뜨린다."千丈之城, 拔之尊俎之間. 百尺之衝, 折之衽席之上.는

의미를 차용하였다. 『전국책』「제책」齊策 참조. 제량 시대 서릉徐陵
의 「구석문」九錫文에 "준조 사이에서 승부를 가리다"決勝尊俎之間란
용례가 보인다. 지금 연석의 술잔과 안주 사이에 있어도 지략을 부
려 적을 이긴다는 뜻으로 사용하였다.

4 金湯(금탕): 금성탕지金城湯池의 준말. 쇠로 만든 성과 끓는 물이
흐르는 해자. 난공불락의 성을 형용한다.

5 玉珠(옥주) 구: 소담비옥주笑談霏玉珠의 뜻. 웃으며 나누는 이야기
가 옥이 날리는 듯 아름답다.

6 得似(득사): 어찌 같으랴.

7 鳳詔(봉조): 황제의 조서를 가리킨다. 후조後趙의 석호石虎는 오색
지五色紙에 조서를 써서 나무로 만든 봉황의 부리에 물려 수백 장
누대 아래로 도르래에 실려 내려 보냈다. 아래에서 보면 목조 봉황
이 조서를 물고 내려오게 된다. 봉조鳳詔라는 말은 여기에서 유래했
다. 『업중기』鄴中記 참조. ○ 看看(간간): 눈 깜짝할 사이.

8 江東小(강동소): 강동이 작다. 『사기』「항우본기」에 "강동은 비록
작지만 땅의 둘레가 천 리나 되오."江東雖小, 地方千里.란 말이 있다.
사치도의 능력이 커서 작은 강동에 붙잡아 두기 어렵다는 뜻이다.

9 帷幄(유악): 군중의 휘장. 일반적으로 전략의 수립을 의미한다. 한
고조 유방이 "휘장 안에서 계책을 세워 천 리 밖의 승리를 결정한
다. 나는 장량보다 못하다."夫運籌帷幄之中, 決勝於千里之外, 吾不如子
房.고 하였다. 『사기』「고조본기」 참조.

10 整頓(정돈) 구: 천하를 정돈하다. 난리를 종식시켜 안정시키다. 두
보의 「병기와 말을 씻으며」洗兵馬에 "두세 명의 호걸이 때 맞춰 나
오니, 건곤이 정돈되고 난세가 바로잡혀졌어라."二三豪俊爲時出, 整頓
乾坤濟時了.는 구절이 있다.

11 中書(중서): 중서령中書令. 곧 재상을 가리킨다. 당대에는 중서성,

상서성, 문화성의 수장은 모두 재상이었다. 이 구는 중서령으로 장기간 임직한 당대 곽자의郭子儀를 환기한다. 곽자의는 약 20년 동안 중서령에 임직하면서 관리의 업적을 24회에 걸쳐 평가하였다. "천하가 그 사람으로 인해 안위를 지킨 것이 거의 이십 년이며, 중서령으로 스물네 번이나 관리들의 업적을 심사하였다."天下以其身爲安危者殆二十年. 校中書令考二十有四. 『구당서』「곽자의전」郭子儀傳 참조.

해설

사치도의 공적을 칭송하고, 뛰어난 계책으로 북벌하여 천하를 안정시키기를 기대하였다. 생일을 축하하는 뜻보다도 상대방의 공적을 기리고, 목전의 과제인 고토 회복을 희구하는 뜻을 강조하였다. 기세가 높고 풍격이 호매하여 신기질 사의 일정한 특색을 갖추었다. 이 사는 1169년(30세) 12월 곧 이임離任하는 사치도의 생일을 맞아 쓴 사이다.

상편은 사치도의 공적과 풍도를 묘사하였다. 장강을 끼고 있는 건강은 남송의 입장에서는 중요한 군사적 요지로, 중원으로 공격하거나 북방의 적을 막는데 있어 인후부와 같았다. 사치도는 건강을 다스리는 지부知府이자 군사지휘자로 임무가 막중하므로 첫 구부터 변경의 안정을 언급하였다. 이어서 진회교鎭淮橋와 음홍교飮虹橋 등을 축조한 업적을 칭송하였다. 다음으로 언담이 주옥과 같이 유려함을 나타냈고, 끝으로 매화와 달리 지지 않는 젊음을 강조함으로써 장수를 기원하였다. 하편은 사치도에 대한 기대를 나타내었는데, 천하를 바로 잡는 무장과 재상으로 곽자의와 같은 업적을 남기기를 기원하였다.

만강홍 滿江紅
— 중추절에 멀리 있는 사람에게 부치며 中秋寄遠

재빨리 서루西樓에 오르는 건
구름이 달을 가릴까 두렵기 때문.
미인을 불러 섬섬옥수로 피리 불게 하여
한 곡조로 구름을 찢고 달을 불러야 하리.
차가운 옥항아리 같은 은빛 세상을 누가 만들었나
가장 사랑스러운 건 옥도끼로 다듬어낸 달의 모습.
쓸쓸한 항아에게 시름이 없는지 물어보나니
응당 머리가 희어졌으리.

구름 빛깔 술이 가득 한
옥술잔은 매끄러웠지
긴 소매로 춤을 추고
맑은 노래를 목메어 불렀지.
탄식하나니 열에 여덟아홉은
둥그렇게 되려 해도 이지러졌던 일.
다만 오늘 밤같이 오래도록 둥글고
사람도 언제나 이별을 가벼이 여기지 않기를.
예전의 이별은 결국 만남의 기쁨이 된다고
그대 돌아오면 말하리라.

快上西樓, 怕天放浮雲遮月. 但喚取玉纖橫管,[1] 一聲吹裂. 誰做
冰壺涼世界,[2] 最憐玉斧修時節.[3] 問嫦娥孤令有愁無?[4] 應華髮.

雲液滿,[5] 瓊杯滑. 長袖舞, 淸歌咽. 歎十常八九,[6] 欲磨還缺.[7] 但
願長圓如此夜,[8] 人情未必看承別.[9] 把從前離恨總成歡, 歸時說.

注

1 玉纖(옥섬): 섬섬옥수. 가늘고 긴, 옥 같이 희고 아름다운 여인의
손가락. ○ 橫管(횡관): 횡적橫笛.

2 冰壺(빙호): 얼음이 담긴 옥항아리. '옥호빙'玉壺冰은 당송 시기에
유행했던 이미지이다.

3 玉斧修時節(옥부수시절): 옥도끼로 시절을 조각해내다. 왕안석王
安石의 「부채에 쓰다」題扇에 "옥도끼로 달을 둥글게 파내니, 달 옆에
는 아직도 난새 탄 선녀가 있구나."玉斧修成寶月圓, 月邊仍有女乘鸞.라
고 했듯이 옥도끼는 일반적으로 달의 모습을 다듬어내는 이미지로
쓰인다. 여기서는 달이라는 공간을 시절이라는 시간으로 대체하여,
달을 포함한 중추절의 세상을 만들어냈다고 볼 수 있다.

4 問嫦娥(문항아) 2구: 이 2구는 이상은李商隱의 「항아」嫦娥에 나오는
"항아는 분명 불사약 훔친 일 후회하리, 벽해 청천에서 밤마다 외로
운 마음이여."嫦娥應悔偸靈藥, 碧海靑天夜夜心.를 이용하여, 적막하고
고결한 경계를 그려내었다.

5 雲液(운액): 구름 빛깔의 액채. 술을 가리킨다.

6 歎十常八九(탄십상팔구): 열이면 여덟아홉 번은 그러함을 탄식하
다. 신기질의 「하신랑」賀新郞에서 "인생사에 뜻대로 되지 않는 일,
열에 여덟아홉임을 탄식하네."歎人生不如意事, 十常八九.란 말이 있
다. 여기서는 달이 둥글 때보다 이지러져 있을 때가 많다는 뜻. 소
식蘇軾의 「수조가두」水調歌頭에 나오는 "(달은) 어찌하여 언제나 이

별에 때맞추어 둥글어 있나?"何事長向別時圓의 뜻과 같다.

7 磨(마): 갈다. 달이 둥글게 빛나도록 깎고 갈다.

8 但願(단원) 구: 이 구는 소식의 「수조가두」에 나오는 "다만 바라건대 그대 오래도록 살아, 천 리 먼 곳에서도 고운 달빛 함께 보기를." 但願人長久, 千里共嬋娟.의 이미지를 활용하였다.

9 看承別(간승별): 다른 것으로 여기다. 다르게 보다. 달의 이지러 짐이나 사람 사이의 이별에 대해 자신은 한스럽게 생각하지만 다른 사람은 자기만큼 귀하게 생각하지 않을 수도 있다는 뜻이다. 상대에 대한 아쉬움을 토로하고 있다. 이 구 전체는 미필未必이란 말을 넣어 꼭 그렇게 하지 않기를 바라는 기원으로 바꾸었다.

해설

중추절에 달을 보고 멀리 있는 사람을 그리워하였다. 그 대상에 대해서는 여러 설이 있으나 하편에서 보듯 술자리에서 춤을 추고 노래하였던 가기歌妓로 보인다. 밝은 달을 보고 사람을 그리워하는 제재는 한대의 '고시십구수'古詩十九首를 비롯하여 당대 장구령張九齡과 송대 소식蘇軾 등, 역대로 명편이 축적되면서 고전문학의 전통을 이루었다.

상편은 구름 때문에 달이 보이지 않을까 황급히 누대에 오르는 것을 시작으로 달빛 비치는 광경을 바라보고, 달에 대한 상상을 통해 이미지를 전개하였다. 차갑고 깨끗한 달빛 속의 세상을 빙호冰壺에 비유한 점이 두드러진다. 이어서 달에 사는 항아로 생각을 옮겨 시름이 있느냐고 묻지만, 이로써 곧 작자 자신의 시름을 은연중에 나타낸다. 하편은 달빛 아래 가무를 즐겼던 때를 떠올리며, 이별의 아쉬움을 표현하였다. 이로부터 인간사에 만남보다 이별이 많음을 통찰하고, 이별에 대해서도 사람에 따라 다르게 여긴다며 자신의 정한을 위로하였다. 말미에서 만남을 기대하는 절실한 심사를 나타내었다.

만강홍滿江紅

— 중추中秋

좋은 날 아름다운 풍광
사람의 마음에 드는 건 바람 속의 달이로다.
하물며 가을이라 오래도록 빛나고
맑고 투명하기만 함에랴.
일부러 누대에 올라 옥토끼 사는 달을 바라보니
어느 누가 휘장을 펼쳐 은빛 궁궐을 가리고 있나?
비렴飛廉에게 특별히 청하여 바람 불어 헤치게 하려면
누구에게 말해야 하나?

상현과 하현에 십오일을 번갈아가며
달은 둥글었다가 이지러지는구나.
지금과 예전의 달 모양은
무엇이 달라졌는가?
밤에 나가 손을 들어
계화꽃가지 꺾을 수 있을 듯하네.
어찌하면 천주봉 위에 올라
조용히 선녀와 짝하며 명절답게 보낼까.
더구나 지금은 주미麈尾를 손에 쥐고 청담도 나누지 못해
시름만 머리카락처럼 많아라.

美景良辰, 算只是可人風月. 況素節揚輝長是,¹ 十分淸徹. 着意
登樓瞻玉兔, 何人張幕遮銀闕?² 倩蜚廉得得爲吹開,³ 憑誰說?

弦與望, 從圓缺. 今與昨, 何區別? 羨夜來手把, 桂花堪折. 安得
便登天柱上,⁴ 從容陪伴酬佳節.⁵ 更如今不聽塵談淸,⁶ 愁如髮.

注

1 素節(소절): 가을. 특히 중추절을 가리킨다. 가을은 오행으로 보면
  방위에 있어 서쪽이고, 색채에 있어 흰색이므로, 소절은 곧 가을을
  가리킨다.

2 銀闕(은궐): 도교에서 신선이 산다고 하는 천상의 궁궐. 때로 달을
  가리키기도 한다.

3 蜚廉(비렴): 飛廉(비렴)이라 쓰기도 한다. 바람의 신으로 풍백風伯을
  말한다. 『풍속통의』風俗通義 참조. ○ 得得(득득): 특별히. 특히.

4 天柱(천주): 천주봉天柱峰. 천주봉은 높이 솟은 봉우리라 여러 지역
  의 봉우리 이름으로 쓰였다. 여기서는 선녀와 노니는 불특정의 장
  소로 상정되었다.

5 酬佳節(수가절): 좋은 명절에 보답하다. 명절에 걸맞게 지내다.

6 塵談(주담): 주미塵尾를 들고 청담淸談을 하다. 주미는 사슴의 꼬
  리로, 먼지떨이로 만들어 사용하였다. 위진 이래 청담하는 명사나
  은거하는 선비들이 손에 들고 있어, 후대에 청고함의 상징으로 쓰
  였다.

해설

중추절의 달밤을 그렸다. 명절의 번화한 모습 대신 달밤의 정취를
그리고 감상하는데 필묵을 할애하였다. 상편은 누대에 올라 바라본
달의 모습을 그렸다. 맑고 투명한 빛을 내는 달은 때로 구름에 가려

보이지 않기에 바람의 신 비렴을 청하여 보려고 하였다. 하편은 고금
에 걸쳐 바뀌지 않는 달의 모습으로부터 선녀와의 만남을 상상하였다.
달에 자라는 계수나무의 꽃가지를 꺾고 달의 선녀 항아와 함께 노닐고
싶다는 상상을 펼쳤다. 달을 향한 이러한 고결한 이미지와 순수한 하
상遐想으로부터 신기질 미학의 한 특징을 볼 수 있다. 이는 진관秦觀의
사에서 잘 볼 수 있듯 북송 후기에 불기 시작한 사의 문인화文人化
경향이기도 하다. 즉 '순수한 형식'으로서의 사詞를 설정하고 공령空靈
한 미감을 한껏 추구하는 경향과 일치한다.

만강홍滿江紅

불이 붙은 듯 빨간 앵도는
눈처럼 하얀 도미꽃을 비추는구나.
봄기운이 마침 짙어 땅을 뚫고 올라오는 죽순이 보이고
자줏빛 이끼가 푸른 벽을 덮는다.
어미 제비 따라가는 새끼는 날아가는 힘이 약하고
짝을 부르는 꾀꼬리는 아리따운 소리가 여리기만 하다.
봄에게 묻노니 어찌하여 갈 때는 시름을 가지고 가지 않나
애간장이 천 겹이나 맺혔어라.

높은 누대에 올라 바라보니
봄 산은 첩첩한데
고향 집은 어디런가
안개 낀 물결로 막혀있구나.
고금에 걸쳐 맺힌 한恨
누구에게 호소하랴?
나비는 천 리 멀리 고향 꿈을 꾸게 해주지 않고
두견새는 삼경의 달을 향해 우는구나.
베갯머리에서 돌아가라고 재촉하는 울음소리 들리건만
이 내 몸은 돌아갈 수 없어라.

點火櫻桃, 照一架荼蘪如雪.¹ 春正好見龍孫穿破,² 紫苔蒼壁.
乳燕引雛飛力弱, 流鶯喚友嬌聲怯. 問春歸不肯帶愁歸,³ 腸千結.

層樓望, 春山疊. 家何在? 煙波隔. 把古今遺恨, 向他誰說? 蝴蝶
不傳千里夢,⁴ 子規叫斷三更月.⁵ 聽聲聲枕上勸人歸, 歸難得.

注

1 荼蘪(도미): 酴釄(도미)라고도 쓴다. 원래 도미주(거듭 빚은 술)를 가
  리켰으나, 빛깔이 같은 도미꽃을 가리키게 되었다. 키가 작은 관목
  으로 늦봄에서 초여름에 흰 꽃이 핀다.

2 龍孫(용손): 죽순을 가리킨다.

3 問春(문춘) 구: 봄이 올 때 시름을 데리고 왔는데, 봄이 가면서 왜
  시름을 데리고 가지 않느냐고 묻다. 신기질의 「축영대근」祝英臺近에
  "봄은 시름을 데리고 왔으면서, 봄이 가면서, 시름을 데리고 갈 줄
  몰라요."是他春帶愁來, 春歸何處? 却不解帶將愁去.와 같은 뜻이다. 조덕
  장趙德莊의 「작교선」鵲橋仙에 "봄의 시름은 원래 봄을 따라 왔는데,
  오히려 봄을 따라 가려 하지 않는구나."春愁元自逐春來, 却不肯隨春歸
  去.는 구절도 이러한 발상을 잘 말해준다.

4 蝴蝶(호접) 구: 장자의 '나비 꿈'蝴蝶夢 전고를 이용하였다. 『장자』
  「제물론」齊物論에 장자가 꿈에 나비가 되어 훨훨 날았는데, 꿈에 깨
  어난 후 장자가 나비 꿈을 꾼 것인지 나비가 장자를 꿈꾼 것인지
  의아해했다. 여기서는 고향으로 돌아가는 꿈조차 꿀 수 없음을 강
  조하였다. 이 시구는 당대 최도崔塗의 「봄밤 나그네 회포」春夕旅懷
  에 나오는 "꿈속에서 나비되어도 집은 만 리 밖이요, 가지 위에 두
  견새 우는 달밤은 삼경이어라."蝴蝶夢中家萬里, 杜鵑枝上月三更.는 구
  절을 환기한다.

5 子規(자규) 구: 두견새. 귀촉도歸蜀道, 두우杜宇, 두혼杜魂, 불여귀不

如歸 등 여러 이름이 있다. 『화양국지』華陽國志에는 촉 지방에 "어부魚鳧 왕이 죽은 후 두우杜宇 왕이 있었는데, 백성들에게 농사를 가르쳤고 별호를 망제望帝라 하였다."고 간략하게 기술되어 있다. 『성도기』成都記에는 "망제가 죽은 후 그 혼이 새가 되었는데 이름을 두견 또는 자규라 하였다."고 기록하였다. 고대인들은 그 울음소리가 마치 '차라리 돌아가자'라는 뜻의 '부루궤이취'不如歸去라고 운다고 보았기에 나그네에게 고향 생각을 일으키는 새로 알려졌다.

늦봄의 경물을 바라보고 고향을 그리워하였다. 고향을 그리워하는 일반적인 시와 달리 북방의 고토故土에 대한 정서가 결부되어 있으므로, 봄의 '시름'愁과 '고금에 걸쳐 맺힌 한'古今遺恨은 개인적인 차원을 벗어나 사회적인 정서가 되며, 말미의 '돌아갈 수 없어'歸難得도 자신의 일이 바빠서 돌아가지 못하는 것이 아니라 근본적으로 돌아가기 어려운 상황이 설정되어 있다는 점을 연상시키기에 깊은 울림을 준다. 권1에 첫 번째로 실린 「한궁춘」과 마찬가지로 봄과 북방에 대한 향수가 엮여 있다는 점에서 초기 시로 본다.

상편은 주로 늦봄의 경치를 묘사하였다. 앵도와 도미꽃을 대비시키고, 죽순과 이끼를 그린 후, 어린 제비의 서툰 비행과 막 나온 꾀꼬리의 여린 울음소리를 섬세하게 포착하였다. 생기 넘치는 봄이 떠나면서 '시름'만 남게 된다. 하편은 주로 고향에 대한 그리움을 전개하였다. 누대에 올라 북쪽을 향해 바라보지만 산과 강으로 첩첩히 막혀 있다. 귀향이 불가능한 처지는 누구에게 호소할 수도 없고, 꿈조차 꿀 수가 없다. 밤마다 '돌아가자'不如歸去고 재촉하며 우는 두견새 울음소리는 더욱 고통스럽다. 고향에 대해 바라보고, 호소하고, 꿈꾸고, 새의 재촉을 받으면서 그 정서는 점점 깊어지면서 깊은 한을 일으킨다.

염노교念奴嬌

— 서호에서 남의 작품에 화운하여西湖和人韻

저녁 바람이 빗방울을 뿌려
새로 자란 연잎을 후두기는 소리
구슬이 푸른 벽옥璧玉을 두드리는 듯해라.
그 누가 향갑 속에 둥근 거울을 넣고
비단 같은 붉은 꽃과 푸른 잎을 두루 펼쳤는가.
나는 새는 하늘에서 몸을 뒤집고
헤엄치는 물고기는 물결 속에서 노닐며
생황 울리고 노래하는 연석을 실컷 보았으리라.
좌중에는 호기가 넘쳐
그대가 천 석을 마시는 걸 보아야 하리.

멀리 임포林逋 처사의 풍류를 생각하니
학은 사람 따라 떠나고
사람도 이미 신선이 되었네.
초가집과 성긴 울타리는 아직도 있는지
소나무와 대나무는 이미 예전의 것이 아니리라.
당시의 일을 말하려 하지만
망호루望湖樓 아래
물은 구름과 함께 드넓기만 하구나.

취중에 묻지 마오
애 끊는 도엽桃葉의 소식을.

晩風吹雨, 戰新荷聲亂,¹ 明珠蒼璧. 誰把香奩收寶鏡,² 雲錦周
遭紅碧.³ 飛鳥翻空, 遊魚吹浪, 慣趁笙歌席. 坐中豪氣, 看公一飮
千石.

　遙想處士風流,⁴ 鶴隨人去,⁵ 已作飛仙伯.⁶ 茆舍疏籬今在否,⁷ 松
竹已非疇昔. 欲說當年, 望湖樓下,⁸ 水與雲寬窄. 醉中休問, 斷腸
桃葉消息.⁹

注

1　戰(전): 흔들다. 떨리다.

2　香奩(향렴): 향갑. 여인들이 향이나 거울 등 화장 도구를 넣는 함.
　○ 寶鏡(보경): 거울. 이 구는 서산으로 둥근 해가 지는 모습을 비유
　하였다.

3　雲錦(운금): 구름처럼 아름다운 비단. 당시 건강健康에 '운금'이란
　비단이 생산되었다. 연잎과 연꽃을 운금에 비유한 전통은 시詩에서
　보인다. 문동文同의 「수거원지 잡제 ―횡호」守居園池雜題 ―橫湖에
　"바라보면 연꽃이 보이는데, 직녀의 베틀로 운금을 짰구나."―望見
　荷花, 天機織雲錦.는 구절이 있고, 이를 창화한 소식蘇軾의 「문동이
　쓴 양천 원지 횡호에 화답하며」和文與可洋川園池橫湖에서도 "비췻빛
　산개가 둘러싼 붉은 화장 싫증 없이 보다가, 저도 모르게 호숫가에
　서 밤새 서리에 젖는구나. 직녀의 베틀로 짠 운금을 말다가, 한
　폭 한 폭 비단에 가을빛이 쏟아지게 하리라."貪看翠蓋擁紅粧, 不覺湖
　邊一夜霜. 卷却天機雲錦段, 從敎匹練寫秋光.고 하였다.

4　處士(처사): 여기서의 처사는 임포林逋를 가리킨다. 임포는 송대 항

주 사람으로 호를 서호처사西湖處士라 하였다. 서호의 고산孤山에서 살면서 이십 년 넘도록 도시로 나가지 않았다.

5 鶴隨(학수) 구: 임포는 서호의 고산에 은거하면서, 혼인도 하지 않고 혼자 살았다. 은거지에는 매화를 심고 학을 길렀다. 시동에게 손님이 오면 학을 날리라고 해서, 그가 배를 타고 호수를 돌다가 고산 쪽에서 학이 날아오르면 손님을 만나러 돌아갔다. '매화를 처로 삼고 학을 아들로 삼다'는 '매처학자'梅妻鶴子의 성어는 여기에서 만들어졌다. 『몽계필담』夢溪筆談 권10 참조.

6 飛仙(비선): 날아다니는 신선. 신선들이 사는 봉래산은 주위가 오천 리에 바다에 둘러싸여 있어, 오직 신선이 날아서 오갈 수 있을 뿐이다. 『십주기』十洲記 참조.

7 茆舍(묘사): 茅舍(모사)와 같다. 띠풀로 지붕을 얹은 집.

8 望湖樓(망호루): 항주에 있던 누각. 간경루看經樓라고도 하였다. 전당문 밖에 있었으며, 967년 오월吳越의 전충의왕錢忠懿王이 세웠다. 『함순임안지』咸淳臨安志 권32 참조.

9 桃葉(도엽): 동진東晉 왕헌지王獻之의 애첩 이름. 『옥대신영』玉臺新詠에 왕헌지가 도엽을 위해 지은 노래가 있다. "도엽이여, 도엽이여, 강을 건너도 노를 쓸 필요 없으리. 그저 어려움 없이 건너기 바라니, 내 너를 맞이하리라."桃葉復桃葉, 渡江不用楫. 但渡無所苦, 我自迎接汝.

해설

여름날의 서호를 노래하였다. 자연의 풍광과 인간의 일을 결합하여 서호의 인상을 수준 높게 개괄하였다. 상편은 서호의 아름다운 풍광을 묘사하였다. 연잎을 두드리는 빗소리를 시작으로, 거울寶鏡로 태양을 비유하고 운금雲錦으로 연꽃과 연잎을 비유하였다. '향갑 속에 둥근 거울을 넣고'把香奩收寶鏡는 해가 산으로 지거나 구름 속에 들어간다는 비유로 읽을 수 있다. 이어서 새와 물고기를 옆에 두고 뱃놀이를 하거나 술자리를 펼치는 장면을 나타내었다. 하편은 서호처사 임포林逋를 그렸다. 임포의 '매화를 처로 삼고 학을 아들로 삼는'梅妻鶴子 생활과 풍류는 서호의 자연과 가장 잘 어울리는 것이지만, 이제는 그 초가집과 울타리마저 찾기 힘들어 역사의 창상감滄桑感을 일으킨다. 말미의 2구는 역사 속의 임포도 없고 현실 속의 여인도 없는 지금 이곳에서 서호의 풍광을 실컷 누리라고 권하고 있다.

신기질은 임안臨安(항주)에서 세 번 벼슬하며 지냈으며, 이중 비교적 긴 기간이 건강建康(남경)에서 임안으로 가서 처음 사농시司農寺 주부主簿로 근무하던 1170~1171년(31~32세) 시기이다. 이 사는 이때 지은 것으로 본다.

호사근好事近

— 서호西湖

날마다 서호를 찾아가니
하늘의 달이 호수에 비쳐 차가운 옥이 잠겨 있는 듯.
산 빛이 그림 같다고 말하지만
그림으로 그리기도 어려우리.

거문고와 피리소리가 종소리에 섞이어
끊어질 듯 다시 이어지네.
차례차례 연꽃이 피어나고
배 몇 척이 나는 듯 떠가는구나.

日日過西湖, 冷浸一天寒玉.¹ 山色雖言如畫, 想畫時難邈.²
前絃後管夾歌鍾, 才斷又重續. 相次藕花開也,³ 幾蘭舟飛逐.⁴

注

1 冷浸(냉침): 찬물이나 한기에 젖다. ○ 一天(일천): 온 하늘. ○ 寒玉
(한옥): 차가운 옥. 여기서는 달을 가리킨다. 유사한 용례로 진관秦
觀의 「임강선」臨江仙에 "잔물결도 온통 움직이지 않는데, 하늘의 별
들이 차갑게 가라앉았네."微波渾不動, 冷浸一天星.라는 구절이 있다.
여기서는 새벽달이 호면에 비치는 것을 비유하였다.

2 難邈(난막): 難貌(난모)와 같다. 모습을 그리기 어렵다. 邈(막)과 貌(모)를 통가자로 사용한 용례는 당송 시문에 종종 보인다.

3 相次(상차): 차례차례. ○ 藕花(우화): 연꽃.

4 蘭舟(난주): 목련나무로 만든 배. 목련나무는 향목이기에 아름답고 향기로운 배를 의미한다. 『술이기』述異記에 "목란주木蘭洲는 심양潯陽 강 가운데 있는데 목련나무가 많이 자란다. 칠리주七里洲에서 노반魯班이 목련나무를 잘라 배를 만들었는데, 그 배가 아직도 있다."는 기록이 있다. 일반적으로 배의 미칭美稱으로 쓰인다.

해설

초여름의 서호 풍광을 묘사하였다. 상편과 하편 모두 가벼운 스케치와 같이 서경 위주로 그렸다. 상편은 날마다 호수에 나가는 즐거움을 말하는 것을 시작으로, 그러한 새벽의 호수와 새벽달은 차가운 옥이 물에 가라앉은 듯 시원하고 선명하다고 개성적인 이미지로 부각시켰다. 이어서 호수의 서남으로 이어진 산의 풍광은 그리기 어려운 그림처럼 아름답다고 말하여 호광산색湖光山色을 대응시켰다. 하편은 주로 호수에 나온 사람들의 활동을 그렸다. 음악이 단속적으로 이어지는 가운데 연꽃이 핀 호면에서는 뱃놀이를 하는 배들이 경쾌하게 지나가는 모습을 보여준다. 이 작품은 『가헌사』稼軒詞의 여타 판본에는 보이지 않고 『영락대전』永樂大典 권2265에만 보인다. 비교적 간결한 묘사에 별다른 기탁이 없어 초기 시로 판단되며, 신기질이 처음 효종孝宗을 만나러 서호에 갔던 1170년(31세)에 지은 것으로 보인다. 아마도 신기질이 처음 서호를 보았던 때의 인상일 것이다.

청옥안青玉案
—정월 대보름 밤元夕[1]

동풍이 밤사이 천 그루 나무에 꽃을 피우고
다시 불어 떨어뜨리니
별들이 비처럼 흩어진다.
화려한 거마가 지나가고 길에 향기 가득해라.
퉁소가 봉황처럼 울고
옥항아리 같은 연등이 하늘에서 돌며 빛나고
밤새도록 용과 물고기 등롱이 춤을 춘다.

머리에는 나방과 조팝꽃 모양의 장식
웃고 떠드는 아리따운 여인들은 그윽한 향기 풍기며 지나간다.
뭇사람 가운데 그녀를 천백 번 찾다가
문득 고개 돌려 바라보니
그녀는 오히려
등불 꺼져가는 쓸쓸한 곳에 있구나.

東風夜放花千樹,[2] 更吹落, 星如雨. 寶馬雕車香滿路. 鳳簫聲
動,[3] 玉壺光轉,[4] 一夜魚龍舞.[5]
　蛾兒雪柳黃金縷,[6] 笑語盈盈暗香去.[7] 衆裏尋他千百度. 驀然回
首,[8] 那人却在, 燈火闌珊處.[9]

注

1 元夕(원석): 원소元宵 또는 상원上元이라고도 한다. 정월 대보름 밤.
등절燈節이라고도 한다. 고대부터 정월 대보름 밤에는 관등놀이가
성행하였다.

2 花千樹(화천수): 천 그루 나무에 꽃이 피다. 등불을 가리킨다. 서진
의 부현傅玄은 「조회부」朝會賦에서 "화사한 등불이 마치 불타는 나
무 같고"華燈若乎火樹라 하였고, 당의 소미도蘇味道도 「정월 십오일
밤」正月十五日夜에서 "등불 비친 나무에 은빛 꽃이 환하고, 은하수
같은 다리에 쇠사슬이 열렸어라."火樹銀花合, 星橋鐵鎖開.고 하여 '화
수'火樹에 비유하였다. 『동경몽화록』東京夢華錄에서도 정월 십육일
밤에 도성의 각 방항坊巷에서는 "각기 댓가지로 만든 등롱을 반공에
내어놓았는데, 원근과 고저에 늘어선 모습이 마치 나르는 별들 같
았다."各以竹竿出燈毬於半空, 遠近高低, 若飛星然.고 하였다.

3 鳳簫(봉소): 퉁소의 미칭. 그 소리가 봉황 울음과 비슷하다는 뜻을
취했다. 춘추시대 진 목공秦穆公의 딸 농옥弄玉이 퉁소를 잘 부는
소사簫史에게 시집을 가서, 나중에 함께 봉황을 타고 날아간 이야기
를 환기한다.

4 玉壺(옥호): 옥항아리. 등을 비유한다. 『무림구사』武林舊事에는 원
소절에 복주福州에서 진상한 등은 옥으로 만들어 "맑은 얼음이 든
옥항아리 같다"如淸冰玉壺고 하였다. 둥근 보름달로 새겨도 무방하
다.

5 魚龍(어룡): 한대 백희百戲 가운데 하나. 『한서』「서역전」에 "어룡희
와 각저희가 만연하였다"漫衍魚龍角抵之戲는 말이 있다. 안사고의 자
세한 주석에 의하면 일종의 신기하고 환상적인 마술과 곡예로 보인
다. 여기서는 물고기와 용 등의 형상으로 만든 등을 가리킨다.

6 蛾兒雪柳(아아설류): 아아와 설류는 원소절에 여인들이 머리에 치

장하는 장식. 아아蛾兒는 나방 모양이고 설류雪柳는 조팝나무 꽃 모양의 장식이다. 『동경몽화록』 권6 「정월십육일」正月十六日에 "동경 사람들은 옥매, 밤 나방, 벌, 조팝나무, 보리수 잎 등의 모양을 본뜬 머리 장식물을 팔았다."市人賣玉梅、夜蛾、蜂兒、雪柳、菩提葉.는 말이 있다. ○ 黃金縷(황금루): 황금 실.

7 盈盈(영영): 자태가 아름다운 모양. 동한 시기 '고시십구수' 중의 「파릇파릇한 강가의 풀」靑靑河畔草에 "곱디고운 누대 위의 여인이, 해맑은 얼굴로 창문 앞에 서있네."盈盈樓上女, 皎皎當窓牖.라는 용례가 있다. ○ 暗香(암향): 여인의 몸에서 나는 향기.

8 驀然(맥연): 갑자기. 문득.

9 闌珊(난산): 쇠잔하다. 쓸쓸하다. 시들다

해설

정월 대보름 밤의 번화하고 화사한 광경을 그렸다. 상편은 주로 등불 놀이하는 모습을 천상과 지상에 걸쳐 나타내었다. 나무에 꽃이 피고 별이 흐르듯 수많은 등롱이 내걸려 있는 거리에 잘 꾸민 말들이 수레를 끌고 가며 거리는 사람들로 북적인다. 그윽한 향기와 현란한 빛이 사방에 가득하고, 밤새 퉁소 등의 음악 속에 등롱이 춤을 춘다. 떠들썩한 원소절의 풍경이 눈에 보이는 듯하다. 하편은 사람을 중심으로 묘사하였다. 머리에 나방蛾兒이나 조팝꽃雪柳 모양의 장식을 단 여인들이 등불놀이 구경을 나와 웃으며 이야기를 하고 지나간다. 무리들 속에 시인은 '그녀'那人를 찾고 있다. 천백 번(십만 번) 부르며 아무리 찾아도 아름다운 그 모습을 찾지 못했는데, 무심코 고개 돌려보니 바로 그곳, 등불이 사그라지는 곳에 그녀가 서 있었다.

상편과 하편은 서로 연결되어 있으면서도 강렬한 극적 대조를 보인다. 비록 하편의 '그 사람'이 누구이고 어떤 연유에서 그처럼 찾는지 등에 대해서는 모호하지만, 명절의 떠들썩한 분위기 속에 등장하는 여인은 절실한 이야기의 한 단락처럼 선명한 인상을 남긴다. 이에 대해 양계초梁啓超는 『예형관사선』藝衡館詞選에서 "스스로 쓸쓸하고 고독한 처지를 아쉬워하였으니, 마음 아픈 사람에게 다른 뜻이 있을 것이다."自憐幽獨, 傷心人別有懷抱라고 하여, 결국 시인 자신의 '쓸쓸하고 고독한 처지'를 비유한 것으로 보았다. 왕국유王國維는 『인간사화』人間詞話에서 하편의 끝 4구가 주는 이미지만을 떼어내어 치열한 추구 끝에 얻는 결과를 형상화 한 것으로 보고, 이를 "고금에 대업을 완성하는 사람과 대학자라면 반드시 거치는 세 가지 경계"古今之成大事業大學問者必經過三種境界 가운데 '세 번째 경계'第三種境界라 하였다. 이를 보면 이 사가 그만큼 인상 깊은 작품임을 알 수 있다. 작품의 언어와 이미지가 화려하고, 동시에 웅건하고 비동하는 미감도 잃지 않고 있어 신기질의 대표작 가운데 하나로 친다. 신기질의 사詞 가운데 부려富麗한 경향의 풍격에 속되지 않는 고고孤高한 풍격이 혼재되어 있어, 신기질 미학의 특징을 드러낸다. 제작 시기는 신기질의 제자 범개范開가 편집한 『가헌사』稼軒詞의 편차에 따르면 1187년 이전 대호帶湖(지금의 강서성 上饒 소재)에 한거하던 때의 작품으로 간주된다. 그러나 내용 자체가 남송의 수도 임안臨安의 원소절 풍경을 그린 것으로 보이기에 신기질이 처음 임안에 가서 사농시司農寺 주부主簿로 근무하던 1170~1171년(31~32세) 때 지은 것으로 보는 것이 타당할 것이다.

감황은感皇恩
— 저주에서 범앙의 생일을 축하하며滁州壽范倅[1]

청명절이 되니 봄빛이
꽃과 버들에 가득해라.
악곡에 풍악을 청하며 그대에게 술을 권하네.
술도 좋고 봄도 좋으니
해마다 봄빛은 예와 같구나.
청춘은 원래 늙지 않는 걸
그대는 아는가?

연회 자리에서 그대를 보니
대나무처럼 맑고 소나무처럼 수척한 모습.
누가 더 오래 갈지 봄철과 다툴 수 있겠구나.
삼신산으로 돌아가는 길
내일은 궁중의 향기가 옷소매에 가득하리.
다시 은잔을 들어
그대 장수하기를 바라노라.

春事到清明,[2] 十分花柳. 喚得笙歌勸君酒. 酒如春好, 春色年年
依舊. 青春元不老, 君知否?

席上看君, 竹清松瘦. 待與青春鬪長久. 三山路歸,[3] 明日天香襟
袖.[4] 更持銀盞起, 爲君壽.

1 滁州(저주): 지금의 안휘성 저주시滁州市. 남송 시기에는 회남동로
淮南東路에 속했다. ○ 范倅(범쉬): 범앙范昂을 가리킨다. 倅(쉬)는 부
직副職을 의미한다. 1170년에 저주에 통판으로 부임한 후 나중에
임기가 만료되어 도성으로 들어갔다. 그 밖의 사적은 자료의 미비
로 알 수 없다.

2 春事(춘사): 봄빛. 춘색. 봄기운. 봄의 즐거움. 범성대范成大의「형
주에 배를 대고」泊衡州에 "열흘 동안 배를 타고 가도 봄의 즐거움
없다가, 형양에 배가 이르니 버들 빛 깊구나."江行十日無春事, 船到衡
陽柳色深.라는 용례가 있다.

3 三山(삼산): 신선이 살고 있다는 동해의 봉래, 방장, 영주 등 세 개
의 섬. 그밖에 신선의 섬을 나타내는 '삼산', '봉래' 등이 궁중의 도
서관인 비서성秘書省을 가리키기도 했다. 이는『후한서』「두장전」竇
章傳에 "당시 학자들은 동관東觀을 '노자의 장실'이요, '도가의 봉래
산'이라 불렀다."是時學者稱東觀爲老氏藏室, 道家蓬萊山.는 말에서 유래
했다. 그러므로 범앙이 궁중의 관각觀閣에서 근무할 예정임을 알
수 있다.

4 天香(천향): 궁중에서 쓰는 향.

범앙의 생일을 축하하며 지은 작품이다. 범앙은 신기질이 저주 지
주로 있을 때 통판을 지냈던 사람으로 신기질의 사에 몇 번 등장할
뿐 사적이 명확하지 않다. 상대방을 맑은 대竹淸와 마른 소나무松瘦로
비유한 것으로 보아 신기질의 안목에서 볼 때 성품이 청렴하고 고결한
사람이었던 듯하다. 청명절이 되어 봄빛이 완연할 때 범앙이 태어났기
때문에 사는 전체적으로 봄의 이미지를 많이 가져와 생일을 축하하였

다. 말미에서 "궁중의 향기가 옷소매에 가득하리"라고 한 것은 이후에 승진하여 입경하기 바란다는 축하의 뜻으로 보아야 할 것이다. 1172년(33세) 봄에 신기질이 저주에 지주로 있을 때 지었다.

감황은感皇恩

― 범쉬의 생일을 축하하며壽范倅[1]

일흔까지 사는 건 예부터 드물다고
사람들이 모두 말하지.
그러나 음덕이 아니라면 어찌 그리 살 수 있으랴.
소나무 자태가 비록 말랐어도
차가운 눈과 새벽 서리를 견디는구나.
그대 귀밑머리를 보니
아직도 검디검구나.

누대에 눈이 막 개이고
안채에서 웃고 떠드는 소리.
술병을 기울여 실컷 취해 쓰러져도 무방하리.
지금부터 더욱 강건하여
단약과 영지가 필요 없으리.
다시 백세까지 사는 걸 보리니
늙지 말기 바라노라.

七十古來稀,[2] 人人都道. 不是陰功怎生到.[3] 松姿雖瘦, 偏耐雪寒霜曉. 看君鬢底, 靑靑好.
樓雪初晴, 庭闈嬉笑.[4] 一醉何妨玉壺倒. 從今康健, 不用靈丹仙草. 更看一百歲, 人難老.[5]

1 范倅(범쉬): 범씨 성을 가진 부직副職에 있는 사람. 앞의 사에 나오
는 범앙范昻의 생일이 청명절인데 비해, 여기서의 범쉬는 겨울이기
때문에, 여기서의 범쉬는 범앙과 다른 사람으로 보인다.

2 七十古來稀(칠십고래희): 두보의 시「곡강」曲江 제2수에 나오는 "술
외상은 으레 가는 곳마다 있고, 사람이 칠십까지 사는 건 예로부터
드물어라."酒債尋常行處有, 人生七十古來稀.라는 구절에서 유래했다.

3 陰功(음공): 남이 모르게 행한 선행. 음덕陰德. ○ 怎生(즘생): 어떻게.

4 庭闈(정위): 안채. 보통 부모가 사는 집 또는 부모를 가리킨다. 서
진西晉 속석束晳의「보망시」補亡詩에 "부모님을 그리워하노니, 마음
이 편안하지 않아라."眷戀庭闈, 心不遑安.는 구절이 있다. 여기서는
안채의 뜻으로 풀이하였다.

5 難老(난로): 늙지 마소서. 일반적으로 축수의 인사말로 쓴다.『시
경』「반수」泮水에 "좋은 술을 마셨으니, 영원히 늙지 마소서."既飮旨
酒, 永錫難老.라는 구절이 있다.

　범쉬의 생일을 축하하여 지은 사이다. 첫 구로 보아 범쉬는 이미
일흔 살이 지났음을 알 수 있다. 범쉬의 이미지를 눈과 서리를 이고
있는 삐쩍 마른 소나무로 형상화시키고 있다. 하편下片은 축수의 의미
를 담았다. 축수의 작품이 지닌 유형화가 있지만, 언어가 담백하고
표현이 견실하여 진정이 전해진다.

　범쉬는 범씨 성을 가진 사람으로 부직副職에 있다는 것만 알 수 있
을 뿐, 그 밖의 사항에 대해서는 알 수 없으므로, 이 사의 제작 시기도
판단하기 어렵다. 다만 사의 부제가 범앙의 경우와 같이 '범쉬'范倅라
되어 있으므로, 여기선 편의상 그 작품 다음에 둔다.

성성만 聲聲慢

— 저주에서 머물며 전침루에 올라 지음. 이청우에 화운하다 滁州旅次
登奠枕樓作, 和李淸宇韻[1]

수레 먼지 일으키며
길 가던 나그네들이 이곳에서 서로 만나
모두들 높은 누대가 신기루 처럼 나타났다 말한다.
손을 들어 가리키는 처마 끝 높은 곳엔
구름이 물결처럼 피어 떠오른다.
올해는 만 리에 걸쳐 태평이라
기나긴 회수淮水에 적의 기병도 없는 가을.
난간에 기대 바라보니
동남에는 상서로운 제왕의 기운이 있고
서북에는 신주神州가 있구나.

천 리 멀리 숭산嵩山을 그리워한 사람 이미 떠나갔으니
그는 나를 비웃으리라
아직 초 땅과 오 땅 사이에 있다고.
바라보니 길에는 순졸들
수레와 말이 강물처럼 흐른다.
지금부터 마음도 즐겁고 일도 순조로우니
주령酒令과 시주詩籌로 술을 마시며 마음껏 즐겨야 하리.
꿈에 본 화서국華胥國처럼
원컨대 해마다 백성들이 편안하기를.

征埃成陣,[2] 行客相逢, 都道幻出層樓. 指點簷牙高處, 浪涌雲浮. 今年太平萬里, 罷長淮千騎臨秋.[3] 憑欄望. 有東南佳氣,[4] 西北神州.[5]

千里懷嵩人去,[6] 還笑我身在, 楚尾吳頭.[7] 看取弓刀陌上,[8] 車馬如流. 從今賞心樂事,[9] 剩安排酒令詩籌.[10] 華胥夢,[11] 願年年人似舊遊.

注

1 旅次(여차): 여로 중에 머물다. 신기질은 북방에서 내려왔기에 이러한 표현을 썼다. ○ 奠枕樓(전침루): 1172년 가을 신기질이 저주에 부임한 해에 창건한 누대이다. 당시 친구 주신도周信道가 저주에 와서 쓴 「전침루기」奠枕樓記에 관련 기록이 있다. 군郡의 주점酒店이 부서진 채 내버려져 있어 도시가 적막하고 사람들이 즐거울 일이 없었는데, 여관과 쉴 곳을 만들자 사방에서 상인들과 나그네들이 모여들었다. 이에 누대에 올라 경승을 돌아보며, 백성들과 함께 즐기겠다는 의미를 담아 "편안히 베개 베고 눕다"는 뜻으로 전침루라 이름 지었다. ○ 和韻(화운): 다른 사람이 지은 작품의 운을 사용하여 화답하다. ○ 李淸宇(이청우): 연안延安 사람으로 신기질이 저주에 있을 때 사귄 친구. 기타 행적은 자세하지 않다.

2 征埃(정애): 길 가는 사람이나 수레가 일으키는 먼지.

3 罷(파): 끝나다. 두 나라 사이에 군사적 충돌이 없었다는 뜻. ○ 長淮(장회): 긴 회수. 회수는 하남 동백산桐柏山에서 발원하여 하남, 안휘를 거쳐 강소 홍택호洪澤湖에 모였다가 장강으로 들어간다. 금나라는 회수를 경계로 국경을 정하였다. ○ 千騎(천기): 천 기의 기병. 금나라 군대를 가리킨다.

4 佳氣(가기): 상서로운 제왕의 기운. 남송의 도성 임안을 가리킨다.

『후한서』「광무제기」光武帝紀에 보면, 광무제는 남양 사람으로 용릉春陵에서 군사를 일으키자, 왕망이 망기술을 보는 소백아蘇伯阿를 파견하였다. 소백아가 남양에 도착하여 멀리 용릉을 보며 말하였다. "기운이 아름답구나! 울울창창하구나!"氣佳哉! 鬱鬱葱葱然!

5 西北神州(서북신주): 서북쪽의 중원 땅. 금나라의 강역이 된 중원을 가리킨다.

6 懷嵩人(회숭인): 숭산을 그리워한 사람. 당대唐代의 이덕유李德裕를 가리킨다. 그가 저주에 폄적되었을 때, 누대를 짓고 자신의 고향 숭산嵩山을 그리워한다는 뜻에서 회숭루懷嵩樓라 하였다. 이덕유는 과연 나중에 숭산에 돌아가 은거하였다. 신기질은 처지가 비슷했던 역사 인물 이덕유를 상기하여 자신의 뜻을 나타내었다.

7 楚尾吳頭(초미오두): 초 땅의 꼬리와 오 땅의 머리. 초 땅과 오 땅의 경계. 장강의 흐름과 관련시켜 본다면 저주는 고대 초나라의 끝부분이자 오나라의 시작 부분에 위치한다.

8 弓刀(궁도): 활과 칼. 병졸을 가리킨다. ○ 陌上(맥상): 길 위. 길가.

9 賞心樂事(상심낙사): 즐거운 마음과 뜻대로 이루어지는 일.

10 剩(잉): 다하다. 최대한으로. ○ 酒令(주령): 술자리에서 흥을 돋우는 벌주놀이. 보통 영관令官이 시구로 문제를 내어 틀리는 사람이 벌주로 술을 마신다. ○ 詩籌(시주): 시운詩韻이 적혀 있는 산가지. 좌중에 앉은 사람들이 벌책에 의해서 또는 돌아가며 산가지를 뽑아, 거기에 적힌 시운에 따라 시를 짓는다.

11 華胥夢(화서몽): 화서국을 찾아간 꿈. 『열자』「황제」黃帝에 보인다. "황제가 낮에 잠을 자는데 꿈속에서 화서씨華胥氏의 나라에 갔다. 화서씨의 나라는 엄주의 서쪽이자 태주의 북쪽에 있는데 중국에서 몇 천 리나 떨어져 있는지 모른다. 배나 수레 또는 다리의 힘으로 갈 수 없으니 '정신의 여행'神游으로 갈 수 있을 뿐이다. 그 나라는

군주나 지도자가 없어 모두 자연스러울 뿐이고, 그 백성은 욕망과 욕심이 없어 모두 자연스러울 뿐이었다."(黃帝)晝寢而夢, 遊於華胥氏之國. 華胥氏之國在弇州之西, 台州之北, 不知斯齊國幾千萬里. 蓋非舟車足力之所及, 神游而已. 其國無師長, 自然而已; 其民無嗜慾, 自然而已. 여기서는 평안하고 즐거운 세상을 비유하였다.

저주 전침루에 올라 사방을 둘러본 광경을 묘사하고 자신의 감회를 서술하였다. 신기질은 1172년(33세) 봄부터 1174년(35세) 봄까지 저주 지주로 재임했다. 이 사는 부임하던 해인 1172년 가을에 지었다. 저주는 당시 북방의 금나라를 바라보는 전방에 있는 도시로 전란이 잦아 백성들이 피폐해 있었다. 『송사』「신기질전」에 따르면 신기질은 저주에 부임하여 "정치를 관대하게 하고 조세를 적게 거두며, 떠돌고 흩어진 백성들을 부르고, 백성들에게 군사훈련을 시키고, 둔전을 의논하였다."寬政薄賦, 招流散, 敎民兵, 議屯田. 이러한 노력의 결과로 반년도 되지 않아 저주는 활기를 되찾았다. 신기질은 백성들과 함께 어울리기 위해 누대를 지었다. 누대가 완성된 후 신기질은 친구 이청우 등과 함께 전침루에서 주연을 베풀면서 이 사를 지었다.

사는 상편에서 먼저 5구로 전침루의 웅장한 기세와 높이 솟은 모습을 그리고, 이어서 멀리 내려다 본 광경을 그렸다. 광경은 자연스럽게 변방에 있는 저주의 군사적인 상황으로부터 동남의 남송과 금나라가 차지한 북방의 중원을 대비하여 보게 된다. 이러한 공간감은 하편에서도 이어져 자신과 같은 처지에 있었던 당대 사람 이덕유李德裕를 불러내 역사적 공감을 통해 자신의 처지를 확인한다. 공간과 시간 속의 자기 인식이 시의 주요한 특징이며, 누대를 보는 시선과 누대에서 바라보는 시선이 수시로 오간다. 하편에서도 누대에서 오가는 사람들을 내려다보다가 다시 누대의 주연으로 시선이 돌아온다. 전편에 흐르는 드높은 기세는 마지막에 국태민안國泰民安의 기원으로 마무리된다. 시선의 기복이 심하면서도 층차가 분명하고, 웅건한 기세 속에 주제를 점차 심화시켜 나갔다. 누대의 창건, 군사 상황의 안정, 번영의 기상 등에 대해선 기쁨을 드러내면서도 서북 세력의 존재, 회숭루懷嵩樓를 통한 고토 회복의 상기 등에서는 일말의 근심이 배어들어 있어, 시공의 교차 속에 역사와 현실이 어우러진다.

성성만聲聲慢

─붉은 계수 꽃을 비웃다. 내가 어렸을 때 도성의 궁중에 있는 응벽지에 들어 간 적이 있었기에, 당시 보았던 광경을 쓰다嘲紅木樨. 余兒時嘗入京師禁中凝碧池, 因書當時所見[1]

개원 연간 전성기 때
도성에선 꽃을 심어
달빛 비치는 궁전에는 계수나무 그림자가 겹겹이 드리웠지.
십리에 향기 가득하고
온 가지에 황금 좁쌀 같은 꽃이 영롱했지.
그러나 안사의 난 때 응벽지에 관현악이 울려 퍼져
기억하니 당시의 좋은 경치가 나를 시름겹게 했었지.
황제의 수레는 멀리 떠나고
다만 강남의 우거진 초목 속
깊은 궁전은 안개에 갇혀 있었지.

타고난 자태에 차고 담담한 기품
서풍 속에 빚어지면서
뼈 속까지 향기가 진하게 스며들었네.
단초 꽃을 잘못 흉내 내어
잎사귀 아래 꽃은 요염한 붉은색으로 물들였구나.
도인들은 아무렇게나 장식하고선
깨달음을 표시하는 가풍으로 삼는다지.

다시금 두려운 건

오래도록 취한 채 처량해지는 것이라네.

開元盛日,² 天上栽花, 月殿桂影重重. 十里芬芳, 一枝金粟玲
瓏.³ 管絃凝碧池上,⁴ 記當時風月愁儂. 翠華遠,⁵ 但江南草木, 煙
鎖深宮.

　只爲天姿冷澹, 被西風醞釀, 徹骨香濃. 枉學丹蕉,⁶ 葉底偸染妖
紅.⁷ 道人取次裝束,⁸ 是自家香底家風.⁹ 又怕是, 爲凄涼長在醉中.

1 紅木樨(홍목서): 붉은 계수 꽃. 木樨(목서)는 木犀(목서)라고도 쓴
　다. 목재에 무소뿔과 같은 무늬가 있어 이름 붙여졌다. 꽃의 향기가
　진해 향료로 쓰인다. 꽃은 흰색과 노란색이 많지만 붉은색도 있다.
　붉은색의 꽃나무를 단계丹桂라고 한다. ○ 京師(경사): 도성. 여기서
　는 개봉을 가리킨다. ○ 禁中(금중): 궁중을 가리킨다. 일반인이 들
　어갈 수 없다는 뜻을 취했다. ○ 凝碧池(응벽지): 당송 시대 궁정에
　있던 연못 이름. 송대에 응벽지는 개봉의 외성 남쪽에 있던 진주문
　陳州門 안 번대繁臺의 동남에 있었다.
2 開元(개원): 당 현종 시기의 연호로 713~741년. 당나라 전성기이
　다. 두보의 「예전을 생각하며」憶昔란 시에 "개원 연간의 전성 시기
　를 생각하노니, 작은 읍성에도 만 가구의 집들이 있었지."憶昔開元全
　盛日, 小邑猶藏萬家室.라는 시구가 있다. 신기질은 당의 전성기로 북
　송의 전성기를 비유하였다.
3 金粟(금속): 금빛 좁쌀. 계수 꽃을 가리킨다. 그 꽃이 금빛 좁쌀이
　모여 있는 것 같기 때문이다.
4 管絃(관현) 2구: 755년 안록산의 난이 일어나고 756년 6월 장안이

함락된 이후 안록산이 응벽지에서 연회를 차린 일을 가리킨다. 당시 궁중 악단인 이원梨園에서 일하던 사람들이 흐느끼며 울었고, 악공 뇌해청雷海靑은 악기를 버리고 서쪽을 향해 통곡하였다. 당시 반군에 잡혀 벼슬을 하게 된 왕유도 이때의 상황을 묘사하였다. "온 백성 상심 속에 들판에 연기 오르는데, 백관들은 언제 다시 임금께 조회하나? 깊은 궁중 속 가을 회화나무 잎 다 떨어질 때, 응벽지 가에선 관악기와 현악기의 목메는 소리."萬戶傷心生野煙, 百僚何日更朝天? 秋槐落盡深宮裏, 凝碧池頭咽管絃.

5 翠華(취화): 물총새의 깃털로 장식한 깃발. 황제의 의장 가운데 하나. 여기서는 북송 말기 휘종徽宗과 흠종欽宗 두 황제가 금나라에 포로로 잡혀 북방에 끌려가 감금된 일을 연상시킨다.

6 丹蕉(단초): 홍초紅蕉 또는 미인초美人蕉라고도 한다. 칸나. 꽃잎이 크고 붉다.

7 偸染妖紅(투염요홍): 홍목서 꽃이 단초의 요염한 붉은색을 빌려와 물들다.

8 取次裝束(취차장속): 마음대로 장식하다. 취차取次는 취차取此와 같다. 마음대로. 임의로.

9 香底家風(향저가풍): 향기로 가풍을 삼다. 북송 시기 회당선사晦堂禪師와 황정견黃庭堅 사이의 대화에서 그 유래를 찾을 수 있다. "때는 여름의 더위가 물러가고 가을의 서늘함이 일어날 때로 뜰에 가을 향기가 가득하였다. 회당선사가 '목서향을 맡을 수 있는가?'라고 묻자 황정견이 '맡을 수 있습니다'고 대답했다. 이에 회당선사가 '나는 그대들에게 숨기는 게 없소'라고 말하자 황정견이 기쁘게 그 뜻을 이해했다."時當暑退涼生, 秋香滿院, 晦堂乃曰: '聞木樨香乎?' 公曰: '聞.' 晦堂曰: '吾無隱乎爾.' 公欣然領解. 송대 석효영釋曉瑩의 『나호야록』羅湖野錄 또는 보재普濟의 『오등회원』五燈會元 권17 참조. 원래 '나는 너

희에게 숨기는 게 없소'吾無隱乎爾라는 말은 『논어』에서 공자가 한 말로, 회당선사는 이로써 깨달음에 첩경이 없음을 나타냈다.

어렸을 때 보았던 응벽지를 회상하며 역사의 굴곡을 생각하고 현실이 청명해지기를 바랐다. 사는 시종일관 계수 꽃을 중심으로 노래하므로, 어린 신기질이 개봉의 응벽지에서 본 것도 계수 꽃이었을 것이다. 아름다운 천상의 꽃이 핀 도성이 적의 손에 들어가게 되었다는 충격이 시의 중심에 자리한다. 그러므로 이 작품은 영물사詠物詞의 기초 위에서 역사와 회고를 노래하는 영사사詠史詞를 결합한 셈이다. 어린 신기질이 응벽지에 들어간 것은 조부 신찬辛贊이 개봉부 지부知府로 재직하고 있을 때였다. 신기질의 부친은 젊은 나이에 일찍 작고했기 때문에, 조부는 대가족을 위해 금나라에 봉직해야 했다.

상편의 처음 3구는 달 속의 계수나무를 그리고 이어진 2구에서 지상의 향기를 묘사했지만, 이들은 사실 당대 궁전의 전성기를 이미지화하였다. 제6~7구는 안사의 난 때 응벽지에서 연회를 열던 일을 끌어와 왕조의 쇠락을 환기시켰다. 안사의 난으로 현종이 성도로 몽진을 한 일을 통해 지금 금나라가 개봉을 점령하고 북송의 왕통이 남송으로 내려온 것을 비유하였다. 하편은 계수 꽃의 자태와 향기와 빛깔을 묘사하고, 이러한 천상의 꽃이 현실에 대한 맑은 인식 없이 일시적인 이익과 향락에 몽매하게 취해있다면 다시 구할 수 없음을 나타내었다. 말미의 '취한' 꽃은 붉은 꽃을 비유하며, 부제에 '붉은 계수 꽃을 비웃다'고 한 데서 알 수 있듯 사회 현실이 쇠락한 때에 이를 깨닫지 못하고 취해 있는 속인배를 비판하는 뜻도 담은 듯하다.

목란화만 木蘭花慢

— 저주에서 범앙 통판을 보내며 滁州送范倅[1]

늙어가노라니 흥이 줄어드는데
이별의 술잔을 대하니
흐르는 세월이 두렵구나.
더구나 손꼽아 중추절을 헤아려 보니
둥그러니 좋은 달이
헤어지는 우리들을 비추는구나.
무정한 강물은 사람 마음 아랑곳않고
서풍과 함께 떠나가는 배를 보낼 뿐.
그대는 가을 저녁 강가에서 순채국과 농어회를 맛보며
밤이 깊어지면 등불 앞에 아들딸과 둘러앉으리.

그대 도성으로 천자 배알하러 잘 가게.
조정에선 마침 어진 인재 기다리고 있다네.
생각하노니 깊은 밤 승명려 承明廬에서
조서를 기초하고
또 변경으로 파견되어 군무를 보리라.
도성의 친구들 내 소식 묻거든
말해주게. "여전히 수심을 술로 달래며
멀리 가을 하늘 아래 떨어지는 기러기 바라보며
취중에 때때로 빈 시위 소리 듣는다"고.

老來情味减,² 對別酒, 怯流年. 況屈指中秋, 十分好月,³ 不照人圓. 無情水都不管, 共西風只管送歸船. 秋晩蓴鱸江上,⁴ 夜深兒女燈前.

征衫便好去朝天.⁵ 玉殿正思賢. 想夜半承明,⁶ 留敎視草,⁷ 却遣籌邊.⁸ 長安故人問我,⁹ 道愁腸殢酒只依然.¹⁰ 目斷秋霄落雁,¹¹ 醉來時響空弦.¹²

注

1 范倅(범쉬): 범앙范昂을 가리킨다. 1170년 1월부터 1172년 가을까지 저주에서 통판으로 재직하였다. 앞의 「감황은 —청명절이 되니 봄빛이」 참조.

2 老來(노래): 늙어서. 來(래)는 조사. 신기질이 나이 33세에 자신이 늙었다고 보았는데, 이는 당시의 습관적인 인식이다.

3 十分(십분) 2구: 일반적으로 중추절에는 달이 둥글어지듯이 사람들도 만나는 때인데, 거꾸로 사람이 헤어지게 되어 아쉽고 슬프다는 뜻을 나타내었다.

4 蓴鱸(순로): 순채와 농어. 여기서는 순채국과 농어회. 모두 강남의 특산이다. 서진의 장한張翰이 제왕齊王(司馬冏)의 동조연東曹掾으로 초빙되었으나, 가을바람이 불어오자 고향 오 지방의 순채국과 농어회가 생각나 "사람이 살아가며 편하고 자유로운 게 중요한데, 어찌 수천 리 멀리에서 벼슬에 묶여 이름과 작위를 구한단 말인가?"人生貴得適志, 何能羈宦數千里, 以邀名爵乎?라고 말하고 고향으로 돌아갔다. 『세설신어』「식감」識鑑 참조. 범앙이 고향으로 돌아가는 일을 가리킨다.

5 征衫(정삼): 나그네가 입는 적삼.

6 承明(승명): 한대 궁중에 있던 승명려承明廬. 문학 시신侍臣들이 당

직을 서며 문장의 초안을 잡던 곳.

7 視草(시초): 조서詔書를 기초하다.

8 籌邊(주변): 변방의 군사 업무를 계획하다.

9 長安(장안): 서한과 당대의 도읍지. 여기서는 남송의 도읍지 임안臨安을 가리킨다.

10 殢酒(체주): 술에 빠지다.

11 目斷(목단): 목극目極 또는 목진目盡과 같다. 눈길 닿는 끝까지 봄.

12 空弦(공현): 화살을 재지 않고 시위를 퉁기는 소리. 경궁지조驚弓之鳥의 고사를 가리킨다. 전국시대 명사수였던 경리更羸가 위왕魏王과 궁중의 경대京臺를 거닐다가 동쪽에서 날아오는 기러기를 올려보더니 화살도 없이 활시위를 퉁기는 소리만으로도 기러기를 떨어뜨렸다. 위왕이 놀라서 묻자 경리가 대답하였다. "그놈은 나는 것이 느렸고 울음이 슬펐습니다. 느리게 나는 것은 다친 데가 있다는 것이고, 슬프게 우는 것은 무리를 잃은 지 오래되었기 때문입니다. 상처가 아직 낫지 않고 놀란 마음이 아직 가시지 않은 상태인데, 시위 당기는 소리를 듣고 더욱 높이 날아가려다가 상처가 터져 떨어진 것입니다."其飛徐, 其鳴悲. 飛徐者, 故瘡痛也. 鳴悲者, 久失群也. 故瘡未息, 而驚心未去, 聞弦音引而高飛, 故瘡裂而隕也. 『전국책』「초책」楚策 참조. 여기서는 신기질이 참훼를 받을까 두려워하는 심리를 나타내었다.

해설

저주 통판으로 일하다가 임기가 만료되어 떠나는 범앙을 보내며 지었다. 당시 신기질은 저주 지주로 있었으므로 곧 자신의 부하를 송별한 셈이다. 상편은 흐르는 세월을 탄식하며, 헤어지는 아쉬움을 토로하고, 고향에 돌아간 범앙의 모습을 상상하는 등 비교적 장면이 빠른 전개를 보인다. 하편은 떠나가는 범앙의 전도를 축복하면서 황제의 중용을 받기를 희망했고, 더불어 전방에 나가 군사적 재능을 발휘하기를 바랐다. 친구의 분발을 격려하는 동시에 말미 4구에서 자신의 처지와 심사를 나타내고 있다. 신기질이 말하는 술로 달랠 수밖에 없는 '시름'愁腸이란 변방의 일을 하지 못하고 있는 강개하고 비량한 마음이다. 당시 조정은 현상에 만족하고 북벌은 기약이 없자 시인은 "흐르는 세월이 두렵기만"對別酒, 怯流年 했다. 더불어 자신의 그러한 건의나 표명에 대해 조정의 신하들이 근거 없이 참훼하여, 경궁지조驚弓之鳥와 같이 마음이 위축되기도 했다. 이는 물론 친구가 떠난 뒤 혼자 남게 되는 고독감의 표현이기도 하다. 전체적으로 이별의 정서 속에 고민과 불평을 비장한 어조로 나타내었다. 1172년 가을에 지었다.

서강월西江月

— 범남백의 생일을 축하하며爲范南伯壽[1]

기골이 수려한 푸른 솔은 늙지 않고
새로 지은 사詞는 패옥이 부딪는 소리를 내는구나.
그대는 틀림없이 뗏목을 은하수에 띄워
하늘의 별들을 여러 개 따겠구나.

전침루奠枕樓 앞의 바람과 달
주춘정駐春亭 위의 생황과 노랫소리.
그대 머물게 해 함께 취하려 하니 그대 뜻은 어떠한가?
내년에는 됫박처럼 큰 금인金印을 차리라.

秀骨青松不老, 新詞玉佩相磨. 靈槎準擬泛銀河,[2] 剩摘天星
幾箇.[3,4]
奠枕樓頭風月,[5] 駐春亭上笙歌.[6] 留君一醉意如何? 金印明年斗大.[7]

注

1 范南伯(범남백): 범여산范如山. 자가 남백南伯이다. 형대邢臺 사람
 으로 신기질의 처남이다.
2 靈槎(영사): 신령스런 뗏목. 장화張華의 『박물지』博物志에 나오는
 전설에 의하면, 바닷가에 사는 사람이 매년 팔월이면 뗏목을 타고
 은하수에 갔다. ○ 準擬(준의): 틀림없이 ~할 것이다. 생각하다. 준

비하다. 희망하다.

3 [원주] "범남백은 작년 칠월에 아들을 낳았다."南伯去歲七月生子.

4 剩(잉): 많다.

5 奠枕樓(전침루): 신기질이 저주에서 1172년에 창건한 누대. 앞의 「성성만」참조.

6 駐春亭(주춘정): 저주에 있는 정자로 보인다.

7 金印(금인) 구: 금인여두金印如斗의 고사를 가리킨다. 동진 초기 왕 돈王敦이 무창에서 반란을 일으켜 건강이 위태로울 때 유외劉隗가 왕씨 가족들을 모두 죽이려고 하였다. 이에 주의周顗가 왕도王導와 그 가문을 위해 진 원제晉元帝에게 간언하여 왕도가 살 수 있었다. 이때 주의는 왕도가 불러도 응대하지 않고 "올해 도적들을 모두 죽 이고 됫박만한 금인金印을 팔꿈치에 매달고 다녀야지."今年殺諸賊奴, 取金印如斗大繫肘.라고 말하였다. 『세설신어』「우회」尤悔 참조.

해설

친척인 범남백范南伯의 생일을 축하하며 지은 사이다. 범남백은 신 기질의 부인의 오빠로, 유재劉宰(1167~1240)가 지은 『만당집』漫塘集에 의하면, 북방이 고향이라 북방의 형세를 잘 아는 호걸로 묘사되었으 며, "신기질과 범남백은 모두 중원의 호걸로 서로 의기가 아주 잘 투합 했다"辛與公皆中州之豪, 相得甚.고 하였다. 그래서인지 작품의 언어는 무 척 간결하며, 간단한 몇 개의 이미지를 나열하여 상대의 형상을 그리 고 기원하였다. 말미에서 동진 초기 왕돈王敦의 반란과 관련된 전고를 가져와 금나라를 비유하고, 이들 도적을 없애고 큰 공을 세워 됫박만 큼 큰 관인을 차기를 기원하였다. 1172년(33세) 저주 지주로 있을 때 지었다.

수조가두水調歌頭

해 저무는 성 모퉁이
술잔 들고 그대 머물라 권하네.
장안으로 가는 길 먼데
무슨 일로 담비 가죽옷이 해지도록 눈보라 속을 헤매는가?
벼슬을 위해 황금을 다 써버리고
규중에 있는 아내의 원망도 아랑곳않으니
차라리 돌아가 모래 위 갈매기와 놀며 지내게.
내일 밤 조각배를 타고 떠나면
달빛과 함께 이별의 시름도 싣고 가리라.

공명을 세우는 일
몸이 아직 늙지 않았으니
그만 둘 수 없구나.
시와 문장 만 권을 읽었으니
벼슬을 한다면 이윤과 주공 같이 되어야 하리.
반초같이 붓을 던지고 종군하는 건 본뜨지 말게
설사 만 리 밖에서 제후에 봉해진다 하더라도
변방에서 초췌하게 늙어갈 것을.
객지에서 떠도는 나는 어디에 있나
적막히 고향을 그리며 왕찬처럼 「등루부」를 짓노라.

落日古城角, 把酒勸君留. 長安路遠, 何事風雪敝貂裘?¹ 散盡
黃金身世,² 不管秦樓人怨,³ 歸計狎沙鷗.⁴ 明夜扁舟去, 和月載
離愁.

功名事, 身未老, 幾時休? 詩書萬卷,⁵ 致身須到古伊周.⁶ 莫學
班超投筆,⁷ 縱得封侯萬里, 憔悴老邊州. 何處依劉客,⁸ 寂寞賦登
樓.⁹

注

1 敝貂裘(폐초구): 닳아진 담비 가죽 옷. 『전국책』「진책」秦策에 소진
蘇秦이 "진왕秦王에게 유세하며, 상서를 열 번이나 올려도 채납되
지 못하였는데, 그 동안 담비 가죽옷은 헤어졌고 황금 백 근은 다
써버렸다."說秦王, 書十上而說不行, 黑貂之裘敝, 黃金百斤盡.고 하는 말
이 있다.

2 散盡(산진) 구: 객지에서 출세를 위해 황금을 쓰며 다닌 경력을 가
지고 있다는 뜻. 바로 앞의 소진蘇秦의 전고를 의미한다.

3 秦樓(진루): 여인이 거처하는 곳. 한대 악부「길가의 뽕」陌上桑에
"둥그런 태양이 동쪽에서 떠올라, 우리 진씨네 집을 훤히 비추는구
나."日出東南隅, 照我秦氏樓.라는 구절이 있다. 여기서는 아내가 거처
하는 곳.

4 狎沙鷗(압사구): 모래밭 위의 갈매기와 놀다. 명리를 쫓지 않고 자
연에 은거하는 삶을 비유한다. 『열자』「황제」黃帝에 나오는 '해객압
구'海客狎鷗 이야기를 가리킨다. 바닷가에 살고 있는 어떤 사람이
갈매기를 좋아하였는데 매일 아침 바닷가에 가서 갈매기와 놀면 백
마리 이상이 날아들었다. 하루는 그 부친이 자신이 가지고 놀게 잡
아오라고 말하였다. 다음날 그 사람이 바다에 나가니 갈매기들이
더 이상 가까이 오지 않았는데, 기회를 보고 움직이는 기심機心, 즉

욕심이 있었기 때문이었다.

5 詩書(시서): 시와 문장. 책. 여기서는 두보가 지은 「위 좌승께 삼가
드리며 22운」奉贈韋左丞丈二十二韻에 나오는 "책을 읽어 만 권을 독
파하고, 글을 쓰면 신이 도와주는 듯했어라. …군주를 보좌하여 요
순보다 더 낫게 만들고, 게다가 풍속을 순박하게 할 생각이었어라."
讀書破萬卷, 下筆如有神. …致君堯舜上, 再使風俗淳.를 환기한다.

6 致身(치신): 헌신하다. 벼슬하다. ○ 伊周(이주): 이윤伊尹과 주공周
公. 각각 상나라와 주나라의 개국 공신이자 뛰어난 재상이었다.

7 班超投筆(반초투필): 동한의 반초가 붓을 던지다. 문서를 관리하던
말단 관리였던 반초가 "일찍이 공부를 그만두고 붓을 내던지며 말
하였다. '대장부는 다른 지략이 없으면 응당 부개자나 장건과 같이
이역에서 공을 세워 봉후를 얻어야지 어찌 오래도록 문필에 종사한
단 말인가!'"嘗輟業投筆歎曰: "大丈夫無他志略, 猶當效傅介子張騫立功異域,
以取封侯, 安能久事筆硏間乎?' 서역으로 출사하여 31년간 서역을 경영
하면서 50여개 나라를 귀순하게 하였다. 이 공로로 정원후定遠侯의
작위를 받았다. 『후한서』「반초전」班超傳 참조.

8 依劉客(의류객): 유표劉表에게 의지한 객. 동한 말기 왕찬王粲을 가
리킨다. 왕찬은 명문 출신으로 증조와 조부가 모두 한漢의 삼공三公
이었으며, 부친은 하진何進의 장사長史였다. 장안이 난리에 빠지자
형주에 가서 유표劉表에게 15년간 의지하였다. 유표가 죽은 후에는
조조曹操에게 의지하여 승상연丞相掾, 군모좨주軍謀祭酒, 시중侍中
등을 지냈다.

9 登樓(등루): 삼국시대 왕찬王粲이 지은 「등루부」登樓賦. 그중에 "비
록 진실로 아름답다고 하더라도 나의 고향은 아니니 어찌 오래 머
물기 족하리오."雖信美而非吾土兮, 曾何足以少留.라는 말이 있는데, 고
향에 대한 그리움을 나타낸 말로 유명하다.

　남송의 수도 임안臨安으로 가는 사람을 전송하며 지은 사이다. 상편
은 이별의 자리에서 친구와 헤어지기 아쉬운 정과 친구의 여로에 대한
걱정을 표시하였다. 이들 구절에서 볼 때 떠나는 친구는 소진蘇秦과
같이 자신의 뜻을 펼치기 위해 재물을 쓰면서 집안도 돌보지 못하며
사방을 돌아다니는 것을 알 수 있다. 그리하여 차라리 '해객압구'海客狎
鷗하듯 은거하기를 권유하였다. 친구의 모습을 보며 안타까움에서 하
는 말이다. 하편은 친구를 격려하는 말로 걸출한 학식과 재능으로
이윤과 주공과 같이 나라를 위해 큰일 하길 기원하였다. 이어서 반초
를 언급하며 객지에서 오래 머물지 말고 일찍 돌아오기를 바랐다.
말미의 2구는 신기질 자신의 심정을 나타낸 것으로, 마찬가지로 고향
을 찾지 못하는 자신을 돌아보고 있다. 석양 속에 떠나는 친구와 남
는 자신이 사실은 같은 모습임을 말하고 있다. 1174년(순희 1) 겨울,
신기질이 건강建康에서 강동안무사江東安撫使 참의관參議官로 있을 때
지었다.

일전매—剪梅

—장산에서 노닐며, 섭 승상께 드림遊蔣山, 呈葉丞相[1]

아득한 가운데 홀로 서서 취한 채 돌아가지 않다가
이제 해 저물고 하늘 차가우니
돌아가려네.
눈 밟으며 매화 찾은 때 언제였던가,
지금 내 돌아오니
버들가지 하늘하늘 늘어져 있네.

백석강白石岡 앞 굽이진 언덕 서쪽
공연한 수심을 자아내는
향기로운 풀들 우거졌구나.
다정한 산새야 울지 마라.
복사꽃과 오얏꽃은 말이 없어도
그 아래로 절로 샛길이 난다네.

獨立蒼茫醉不歸.[2] 日暮天寒, 歸去來兮.[3] 探梅踏雪幾何時; 今
我來思,[4] 楊柳依依.
白石岡頭曲岸西.[5] 一片閑愁, 芳草萋萋. 多情山鳥不須啼. 桃李
無言,[6] 下自成蹊.

1 蔣山(장산): 지금의 남경시에 있는 종산鍾山. 자금산紫金山이라고도
한다. 동한 말기 말릉위秣陵尉 장자문蔣子文이 도둑을 쫓다가 이곳
에서 죽었으므로 손권이 묘廟를 세우고 장후蔣侯로 봉했으므로 산
이름도 장산蔣山이라 하게 되었다. 남조 제齊의 공치규孔稚珪가 「북
산이문」北山移文을 쓴 후에는 북산이라 부르기도 했다. ○ 葉丞相
(섭승상): 십형葉衡. 자는 몽석夢錫이며 무주婺州 금화金華 사람이
다. 1148년 과거에 급제하여 형남荊南 지주, 건강부建康府 지부
등을 역임하고, 호부상서, 참지정사 등을 거쳤다. 이후 우승상 겸
추밀사가 되었다.

2 蒼茫(창망): 멀고 아득한 모습.

3 歸去來兮(귀거래혜): 돌아가자! 來(래)와 兮(혜)는 어조사로 본다.
도연명陶淵明의 「귀거래사」歸去來辭 첫 구이다. 전원으로 돌아가 은
거하자는 뜻.

4 今我(금아) 2구: 『시경』「채미」采薇의 "예전에 내가 떠날 때에는, 버
들가지 하늘하늘 늘어졌는데. 지금 내가 돌아올 때는, 눈이 펄펄
날리네."昔我往矣, 楊柳依依. 今我來思, 雨雪霏霏.의 4구를 이용하였다.

5 白石岡(백석강): 남조의 석자강石子崗. 건강建康(남경) 주작문 밖에
소재했다. 신기질과 섭형이 자주 놀았던 곳이다.

6 桃李(도리) 2구: 『사기』「이장군열전」에 나오는 "복사꽃과 오얏꽃은
말을 안 해도 그 아래로 절로 샛길이 난다."桃李不言, 下自成蹊.는 말
을 가져왔다.

신기질이 섭형에게 준 작품이다. 『송사』「신기질전」에 "강동 안무
사 참의관으로 임명되어, 유수 섭형의 인정을 받았다."辟江東安撫司參

議官, 留守葉衡雅重之.는 기록이 있는 것으로 보아, 건강부 지부 섭형이 신기질을 참의관으로 부른 것을 알 수 있다. 이때는 1174년(순희 1) 초이다.

상편에서는 장산에서 노닐며 건강健康에 다시 오게 된 감회와 섭형과의 만남을 추억하였다. "눈 밟으며 매화 찾은 때 언제였던가"는 예전에 자신이 건강부 통판으로 있을 때 섭형과 노닐었던 겨울을 회상한 것으로 보인다. 그리고 "지금 내 돌아오니, 버들가지 하늘하늘 늘어져 있"는 봄인 것이다. 곧이어 2월에 섭형은 조정으로 들어가게 되는데, 하편에서는 이때의 이별을 그렸다. 우거진 풀과 우는 새는 모두 이별의 아쉬움을 형상화하였다. 끝에서는 섭형의 인품과 공덕을 칭송하는 것으로 마무리 지었다.

섭형은 1174년 11월에 우승상 겸 추밀사로 제수되었으므로, 이 시를 짓던 그해 봄에는 지부知府로 있었기에, 부제副題로 붙은 '승상'丞相은 나중에 붙여진 것으로 보인다.

신하엽 新荷葉
— 조덕장에 화운하며 和趙德莊韻[1]

사람이 이미 돌아왔거늘
두견새는 누구더러 돌아가라 하는가?
구름 같은 푸른 나무엔
덧없이 꾀꼬리들만이 날고 있구나.
토규와 귀리만이 자라났으니
묻건대 유랑劉郎은 몇 번이나 눈물을 흘렸던가.
비취 병풍 깊은 꿈
깨어보니 강이 감돌아 흐르고 산이 둘러 있네.

술을 앞에 두고 다시 손잡으니
작은 정원엔 꽃들이 여기저기 피어 있구나.
번화했던 옛날
풍광은 그대로이나 옛사람은 없구나.
봄바람에 수줍어 얼굴을 소매로 가렸던
그때 처음 알았던 최휘崔徽가 생각나네.
남으로 가는 기러기도 없어
비단 편지 보낼 수도 없구나.

人已歸來, 杜鵑欲勸誰歸?[2] 綠樹如雲, 等閑付與鶯飛.[3] 兎葵燕
麥,[4] 問劉郎幾度沾衣.[5] 翠屛幽夢, 覺來水繞山圍.

有酒重攜, 小園隨意芳菲. 往日繁華, 而今物是人非. 春風半面,[6] 記當年初識崔徽.[7] 南雲雁少,[8] 錦書無箇因依.[9]

注

1 趙德莊(조덕장): 본명은 조언단趙彦端(1121~1175)이다. 자는 덕장德莊, 호는 개암介庵이다. 송나라의 황족으로 전운부사轉運副使 등을 거쳐 좌사랑관左司郎官까지 올랐다. 『개암거사집』介庵居士集 10권이 전한다. 신기질과 친구로 시사詩詞를 주고받았다. 앞에 조덕장에게 준 축수사 「수조가두 —악와에서 온 천리마 같이」가 있다.

2 杜鵑(두견): 두견새, 소쩍새, 자규子規, 귀촉도歸蜀道, 두우杜宇, 두혼杜魂, 불여귀不如歸 등 여러 이름이 있다. 전설에 의하면 고대 촉국의 왕 두우杜宇의 혼이 변한 것이라고 한다. 그 울음소리가 마치 '차라리 돌아가자'라는 뜻의 '부루궤이취'不如歸去라고 하는 듯하여 나그네의 귀향을 재촉하는 새로 알려졌다. 때문에 여기서도 '돌아가기를 권하다'勸歸라는 말을 썼다.

3 等閑(등한): 가볍게. 헛되이. 이 구는 친구가 늦게 와 푸른 나무가 무성한 봄날이 이미 지나버린 아쉬움에서, 봄날은 꾀꼬리와 함께 사라졌다는 뜻이다. 전후 맥락에서 명료하지 않는 모호성의 미학을 추구했다.

4 兎葵(토규) 2구: 당대 시인 유우석劉禹錫의 전고를 가리킨다. 유우석은 영정永貞 개혁(805년)에 참여했으나 실패하자 낭주朗州로 폄적되었다. 이후 10년만에 장안으로 돌아와 현도관玄都觀의 복사꽃을 감상하며 「꽃을 구경하는 여러 군자에게」贈看花諸君子라는 시에서 "현도관의 복숭아나무 천 그루, 모두가 유랑이 떠난 후에 심었네." 玄都觀裏桃千樹, 盡是劉郎去後栽.라고 노래하였다. 조정의 집권자들이 이를 보고 자신을 비난하는 것으로 여기고 다시 지방으로 좌천시켰

다. 유우석은 다시 14년 후에 장안에 돌아왔다. 현도관에 들러 둘러보니 황량하기만 해서 「다시 현도관에서 노닐며」重遊玄都觀라는 시를 지었다. "복숭아 심은 도사는 어디로 갔나, 저번의 유랑이 지금 다시 돌아왔네."種桃道士歸何處, 前度劉郎今又來. 이 시의 서문에서 "현도관에 다시 노니니 텅 빈 채 나무 한 그루 없고, 오로지 토규와 귀리만이 봄바람에 흔들릴 뿐이로다."重遊玄都, 蕩然無復一樹, 惟兎葵燕麥動搖於春風耳.고 하였다. 맹세孟棨『본사시』本事詩 참조. ○ 兎葵(토규): 토규. 아욱과 비슷한 들풀. ○ 燕麥(연맥): 귀리.

5 劉郎(유랑): 유우석. 여기서는 조덕장을 비유한다.

6 春風半面(춘풍반면): 봄바람에 소매로 얼굴을 반쯤 가리다. 소녀의 부끄러워하는 자태를 묘사했다.

7 崔徽(최휘): 당대 가기歌伎. 일찍이 배경중裴敬中를 연모하였다. 두 사람이 헤어진 후 최휘는 자신의 충정을 보이기 위해 화공에게 자신의 모습을 그려 배경중에게 전해주도록 했으나, 얼마 후 죽었다. 원진元稹「최휘의 노래」崔徽歌 참조. 여기서는 조덕장이 건강에서 사귀었던 가희를 비유하였다.

8 南雲(남운) 2구: 기러기가 없어서 편지를 전하기 어렵다는 뜻으로, 안서雁書 또는 홍안전서鴻雁傳書라는 전고를 사용하였다. 한 무제 때 흉노에 사신으로 간 소무蘇武가 억류되어 19년을 보내게 되었다. 무제에 이어 즉위한 소제가 흉노와 다시 통교하면서 소무를 돌려달라고 하였다. 흉노는 소무가 이미 죽었다고 거짓말을 하였다. 이에 사신은 흉노에게 말하길, 한나라 천자가 상림원에서 사냥을 하다가 기러기를 잡았는데 발에 비단 조각이 묶여 있어 펴보니 소무 등이 어느 소택지에 있다는 편지였다고 했다. 이에 선우는 사실을 인정하고 소무를 돌려주었다. 『한서』「소무전」 참조.

9 錦書(금서): 비단에 쓴 편지. ○ 因依(인의): 맡기다. 부탁하다.

　조덕장(조개암)과 봄날의 정원을 노닐며 봄의 흐름을 아쉬워하고 "풍광은 그대로이나 사람은 옛 사람이 아닌"物是人非 상황을 탄식하였다. 상편은 늦게 돌아온 조덕장에게 봄이 이미 가버렸음을 말하면서, 동시에 정치적 풍상을 겪은 상대를 위로하고 아름다운 자연으로 위로받기를 바랐다. 하편은 예전의 정원에서 다시 술을 들고 봄을 아쉬워하고, 더구나 봄바람에 얼굴을 가리던 여인을 생각하며 편지를 쓰려고 해도 멀어 보내기 어려움을 말하였다.

　이 사는 조덕장이 지어준 2수에 대해 같은 운자를 사용하여 지은 2수 가운데 제1수이다. 제2수는 아래에 있다. 2수 모두 조덕장과 헤어진 후 다시 만난 감회를 표현하였다. 시간의 흐름과 봄의 아쉬움 등 상춘傷春과 예전 사람의 부재不在를 아쉬워하는 정감이 주조를 이루고 있어, 전형적인 완약사婉約詞라 할 수 있다. 다른 한편 "토규와 귀리만이 자라났으니, 묻건대 유랑劉郞은 몇 번이나 눈물을 흘렸던가" 또는 "번화했던 옛날, 풍광은 그대로이나 옛사람은 없구나"와 같은 구절을 보면 그러한 상춘과 탄식은 어떤 정치적인 이유로 일어났으리라 짐작된다. 다만 사를 주고받는 두 사람의 작품 속에 공통적으로 환기하고 있을 뿐 작품에 구체적으로 지적하지 않고 있을 뿐이다. 신기질이 건강에서 참의관으로 있을 때 지었다.

신하엽 新荷葉

― 다시 앞의 작품에 화운하며 再和前韻[1]

봄빛은 시름과 같더니
떠도는 구름이 비를 머금고 이제 돌아가는구나.
봄의 마음은 언제나 한가하기만 하니
벌레가 토한 유사遊絲가 진종일 낮게 날린다.
공연한 시름은 얼마나 되는가
특히 저녁 바람이 옷에 불어올 때는.
작은 창문 인적은 조용한데
바둑 두는 소리는 포위를 푼 듯하구나.

봄날은 붙잡기 어려우니
소쩍새 울고 꽃향기 날리게 놔두어야 하리.
지난날을 곰곰이 헤아려 보니
시를 읊고 술 마셨던 일이 모두 잘못이라 말하면 안되네.
음은 알지만 현이 끊어졌으니
부질없이 줄 끊어진 거문고를 어루만지는 도연명을 웃노라.
술잔을 내려놓고 그림자와 마주하고
밝은 달까지 불러 함께 어울릴까 하네.

春色如愁, 行雲帶雨才歸. 春意長閑, 遊絲盡日低飛.[2] 閑愁幾
許, 更晚風特地吹衣. 小窓人靜, 棋聲似解重圍.

光景難攜, 任他鵙鴃芳菲.³ 細數從前, 不應詩酒皆非. 知音絃斷,⁴ 笑淵明空撫餘徽. 停杯對影, 待邀明月相依.⁵

注

1 再和前韻(재화전운): 바로 앞의 사 「신하엽 ―사람이 이미 돌아왔거늘」의 운을 다시 사용하였다.

2 遊絲(유사): 봄날 벌레들이 토하는 거미줄 같이 가는 실.

3 鵙鴃(제결): 鵜鴃(제결)이라 쓰기도 한다. 소쩍새. 소쩍새는 초여름에 울므로 이 새가 울면 꽃들이 시든다고 여겼다. 『초사』「이소」離騷에 "두려운 것은 시절이 지나 소쩍새가 먼저 울어, 온갖 꽃들이 시들어 떨어지는 것이라네."恐鵜鴃之先鳴兮, 使夫百草爲之不芳.라는 말이 있다.

4 知音(지음) 2구: 『진서』「은일전」隱逸傳에 나오는 도연명의 전고를 이용하였다. "도연명은 음악을 알지 못하지만 장식 없는 거문고 하나를 가지고 있었는데 현이 없었다. 매번 술을 마실 때마다 어루만지며 자신의 뜻을 기탁하였다."潛不解音聲, 而畜素琴一張, 無絃. 每有酒適, 輒撫弄以寄其意.

5 停杯(정배) 2구: 이백李白의 「달 아래 홀로 술을 마시며」月下獨酌에 나오는 "술잔 들어 명월을 부르고, 그림자를 더하여 셋이 되었네." 擧杯邀明月, 對影成三人.의 뜻을 취하였다.

해설

앞의 사와 마찬가지로 봄날의 '공연한 시름'閑愁을 노래하였다. 봄날의 풍광과 정서를 많이 묘사하고 있지만, "바둑 두는 소리는 포위를 푼 듯하구나"와 "음은 알지만 현이 끊어졌으니, 부질없이 줄 끊어진 거문고를 어루만지는 도연명을 웃노라" 등의 구절에서 조덕장의 정치적 부침이 끼어들어와, 봄날의 풍광과 정서가 모두 이와 관련되어 있음을 알 수 있다. 그것이 이미 지나간 일이고 이제 두 사람이 봄날의 만남 속에 음미할 수 있기에 '공연한 시름'閑愁이 된 것이다. 완약한 정조 속에 자연과 인사의 무상함이 서로 배어들어 있다. 이 사 역시 1174년(35세) 건강에서 참의관으로 있을 때 지었다.

보살만菩薩蠻
— 금릉 상심정에서 섭 승상을 위해 짓다金陵賞心亭爲葉丞相賦[1]

청산도 고상한 그대와 이야기하고 싶어
수만 마리 말처럼 나란히 달려오누나.
그러나 안개와 비에 가리어 주저하며
멀리서 바라보기만 하고 종내 오지 않는구나.

사람들이 말하길 머리의 백발은
모두 시름 때문에 희어졌다고.
손뼉 치며 웃노니, 모래 위 흰 갈매기는
온몸이 모두 시름이라고.

青山欲共高人語.[2] 聯翩萬馬來無數.[3] 煙雨却低回,[4] 望來終不來.
人言頭上髮,[5] 總向愁中白. 拍手笑沙鷗, 一身都是愁.

注

1 賞心亭(상심정): 건강 서쪽 성벽 위에 세워진 누각. 아래로 진회하
  가 흐른다. ○ 葉丞相(섭승상): 섭형葉衡. 앞의 사「일전매」참조.

2 高人(고인): 고아한 사람. 고상한 사람. 섭형을 가리킨다.

3 聯翩(연편): 새가 날개를 펴고 날아가는 모양. 여기서는 말이 달리
  는 모양.

4 低回(저회): 徘徊(배회)와 같다. 배회하다. 머뭇거리다.

5 人言(인언) 4구: 백거이白居易의 「백로」白鷺를 이용하였다. "인생 사십이면 아직 완전히 늙을 때가 아닌데, 나는 시름이 많아 백발이 늘어졌네. 강가의 쌍 백로는 어인 일인가, 시름이 없는데도 머리위에 흰 털이 늘어졌으니."人生四十未全衰, 我爲愁多白髮垂. 何故水邊雙白鷺, 無愁頭上亦垂絲.

  청산靑山과 흰 갈매기白鷗를 빌려 섭 승상의 풍모를 칭송하였다. 상편은 의인법을 써서 청산을 섭 승상에 비유하였다. 수만 마리 말이 내달아오는 기세와 생동적인 이미지로 산을 형상화시키면서, 이를 다시 승상의 풍도와 인품으로 표현하였다. 하편은 모래 위의 갈매기를 통해 시름이 사람을 늙게 만들지 않는다는 낙천적이고 해학적인 발상을 제시하였다. 전체적으로 명랑하고 분발하는 정신이 가득하다. 1174년(35세) 건강에서 참의관으로 있을 때 지었다.

보살만菩薩蠻

강물에 흔들리어 눈앞은 안개 낀 듯 흐릿한데
나루터에 이를 때까지 시름 속에 그대 보내네.
돌아오며 백낙천의 시 생각하니
"인생에는 이별이 많다네."

운모 병풍 아래 밤에 나눈 말들
꿈속에 그대 찾아간 일 아는가?
옥 젓가락 같은 눈물 남몰래 흘리지 마오
애끊는 슬픔은 하늘도 모르니.

江搖病眼昏如霧,¹ 送愁直到津頭路. 歸念樂天詩:² "人生足別離."
雲屛深夜語,³ 夢到君知否? 玉筯莫偸垂,⁴ 斷腸天不知.

注

1 病眼(병안): 노안이 와서 흐릿하게 보임. 여기서는 몸이 흔들려 눈
   이 어지러운 상태를 말한다.
2 歸念(귀념) 2구: 당대 우무릉于武陵의 시 「술을 권하며」勸酒에 "꽃이
   피면 비바람이 많고, 사람에게는 이별이 많다네."花發多風雨, 人生足
   別離.라는 구절이 있다. 신기질은 백낙천(백거이)으로 잘못 말하였다.
3 雲屛(운병): 운모 병풍. 운모로 장식한 병풍. 또는 운모를 조각하여
   만든 병풍.

4 玉筯(옥저): 옥 젓가락. 여인의 눈물을 비유한다. 『백공육첩』白孔六
帖 권64에 "견후의 얼굴이 희었는데, 눈물이 두 줄기 흐르면 옥 젓
가락 같다."甄后面白, 漏雙垂, 如玉筯.는 기록이 있다.

해설

이별의 슬픔을 노래하였다. 상편은 배를 타고 나루에 이르러 헤어
지는 장면을 묘사하였다. 하편은 헤어진 이후의 슬픔을 형용하였다.
"운모 병풍 아래 밤에 나눈 말들"이란 표현에서 그 대상은 이성으로
보인다. 신기질 자신의 일이거나 여인의 입장에서 대신하여 노래한
것으로 보인다. 제작 시기는 명확하지 않다. 다만 사집詞集의 편찬이
앞의 「보살만」에 이어져 있으므로 여기에 둔다.

태상인 太常引

── 건강에서 중추절 밤에 여숙잠을 위해 짓다建康中秋夜爲呂叔潛賦[1]

둥그런 가을 달 금빛 물결 보내오니
하늘을 나르는 거울은 새로 간 것처럼 환하구나.
술잔 들고 항아에게 묻노니
"백발이 사람을 우롱하니 이를 어찌 할까!"

바람을 타고 떠나
만 리 높이 먼 하늘에 올라
바로 아래로 산하를 내려다보리.
우거진 계수나무 가지를 쳐내면
사람들이 더 밝아졌다고 말하리라.

一輪秋影轉金波.[2] 飛鏡又重磨.[3] 把酒問姮娥:[4] 被白髮欺人奈何!
乘風好去, 長空萬里, 直下看山河. 斫去桂婆娑,[5] 人道是淸光更多.

注

1 呂叔潛(여숙잠): 여대규呂大虯. 자가 숙잠叔潛이다. 당시의 문인으
　로 신기질의 친구이다.

2 秋影(추영): 가을 달. ○金波(금파): 금빛 물결. 달빛을 가리킨다.
　『한서』「예악지」에 "달은 부드럽게 금빛 물결을 이루고"月穆穆以金波
　라는 말에서 유래했다.

3 飛鏡(비경): 나르는 청동 거울. 달을 비유한다. 고대의 청동 거울은 일반적으로 원형이었다.

4 姮娥(항아): 嫦娥(항아)라고도 쓴다. 달에 산다는 선녀. 『회남자』 「남명훈」覽冥訓에 "예羿가 서왕모로부터 불사의 약을 구했는데, 항아가 이를 훔쳐 달아났다."羿請不死藥於西王母, 嫦娥竊以奔之.고 하였다. ○ 樂天(낙천): 백거이의 자字.

5 斫去(작거) 2구: 두보杜甫의 시 「한식날 달을 마주하고」一百五日夜對月에 나오는 "달 속의 계수 나뭇가지를 쳐내면, 맑은 빛이 더욱 많으리."斫却月中桂, 清光應更多.를 이용하였다. ○ 斫(작): 도끼로 쳐내다 ○ 婆娑(파사): 잎과 가지가 우거진 모양.

해설

중추절 밤 보름달을 보며 호방한 상상을 일으켜 친구를 격려하였다. 상편에서는 금빛 물결金波과 나르는 거울飛鏡 등의 이미지를 가져와 밝은 달을 형용하였다. 이어서 백발을 제시하여 사람이 늙음을 탄식하였다. 하편에선 갑자기 바람을 타고 하늘에 올라 달에 가서 계수나무를 쳐내겠다는 상상을 펼쳤다. 이렇게 보면 이 사는 일차적으로 가을 보름달의 맑음을 천진한 상상력으로 제시한 영물사詠物詞이다. 그러나 역대로 뜻을 기탁하여 풀이한 경우가 많았다. 이 사는 친구 여숙잠呂叔潛을 위해 썼으므로 친구의 처지에 공감하면서 자신의 회포를 표현한 것으로 보고, 백발의 탄식은 뜻을 이루지 못하고 늙어감을 말하는 것이고, 계수나무는 조정의 소인을 비유한 것으로 보는 것이다. 주제周濟가 말했듯이 "가리키는 바가 아주 많아, 진회한 사람에 그치지 않는다"所指甚多, 不止秦檜一人而已.라고 조정의 간신을 몰아내고 산하를 회복하겠다는 뜻이 깃들어 있다고도 볼 수 있다. 어떠한 해석이든 작품의 기세는 굳세고 이미지는 명쾌하다.

신기질이 건강에 있었을 때는 1168~1170년과 1174~1175년 두 차례인데, 백발을 탄식한 것으로 보아 1174년(35세)에 지은 것으로 보는 것이 적절해 보인다.

수룡음水龍吟

— 건강 상심정에 올라登建康賞心亭[1]

초 땅 하늘은 천 리에 걸쳐 맑은 가을
강물은 하늘 따라 흐르고 가을빛은 끝이 없어라.
멀리 있는 산봉우리 아득히 바라보니
옥잠玉簪 같고 나계螺髻 같은 봉우리들
시름을 일으키고 한을 불러내누나.
해 떨어지는 누각
외기러기 울음 아래
강남을 떠도는 나그네.
오구검吳鉤劍을 쥐고 보다가
난간을 두드리니
높은 곳에 오른 뜻을
아는 이 없어라.

농어회 맛있다고 말하지 말게
서풍이 분다 한들 어찌 장한張翰처럼 돌아가겠는가.
'논밭 사고 집을 구할' 생각이라면
기백 넘치는 유비劉備를
만나기 응당 부끄러워하리라.
안타깝게도 세월은 흐르고

근심 속에 비바람 치는 가운데
나무도 이처럼 자라났구나!
누구에게 청해
붉은 깃 비췻빛 소매의 아름다운 여인을 불러와
영웅의 눈물을 닦게 할 것인가.

楚天千里淸秋,² 水隨天去秋無際. 遙岑遠目,³ 獻愁供恨, 玉簪
螺髻.⁴ 落日樓頭, 斷鴻聲裏, 江南遊子.⁵ 把吳鉤看了,⁶ 欄干拍遍,
無人會, 登臨意.
　　休說鱸魚堪膾,⁷ 盡西風季鷹歸未? 求田問舍,⁸ 怕應羞見, 劉郎
才氣. 可惜流年, 憂愁風雨, 樹猶如此!⁹ 倩何人喚取,¹⁰ 紅巾翠袖,¹¹
搵英雄淚?¹²

注

1 賞心亭(상심정): 건강 하수문下水門 성벽 위에 세워진 누각.
2 楚天(초천): 강남의 하늘. 춘추전국시대 초나라는 강역이 넓어 지
　금의 양자강 이남은 물로 안휘성과 호북성 일대까지 포함한다. 드
　넓은 강남의 하늘을 가리킨다.
3 遙岑(요잠): 먼 봉우리. ○ 遠目(원목): 멀리 바라보다.
4 玉簪(옥잠): 옥비녀와 거기에 딸린 상투. ○ 螺髻(라계): 소라 모양
　의 상투. 여성의 머리 스타일 가운데 하나이다.
5 江南遊子(강남유자): 강남을 떠도는 나그네. 신기질 자신을 가리킨
　다. 북방의 고향을 떠나 남방으로 내려왔기 때문에 자신을 나그네
　라고 하였다.
6 吳鉤(오구): 오 지방에서 제작한 휘어진 모양의 검. 춘추시대 오왕
　합려閤閭가 좋은 검을 만든 사람에게 백금百金을 하사한다고 하자,

어떤 사람은 그의 두 아들을 죽여 그 피를 검에 발라 명검을 만들어 바쳤다. 일반적으로 날카로운 검을 말한다.

7 休說(휴설) 2구: 서진의 장한張翰의 전고를 이용하였다. 서진 시대 낙양에 있던 장한이 가을바람이 불자 오 땅의 순채국純羹과 농어회 鱸魚膾가 생각난다는 것을 빌미로 벼슬을 그만두고 고향으로 회 먹으러 돌아갔다. 『세설신어』「식감」참조. ○ 鱸魚堪鱠(노어감회): 농어를 회로 칠 만하다. 농어가 맛있다. ○ 季鷹(계응): 장한의 사字.

8 求田(구전) 3구: 구전문사求田問舍. 도처에서 논밭을 구하고 집값을 묻는다는 뜻으로, 작은 이익만 탐하고 원대한 뜻이 없음을 비유한다. 『삼국지』「진등전」陳登傳 참조. 여포의 모사인 허사許氾가 나중에 형주의 유표劉表 앞에 유비劉備와 함께 자리에 앉게 되었다. 이때 허사가 진등陳登에 대해 비판하면서 자신이 하비下邳에 갔을 때 진등이 손님에 대한 예의도 없이, 말도 하지 않고, 자신은 높은 침상에 자고 허사는 아래 침상에 재웠다는 것이다. 이에 유비가 다음과 같이 말했다. "그대는 국사國士의 명성이 있는데, 지금 천하가 난리에 황제께서 자리를 잃고 있는 상황에서 진등은 그대에게 집을 잊고 나라를 걱정하며 세상을 구할 뜻이 있기를 바랐소. 그러나 그대는 논밭을 구하고 집값을 묻기만 하고 내놓는 의견도 채택할 게 없으니 진등이 기피한 것이오. 무슨 연유로 그대와 말을 하겠소? 나 같았으면 그를 백 척 누각 꼭대기에 눕히고 그대는 땅바닥에 눕게 했을 것이오. 어찌 침상의 위아래 차이로만 했겠소!"君有國士之名, 今天下大亂, 帝主失所, 望君憂國忘家, 有救世之意. 而求田問舍, 言無可采, 是元龍所諱也. 何緣當與君語? 如小人, 欲臥百尺樓上, 臥君於地, 何但上下床之間邪? ○ 劉郎(유랑): 유비를 가리킨다.

9 樹猶(수유) 구: 동진의 환온桓溫이 버드나무가 자란 걸 보고 세월의 빠름을 탄식한 전고이다. 환온이 북벌할 때 금성金城을 지났는데,

어렸을 적 심었던 버드나무가 이미 열 아름이 되도록 자란 것을 보고 "나무도 이러할진대 사람이 어찌 늙지 않으랴."樹猶如此, 人何以堪?라고 하였다. 『세설신어』「언어」言語 참조.

10 倩(천): 請(청)과 같다. 청하다.

11 紅巾翠袖(홍건취수): 붉은 수건과 비췻빛 소매의 여인. 가무歌舞에 종사하는 여인을 가리킨다.

12 搵(온): 닦다.

해설

산하를 바라보고 풀어낼 길 없는 장대한 마음을 노래했다. 상편은 누대에 올라 바라본 경관을 주로 묘사하였다. 첫 구의 호탕한 기세가 전편을 이끌고 있다. 처음 5구의 사경寫景에 이어 강남을 떠도는 자신을 그리고, 이어서 오구검을 바라보며 비분의 감정을 나타냈다. 하편은 서정을 위주로 하였다. 강남에 온 것이 농어회를 먹기 위함도 아니요, 논밭과 집을 사기 위해서도 아닌데 세월만 헛되이 보냄을 탄식하였다. 장한, 유비, 환온 세 사람과 관련된 고사를 연 이어 쓰면서 격앙한 마음을 토로하였다. 이때는 1174년(35세)으로 1162년(23세)에 강남으로 내려온 지 12년이 지났지만, 북벌에 대한 조정의 정책도 없고, 하급 관직을 떠돌면서 소소한 행정에 매몰되니, 절로 탄식하지 않을 수 없었다.

초기 사 가운데 가장 뛰어난 작품 가운데 하나로, 자신의 뜻을 알아주는 자 없는 고독한 애국자의 형상을 그려냈다. 호방하나 절도가 있고, 웅혼하나 청려淸麗함을 잃지 않고, 비장하나 변화가 많은 가운데, 강개한 마음을 호탕한 운필 속에 종횡으로 녹아내었다. 청대 말기 담헌譚獻은 "대나무 갈라지는 소리"裂竹之聲라고 평하였다. 가을 건강에서 강동 안무사 참의관으로 있을 때 지었다.

팔성감주八聲甘州

— 건강 유수 호장문 급사의 생신을 축하하며. 이때 「절홍매」 춤을 구
  경하고, 조정에서 금대金帶를 하사받았다壽建康帥胡長文給事. 時方閱
  折紅梅之舞, 且有錫帶之寵[1]

강산의 좋은 곳을 그대에게 맡겼으니
금릉은 제왕의 고을이라.
추측건대 올해의 제비들은
아직도 알아보리
왕씨王氏와 사씨謝氏의 풍류를.
평소의 연회석 풍도만으로도
비휴같은 많은 적을 제압하는구나.
예전처럼 천상의 음악이 들리는 꿈을
궁전의 동쪽에서 꾸리라.

황금 요대를 바라보니
내년에는 분명히
승상이 되고 제후에 봉해지리.
「절홍매」의 새 곡조에
무희들이 향기 속 부드러운 춤사위를 펼친다.
게다가 화당에서 밤새도록 취하니
지금부터 다시 팔천 년을 사시기를 축수한다.
그대는 아는가

나라 사람들이 그대의 공덕을 기려 향을 피우며
한밤이 되어서야 거두는 것을.

把江山好處付公來, 金陵帝王州.² 想今年燕子, 依然認得, 王謝
風流.³ 只用平時尊俎,⁴ 彈壓萬貔貅.⁵ 依舊鈞天夢,⁶ 玉殿東頭.
　看取黃金橫帶, 是明年準擬,⁷ 丞相封侯.⁸ 有紅梅新唱,⁹ 香陣卷
溫柔. 且畫堂通宵一醉, 待從今更數八千秋.¹⁰ 公知否: 邦人香火,¹¹
夜半才收.

注

1 胡長文(호장문): 호원질胡元質. 장문長文은 자字. 장주長洲 사람이다.
1148년 진사과 급제. 1174년 5월에 건강 지부로 부임하였다. 지부는
일반적으로 안무사安撫使를 겸하고 있어 무장의 역할도 한다. ○ 給
事(급사): 급사중給事中. 문하성 소속의 정4품 직사관. 호장문이 중
앙에 있을 때의 직관이다. ○ 折紅梅(절홍매): 무곡舞曲 이름. ○ 錫帶
(석대): 금대金帶(황금 요대)를 하사하다. 송대에는 각 로路에서 행정
실적이 뛰어난 사람에게는 환관을 보내 금대金帶를 하사하였다.

2 金陵(금릉) 구: 사조謝朓의 「입조곡」入朝曲에 있는 "강남은 아름다
운 땅이요, 금릉은 제왕의 도읍이라."江南佳麗地, 金陵帝王州.는 구절
을 이용하였다.

3 王謝風流(왕사풍류): 동진 때 왕도王導와 사안謝安을 중심으로 한
권문세족의 풍류. 제비와 남조의 명문가의 영고성쇠를 연결시킨 유
우석劉禹錫 시 「오의항」烏衣巷의 이미지를 사용하였다. "주작교 옆
에는 들꽃이 피어있고, 오의항 어구에는 석양이 기울었네. 예전에
왕씨와 사씨 명문가에 드나들던 제비, 이제는 평범한 백성의 집으
로 날아드네."朱雀橋邊野草花, 烏衣巷口夕陽斜. 舊時王謝堂前燕, 飛入尋常

百姓家.

4 尊俎(존조): 술 담은 술통과 고기 놓는 접시. 보통 연회 자리를 가리킨다. 여기서는 연회에서 전략을 수립하거나 담판하여 적을 제압하는 존조절충尊俎折衝의 의미를 환기한다.

5 貔貅(비휴): 호랑이와 비슷한 짐승. 용맹한 군사를 비유한다.

6 鈞天夢(균천몽): 천상의 음악을 듣는 꿈을 꾸다. 춘추시대 진 목공 秦穆公이 7일 동안 자고, 진晉나라 조간자趙簡子가 이틀 반 동안 자면서 천상에서 음악을 듣고 즐겁게 놀다왔다는 기록이 있다. 『사기』「조세가」 참조. 일반적으로 좋은 꿈을 가리킨다.

7 準擬(준의): 생각하다. ~할 예정이다. 희망하다. 분명히. 반드시

8 封侯(봉후): 제후에 봉하다. 한대 초기 개국 공신에 대해 공이 큰 자는 왕에 봉하고, 그 다음은 후에 봉했다.

9 紅梅(홍매): 「절홍매」를 가리킨다. 춤곡.

10 八千秋(팔천추): 아주 오랜 세월. 『장자』「소요유」逍遙遊에서 유래한다. "상고시대에 대춘大椿이란 나무가 있었는데, 봄이 팔천 년이고 가을이 팔천 년이다."上古有大椿者, 以八千歲爲春, 八千歲爲秋.

11 香火(향화): 향과 등불. 신령에게 제사할 때 사용한다.

해설

건강부建康府의 지부知府 호장문胡長文의 생일을 맞아 그의 장수를 기원하였다. 상편은 건강의 형세와 전통을 서술한 후, 호장문이 건강을 잘 수비하고 있기 때문에 조정이 편안하다고 칭송하였다. 하편은 황제의 총애를 받아 영전되기를 기원하면서, 연회석상의 흥겨운 분위기와 함께 장수하기를 축원하였다. 『건강지』建康志에 따르면 호장문(48세)의 생일은 10월 3일이다. 1174년(35세) 건강에서 참의관으로 있을 때 지었다.

동선가 洞仙歌
— 섭 승상의 생신을 축하하며 壽葉丞相[1]

강가의 어른들은
말하네, "요즘 조정에 새 인물이 와
모두들 '금년은 태평하다'고 말한다"고.
붉은 얼굴 검은 살쩍
옥 요대에 금어金魚를 찬 걸 보니
상공은 바로
예전 조정의 사마광이라네.

멀리서도 아나니 황제께서 술 권하시는 곳
동각에 화사한 등이 내걸리고
특별히 선소곡仙韶曲을 원소절 밤에 연달아 울리리라.
"천상에는 봄이 몇 번 왔는가" 물으니
"인간세상과 비슷하지만
다만 그림처럼 오래도록 원기왕성하다"고 하네.
보시오, 산하를 잘 다스려 군왕께 드리니
초선관을 쓴 부자父子를
도성에서 가마를 보내 맞이하는 것을.

江頭父老, 說新來朝野, 都道今年太平也. 見朱顏綠鬢, 玉帶金
魚,[2] 相公是,[3] 舊日中朝司馬.[4]

遙知宣勸處:⁵ 東閣華燈,⁶ 別賜仙韶接元夜.⁷ 問天上幾多春, 只似人間, 但長見精神如畫.⁸ 好都取山河獻君王; 看父子貂蟬,⁹ 玉京迎駕.

注

1 葉丞相(섭승상): 섭형葉衡. 앞의 사「일전매」참조.

2 玉帶金魚(옥대금어): 옥으로 장식한 요대와 금 장식 물고기. 당송 시기에 3품 이상의 관원이 하던 차림이다. 5품 이상은 은어銀魚로 하였다. 보통 황금으로 장식한 물고기 모양 부신符信을 주머니에 담아 요대에 찬다. 송대에는 부신이 없는 빈 주머니에 황금색 수를 놓아 표시하였다.

3 相公(상공): 재상.

4 司馬(사마): 북송의 명상 사마광司馬光. 사마광은 희녕 연간(1068~1077)과 원풍 연간(1078~1085)에 15년간 낙양에 거주하면서 『자치통감』을 저술하며 근검하게 살았으므로 "천하 사람들이 '진짜 재상'이라고 여겼다."天下以爲眞宰相 여기서는 사마광으로 섭형을 비유하였다.

5 宣勸(선권): 황제가 술을 내려 권하다.

6 東閣(동각): 재상이 빈객을 맞이하는 곳. 한 무제 때 재상 공손홍公孫弘이 동각東閣을 열어 천하의 현사들을 불러 모은 일이 유명하다. 『한서』「공손홍전」참조.

7 仙韶(선소): 조정에서 제정한 아악雅樂. 일반적으로 궁중의 음악을 가리킨다.

8 長見精神(장견정신): 정신을 진작하다. 오래도록 생기 있고 활발하다.

9 貂蟬(초선): 초선관貂蟬冠. 관에 황금 구슬璫을 달고, 여기에 황금 매미로 장식하고 담비 꼬리를 꽂는다. 한대 이래 황제의 좌우에서

시종하는 신하의 관식. 시문에서는 일반적으로 고관을 가리킨다.

섭형 승상의 생일을 축수하였다. 섭형의 생일은 1월 19일이므로 원소절에 이어서 궁중의 음악이 연주되었다. 섭형은 1174년 6월에 참지정사가 되었고, 11월에 우승상에 제수되었다. 그러므로 1175년 1월 섭형(54세)의 생일 때 신기질(36세)이 건강에서 이 사를 지어서 보냈음을 알 수 있다. 상편은 백성의 시각에서 '진짜 재상'眞宰相 사마광에 비유하여 섭형을 칭송하였다. 하편은 도성에서의 생일날 풍광을 그리고 공적을 세우기를 축원하였다.

주천자酒泉子

흐르는 강물은 무정하고
조수는 빈 성벽을 치며 흰 물거품을 일으키네.
이별의 노래는 지는 해를 원망하니
사람의 애간장 끊어지누나.

동풍에 버들은 담장에서 춤추고
서른여섯 궁전에 꽃이 눈물 뿌리는데
봄날의 소리는 어디에서 흥망을 말하는가
쌍쌍의 제비들이어라.

流水無情, 潮到空城頭盡白,¹ 離歌一曲怨殘陽. 斷人腸.
東風官柳舞雕牆. 三十六宮花濺淚,² 春聲何處說興亡.³ 燕雙雙.

注

1 潮到空城(조도공성): 조수가 빈 성을 치다. 건강(남경시)의 성은 양
  자강과 닿아 있으므로 바다에서 들어오는 조수가 성벽을 친다. 당
  대 유우석이 지은 「석두성」石頭城에 나오는 "산은 지금도 옛 도성을
  둘러싸고, 빈 성벽을 때리는 파도만 적막하게 돌아올 뿐."山圍故國周
  遭在, 潮打空城寂寞回.이란 이미지를 이용하였다.
2 三十六宮(삼십육궁): 한대의 이궁과 별관이 36개소에 이른다. 장형
  張衡의 「서경부」西京賦에 나오는 말이다. ○ 花濺淚(화천루): 두보의

「봄의 조망」春望에 나오는 "시절을 느껴 꽃을 보고도 눈물 뿌리고, 이별이 서러워 새소리에도 놀라는 마음."感時花濺淚, 恨別鳥驚心.이란 시구를 이용하였다.

3 春聲(춘성) 2구: 쌍쌍의 제비가 역대의 흥망을 호소하는 듯하다. 이 시구는 당대 유우석의 「오의항」烏衣巷의 "예전에 왕씨와 사씨 명문가에 드나들던 제비, 이제는 평범한 백성의 집으로 날아드네."舊時王謝堂前燕, 飛入尋常百姓家.와 북송 주방언周邦彦의 「서조」西調에 나오는 "제비는 어느 시대인 줄도 몰라, 평범한 골목의 집으로 날아들어, 마주하여 흥망을 말하는 듯하네, 비낀 석양 속에서."燕子不知何世. 入尋常巷陌人家, 相對如說興亡, 斜陽裏.라는 구절을 이용하였다.

해설

친구를 보내는 이별의 감회 속에 왕조의 흥망을 아쉬워하였다. 상편은 이별을 노래하였다. 날이 저물자 이별 노래 속 배를 타고 떠나는 사람을 보내는 슬픔에 애 끊어지는 상심을 그렸다. 하편은 왕조의 흥망에 대한 감회를 그렸다. 여섯 왕조의 도읍이었던 황량해진 궁성은 봄이 와 지저귀는 제비 소리로 역사를 회고하게 한다. 상편과 하편을 연결하는 것은 빈 성空城과 서른여섯 궁전三十六宮으로, 사람의 이별에 역사의 흥망을 배경으로 놓아, 역사의 창상감滄桑感을 더욱 강화하고 있다. 제작 시기는 명확하지 않으나, 작품 속에 장소가 건강(남경시)을 가리키고 있으므로, 두 번째 건강에 있던 1174~1175년으로 본다.

모어아摸魚兒
―조수를 구경하며 섭 승상께 올리다觀潮上葉丞相[1]

바라보니 하늘 가득 날아드는 갈매기와 해오라기
삽시간에 땅을 울리는 북소리.
강을 가로질러 산으로 내닫는 갑옷과 전포 입은 병사들
치열한 전투에 비휴 같은 군사들 후퇴하지 않는다.
아침 그리고 저녁.
오 땅 사내들은 성난 교룡을 두려워하지 않는다.
거센 파도 위를 평지 걷듯 한다.
보라, 붉은 깃발 날리며
물고기가 뛰어오르듯
물보라를 밟고 춤추는 것을.

누구에게 물어보랴
만 리를 헤엄쳐 온 고래가 뿜어대는 파도를 향해
오월 왕이 수천의 쇠뇌를 아이들 놀이처럼 쏘았던 일을.
웬일인지 하늘을 삼킬 듯하던 파도가 힘이 빠져
흰 말과 흰 수레를 이끌고 동해로 물러났었지.
한스럽게도
촉루검에 죽은 오자서의 원한이 천고에 남아 있기 때문이라고 사람
들은 말하네.
공명은 사람을 해치는 것.

부질없이 도주공陶朱公으로 하여금

오호에서 서시西施와 함께

배를 타고 안개 속에 놀게 했구나.

望飛來半空鷗鷺.² 須臾動地鼙鼓.³ 截江組練驅山去,⁴ 鏖戰未收
貔虎.⁵ 朝又暮. 悄慣得吳兒不怕蛟龍怒.⁶ 風波平步. 看紅旆驚飛,⁷
跳魚直上, 麂踏浪花舞.⁸

憑誰問, 萬里長鯨吞吐,⁹ 人間兒戲千弩.¹⁰ 滔天力倦知何事, 白
馬素車東去.¹¹ 堪恨處; 人道是屬鏤怨憤終千古.¹² 功名自誤. 謾敎
得陶朱,¹³ 五湖西子,¹⁴ 一舸弄煙雨.¹⁵

注

1 觀潮(관조): 조수를 구경하다. 항주만의 전당강의 해조海潮는 규모
가 크고 높기로 유명하다. ○ 葉丞相(섭승상): 섭형. 섭형은 1174년
11월 재상이 되었다가 다음해인 1175년 9월에 탄핵을 받아 퇴임하
였다.

2 鷗鷺(구로): 갈매기와 해오라기. 파도를 비유하였다.

3 鼙鼓(비고): 군대에서 사용하는 북. 鼙(비)는 작은 북.

4 截江(절강): 강을 가로지르다. ○ 組練(조련): 조갑組甲과 피련被練.
갑옷과 전포. 고대 병사들이 입는 두 종류의 옷.

5 鏖戰(오전): 치열한 전투. 격전. ○ 貔虎(비호): 비휴貔貅와 호랑이.
비휴는 호랑이와 비슷한 짐승. 용맹한 군사를 비유한다.

6 悄慣得(초관득): 아주 능숙하게. 悄(초)는 온통. 곧장. ○ 吳兒(오
아): 항주만의 전당강에서 어업으로 살아가는 청년. 매년 음력 팔월
보름 경에 전당강에 조수가 몰려들어 일대 장관을 이루므로 역대로
이에 대한 기록이 많다.

7 紅斾(홍패): 붉은 깃발. 송대의 파도타기 상황은 『몽량록』夢梁錄에서 볼 수 있다. "항주 사람 중에는 일종의 무뢰한이면서 목숨을 아까워하지 않는 무리들이 있다. 이들은 큰 깃발이나 작은 우산 또는 적록색 작은 우산에 손잡이 가득 색색이 비단 깁을 매달고, 조수가 들어오는 것을 기다려 수백 명이 무리를 이루고 나간다. 깃발을 들고 헤엄을 치며, 오자서를 맞이하는 파도타기 놀이를 하거나 또는 손과 발로 다섯 깃발을 잡고 파도타기를 하기도 한다."觀潮, 其杭人有一等無賴不惜性命之徒, 以大彩旗或小清涼傘, 紅綠小傘兒, 各繫繡色緞子滿竿, 伺潮出海門, 百十爲群, 執旗泅水上, 以迓子胥弄潮之戲, 或有手腳執五小旗, 浮潮頭而戲弄.

8 蹴踏(축답): 밟다. 여기서는 파도타기를 하다는 뜻.

9 長鯨呑吐(장경탄토): 거대한 고래가 파도를 뿜다. 파도의 위력이 거대함을 비유하였다.

10 兒戲千弩(아희천노): 파도를 향해 천 개의 쇠뇌를 쏘는 것은 아이들 놀이와 같다. 『송사』「하거지」河渠志에 관련 기록이 있다. "후량 개평 연간(907~911)에 오월의 전류錢鏐는 후조문 밖에 한해당을 축조하기 시작했다. 조수가 주야로 치기 때문에 판축을 세울 수 없자 쇠뇌 사수 수백 명에게 명하여 파도를 향해 쏘도록 하였다. 또 서산사에 기도하였다. 얼마 후 조수가 전당강으로 들어가면서 동쪽의 서릉을 때렸으므로, 죽기竹器를 만들고, 큰 돌을 쌓고, 나무를 심었다. 제방이 견고해졌기에 백성들이 그의 공을 기렸다."梁開平中, 錢武肅王始築捍海塘, 在候潮門外. 潮水晝夜沖激, 版築不就, 因命强弩數百以射潮頭, 又致禱胥山祠. 旣而潮避錢塘, 東擊西陵, 遂造竹器, 積巨石, 植以大木. 堤岸旣固, 民居乃奠.

11 白馬素車(백마소거): 흰 말과 흰 수레. 조수가 밀려오면서 일어나는 파도를 비유하였다. 매승枚乘의 「칠발」七發에 다음 내용이 있다.

"처음에는 쏴아쏴아 물이 내려오는 것이 백로가 날아 내려오는 모양과 같습니다. 조금 다가서면 넓고 희디흰 것이 마치 백마가 끄는 흰 수레의 천막이 펼쳐진 것 같습니다."其始起也, 洪淋淋焉, 若白鷺之下翔; 其少進也, 浩浩澶澶, 如素車白馬帷蓋之張. 또 『태평광기』에 오자서가 죽은 후 "때로 오자서가 조수의 앞머리에서 흰 수레에 백마를 타고 오는 것이 보이므로 사당을 세워 그의 공덕을 기렸다."時見子胥乘素車白馬在潮頭之中, 因立廟以祠焉.는 전설이 기록되어 있다.

12 屬鏤(촉루): 고대의 명검. 오왕 부차夫差가 오자서에게 자결하라고 내린 검이다. 『춘추좌전』 '노 애공 11년조'와 『오월춘추』 등에 보인다.

13 謾(만): 漫(만)과 같다. 부질없이. 헛되이. ○ 陶朱(도주): 도주공陶朱公. 춘추시대 월越의 대부 범려范蠡를 가리킨다. 월왕 구천이 회계에서 오나라에 패배하자, 범려가 계책을 내어 십 년간 준비한 후 오나라를 쳐서 이겼다. 이후 범려는 오자서의 교훈을 배워 몸을 숨기고 조각배를 타고 강호를 떠돌다가 바다 건너 제齊나라에 가서 스스로 이름을 치이자피鴟夷子皮라고 하였다. 다시 도陶에 가서 도주공陶朱公이 되어 부자가 되었다. 『사기』 「월왕구천세가」 참조.

14 五湖(오호): 오월 지방의 호수들. 특히 태호太湖 주위의 호수를 가리킨다. ○ 西子(서자): 서시西施. 춘추시대 월나라 미녀.

15 舸(가): 큰 배. ○ 弄煙雨(농연우): 호수의 안개 낀 풍광을 즐기다.

해설

전당강의 조수 구경觀潮과 이로부터 일어나는 감회를 그렸다. 상편은 해조가 일어날 때의 장면을 생동감 있게 묘사하였다. 갈매기와 해오라기, 북, 군복, 격한 전투 등의 이미지로 멀리서 일어서서 가까이 다가오는 조수의 파도를 순차적으로 묘사하였다. 후반의 6구는 위험하고 거친 파도 위를 깃발을 들고 평지 걷듯 타며 노는 젊은 어부들의 모습을 그렸다. 하편은 조수와 연관된 역사 인물을 제시하며 자신의 의견을 제시하였다. 오월왕 전류錢鏐가 조수의 파도를 향해 쇠뇌를 쏜 일은 대자연의 흐름에 저항하는 일로, 시대의 조류가 부침하고 있는 모습을 형상화하였다. 조수가 언제까지나 일어나는 것은 오자서의 원한이 남아 있기 때문으로, 충의의 지사에 대한 공감을 나타내었다. "공명은 사람을 해치는 것"이란 말은 오자서에 대한 것이기도 하지만 자신과 항전파의 불행한 처지에 대한 불평을 간접적으로 드러내었다고 할 수 있다. 마지막으로 범려의 은둔을 언급하며 자신의 불만을 나타내면서 동시에 또 다른 각도에서 섭형의 은퇴를 권유하였다. 이 사는 1175년(36세) 창부랑관倉部郎官으로 남송의 도성 임안臨安에 있을 때 지은 것으로 보인다. 이해 7월 강서江西 제점형옥提點刑獄으로 전임되므로 그 이전에 지어 섭형에게 올렸을 것이다.

만강홍滿江紅
— 공주의 연석에서 진계릉 태수에게 드리며贛州席上呈太守陳季陵侍郎[1]

해 저물어 창망한데
바람 겨우 잦아들자 조각배 멈추누나.
아직도 기억하노니 아름다운 눈과 눈썹 같은
강물의 빛과 산의 색.
지친 나그네는 제 몸이 어디에 있는지 모르는데
가인佳人은 벌써 돌아온다는 날짜를 점치고 있구나.
돌아와선 다만 무산巫山의 여인을 노래하리라
양왕襄王의 신하 송옥宋玉처럼.

그동안 일들
어찌해야 할까?
한스럽다 해도
다시 기억하지 말게.
강남 하늘은 특히나
저녁 구름이 벽옥색으로 뭉쳐져 있구나.
짧은 인생에 뜻대로 되지 않는 일이
열에 아홉인데 지금은 머리가 세었다네.
폄적된 백거이와 같이 정 많은 그대 보고 웃나니
어느 사이 그대 옷자락이 젖어있구나.

落日蒼茫, 風才定片帆無力. 還記得眉來眼去,[2] 水光山色. 倦客不知身遠近,[3] 佳人已卜歸消息. 便歸來只是賦行雲,[4] 襄王客.

些箇事,[5] 如何得? 知有恨, 休重憶. 但楚天特地, 暮雲凝碧.[6] 過眼不如人意事,[7] 十常八九今頭白. 笑江州司馬太多情,[8] 靑衫濕.

注

1 贛州(공주): 지금의 강서성 공주시贛州市. ○ 陳季陵(진계릉): 진천린陳天麟. 계릉은 그의 자字. 선성宣城 사람. 소흥 연간(1131~1162)에 진사. 요주饒州, 양양襄陽, 공주贛州 등의 지방관을 지냈다. 공주 태수로 있을 때 차상茶商 군대가 공주와 길안吉安 일대를 침범하자 신기질과 협조하여 평정하였다.

2 還記得(환기득) 2구: 왕관王觀의 「복산자」卜算子를 이용하였다. "물은 추파를 던지는 눈, 산은 모아진 눈썹. 행인에게 어디 가느냐고 물으니, 눈썹과 눈이 아리따운 곳에 간다 하네."水是眼波横, 山是眉峰聚. 欲問行人去那邊, 眉眼盈盈処.

3 倦客(권객): 지친 나그네. 진계릉을 가리킨다. 파직이 되었다는 뜻을 완곡하게 표현하였다.

4 賦行雲(부행운) 2구: 송옥宋玉의 「고당부」高唐賦 내용을 이용했다. 초 양왕襄王이 송옥과 함께 운몽대에 놀러갔을 때 송옥이 다음과 같이 말하였다. 선왕先王(초 회왕)께서 이곳에 놀러오셨을 때 꿈에 선녀를 만났는데, 그녀가 자신의 베개와 자리를 회왕에게 드리자 왕이 기뻐하며 승은을 내렸고, 떠날 때 그녀는 자신이 "아침에는 구름이 되고 저녁에는 비가 됩니다. 아침마다 저녁마다 양대의 아래에 있습니다."旦爲朝雲, 暮爲行雨. 朝朝暮暮, 陽臺之下.고 하면서 찾아오길 바랐다.

5 些箇(사개): 일사一些. 이것들. 송대의 속어이다.

6 暮雲凝碧(모운응벽): 저녁 구름이 벽옥색으로 뭉쳐있다. 강엄江淹의 「휴 상인 '이별의 원망'을 모의하여 지음」擬休上人怨別에 "해 지고 벽옥색 구름 모이는데, 미인은 아직 돌아오지 않아라."日暮碧雲合, 佳人殊未來.라는 구절이 있다.

7 不如人意事(불여인의사) 2구: 황정견黃庭堅의 시 가운데 "인생에 뜻대로 되지 않는 건, 열에 여덟아홉이라네."人生不如意, 十事常八九.란 구절이 있다.

8 笑江州(소강주) 2구: 백거이白居易가 강주 사마江州司馬로 좌천되었을 때, 한번은 손님을 전송하러 분포의 어구湓浦口로 갔다가 배 안에서 장안의 상녀商女가 밤에 비파를 뜯는 것을 듣게 되었다. 이에 「비파행」琵琶行을 지었는데, 시의 말미에 "좌중에 앉은 사람 그 누가 제일 많이 우는가? 강주 사마 청색 옷자락이 가장 많이 젖었어라."座中泣下誰最多? 江州司馬靑衫濕.는 구절이 있다.

해설

공주贛州 태수 진계릉을 떠나보내는 연석에서 지은 송별사이다. 상편은 주로 이별의 상황을 서술하였고, 하편은 위로와 격려의 뜻을 나타내었다. 이 사는 1175년(36세) 강서江西 제점형옥提點刑獄으로 있을 때 지었다. 신기질과 진계릉의 관계는 신기질이 조정에 올린 주장에 잘 나와 있다. 그들은 1175년 9월에 경내로 들어온 차상군茶商軍을 함께 진압하였고, 신기질은 "지금 공을 이룬 것은 사실 진계릉의 방략 때문입니다"今成功, 實天麟之方略也.고 그 공을 진계릉에게 돌렸다. 그러나 다음해인 1176년 진계릉이 파직되었다. 무슨 이유로 파직되었는지 자료의 미비로 알 수 없다. 신기질은 연석에서 이 사를 지어 진계릉을 위로하였다.

보살만菩薩蠻
— 강서 조구 벽에 적다書江西造口壁[1]

울고대鬱孤臺 아래 맑은 강물
얼마나 많은 행인의 눈물인가.
서북으로 장안 쪽 바라보니
안타깝게도 무수한 산으로 막혀 있구나.

청산은 강물을 막지 못하니
강물은 끝내 동으로 흘러간다.
저녁 강물은 나를 슬프게 하는데
깊은 산에선 자고새 울음 들려오누나.

鬱孤臺下淸江水,[2] 中間多少行人淚.[3] 西北望長安,[4] 可憐無數山.
靑山遮不住, 畢竟東流去. 江晚正愁余, 山深聞鷓鴣.[5]

注

1 造口(조구): 皁口(조구)라고도 쓴다. 조수皁水 때문에 붙여진 지명이
   다. 지금의 강서성 만안현萬安縣 서남 60리, 조수가 공수贛水로 흘러
   드는 어구를 가리킨다.

2 鬱孤臺(울고대): 지금의 강서성 공주시 성구城區 서북부 하란산賀蘭
   山 꼭대기에 소재. 누대가 울연히 높이 솟아 있다는 뜻을 땄다. 망
   궐대望闕臺라고도 한다. ○ 淸江(청강): 강서성 원강袁江과 공강贛江

이 합류하는 곳. 예전에는 청강淸江이라 했다. 여기서는 공강贛江을 가리킨다. 행문의 순통함을 위해 글자의 뜻을 그대로 살려 번역하였다.

3 行人淚(행인루): 행인의 눈물. 우분于濆의 시 「농두음」隴頭吟에 유사한 이미지가 있다. "묻노니 농두수여, 한 해 내내 무엇을 원망하는가. 깊이 흐느끼는 소리, 그 속에 병사의 눈물이 있어라."借問隴頭水, 終年恨何事. 深疑嗚咽聲, 中有征人淚.

4 長安(장안): 한당漢唐 때의 도성인 장안. 여기서는 북송의 수도 변경汴京을 가리킨다.

5 鷓鴣(자고): 메추리 비슷하면서 몸집은 꿩만큼 큰 새. 추위를 싫어하고 따뜻한 곳을 좋아하여 주로 강남에 살며, 아침과 저녁에는 잘 나타나지 않는다. 중국인은 그 우는 소리를 "씽부더이에 꺼꺼"行不得也哥哥라 들어 "가면 안되요, 그대여!"로 이해하였으며, 객지로 가는 사람에게 가장 쉽게 시름을 일으키는 새로 알려졌다. 때문에 남송의 나대경羅大經은 "'자고새 울음 들려오누나' 구는 고토 회복이 무망함을 말했다."'聞鷓鴣'之句, 謂恢復之事行不得也.라고 풀이하였다.

해설

울고대에 올라 강과 산을 바라보면서 국가의 흥망에 대한 감개를 표현하였다. 상편은 눈앞에 펼쳐지는 경관을 바라보고 역사를 돌아보면서, 나라의 멸망에서 오는 아픔과 고토를 수복하지 못하는 비분을 나타냈다. 하편은 풍광을 빌려 자신의 의지를 확인하고 깊은 시름을 표현하였다. 이 시가 깊은 울림을 가지고 있는 것은 조구造口와 관련된 역사적 의미 때문이다. 남송 때 나대경羅大經이 『학림옥로』鶴林玉露에서 다음과 같이 지적하였다. "남도 초에 금나라 군대가 융우 태후隆佑太后의 배를 추격하여 조구까지 왔다가 잡지 못하고 돌아갔는데, 신기질은 이 일로 말미암아 흥을 일으켰다."蓋南渡之初, 虜人追隆祐太后御舟至造口, 不及而還. 幼安自此起興. 역사서에서는 금나라 군대가 태화太和까지 추격했다고 했기 때문에 나대경의 기록과는 약간 다르다. 때문에 등광명鄧廣銘은 금군金軍이 조구까지 왔다는 나대경의 설은 잘못되었다고 보았다. 그러나 조구는 태화에서 남으로 160리 떨어져 있기 때문에 조구에 이르렀을 가능성도 없지 않다. 무엇보다도 융우 태후는 배에서 내려 농부의 견여肩輿를 타고 달아났다는 기록은 명확하다. 보다 중요한 점은 당시의 상황이다. 원래 1127년 금나라가 변경汴京에 들어와 휘종과 흠종을 북으로 끌고 간 후, 융우 태후가 수렴청정하면서 고종高宗을 맞이하는 등 현능하게 처리하여 중흥의 환경을 만들었다. 곧 이어 고종과 융우 태후는 각각 금군金軍의 추격을 받으며 남으로 내려갔기에 이러한 추격은 남송 정권의 존망이 달린 일이었다. 신기질은 약 40년 전의 국치의 현장에서 뜨거운 열망을 담담히 담아 함축적으로 표현하였다. 명대 탁인월卓人月은 "충성과 비분의 기운에 손가락 끝이 떨린다"忠憤之氣, 拂拂指端고 하였고, 양계초梁啓超는 「보살만」이 이처럼 크게 댕댕 울린 적은 일찍이 없었다"菩薩蠻如此大聲鏜鞳, 未曾有也.고 평하였다. 이 사는 강서江西 제점형옥提點刑獄으로 있던 1175~1176년 사이에 지었다. 제점형옥은 로路 행정단위에 있는 사법기구로 오늘날의 법원 및 검찰에 해당한다. 강서로江西路 제점형옥은 공주贛州에 있었기에 신기질이 조구造口를 자주 지나갔으리라 본다.

수조가두 水調歌頭

― 우사 왕정지가 지은 '오강에서 눈을 구경하며'를 받고 화답하며

和王正之右司吳江觀雪見寄[1]

조물주는 본디 호방하여
천 리 멀리 옥 난새를 날리누나.
또 되는 대로
옥가루 만 섬을 날려 유리 세상을 덮는구나.
천 길 다리 위의 수홍정垂虹亭마저 잘 말아서
얼음 담긴 옥항아리에 넣어버렸으니
구름 뜬 넓은 바다를 찾지 못하리라.
늙은이가 예전에 놀던 곳
돌아보면 꿈인 듯 아닌 듯.

하늘에서 귀양 온 신선
갈매기와 짝하니
둘 다 욕심이 없어라.
수염을 쓰다듬으며 술잔 들고 한바탕 웃나니
서쪽으로 가는 돛배 속에 시를 쓰리.
강호에 있는 친구에게 말하노라
"순채국과 농어회가 마침 맛있다고 들었으니
연잎을 엮은 옷을 버리지 마오.
천상의 신선세계마저 관청이 많다고 하니
차라리 드넓은 세상에서 신선처럼 지내소서."

造物故豪縱,² 千里玉鸞飛.³ 等閑更把, 萬斛瓊粉蓋玻瓈. 好卷垂虹千丈,⁴ 只放冰壺一色,⁵ 雲海路應迷. 老子舊遊處,⁶ 回首夢耶非. 謫仙人,⁷ 鷗鳥伴,⁸ 兩忘機.⁹ 掀髥把酒一笑, 詩在片帆西. 寄語煙波舊侶: 聞道蒓鱸正美,¹⁰ 休裂芰荷衣.¹¹ 上界足官府,¹² 汗漫與君期.¹³

注

1 王正之(왕정지): 왕정기王正己. 정지正之는 자이다. 섭형葉衡의 추천으로 상서성 이부원외랑이 되었으며, 우사랑관右司郎官이 되었다. 이후 엄주嚴州와 무주婺州의 지방관을 거쳐 비각수찬秘閣修撰으로 관직을 마쳤다. ○ 吳江(오강): 송강松江, 오송강吳松江, 송릉松陵, 입택笠澤 등으로도 부른다. 태호에서 발원하여 소주蘇州 동쪽을 지나 황포강黃浦江으로 들어간다.

2 造物(조물): 만물을 만든 주체. 고대인들은 이를 조화造化, 화공化工, 천지, 하늘 등의 말로 표현하였다.

3 玉鸞(옥란): 옥빛 난새. 눈을 비유하였다.

4 垂虹(수홍): 수홍정垂虹亭. 1048년 현위 왕정견王廷堅이 오강 위에 이왕교利往橋를 짓고 그 위에 만든 정자. 『오군지』吳郡志 참조.

5 冰壺(빙호): 얼음을 담은 옥항아리. 유송劉宋 시대 포조鮑照의 「백두음을 본떠 지음」代白頭吟에 "곧기는 붉은 실줄과 같고, 맑기는 옥항아리의 얼음과 같다."直如朱絲繩, 淸如玉壺冰.는 말이 있다. 여기서는 눈을 비유하였다.

6 老子(노자): 늙은이.

7 謫仙人(적선인): 하늘에서 귀양내려온 신선. 하지장賀知章이 청년 이백李白을 평하여 한 말이다.

8 鷗鳥(구조): 갈매기. 『열자』「황제」黃帝에 나오는 '해객압구'海客狎鷗

이야기를 가리킨다. 갈매기와 친하게 놀던 사람이 어느 날 갈매기를 잡으려는 욕심을 가지고 다가가니 갈매기들이 더 이상 가까이 오지 않았다.

9 忘機(망기): 욕심을 잊다. 세속의 이해득실을 헤아리지 않는 광달曠達하고 담백한 마음.

10 蓴鱸(순로): 순채와 농어. 여기서는 순채국과 농어회. 서진의 장한張翰이 고향 오 지방의 순채국과 농어회가 생각나 벼슬을 버리고 고향으로 돌아갔다. 앞의 「목란화만」 참조.

11 芰荷衣(기하의): 연잎으로 만든 옷. 『초사』 「이소」離騷에 "연잎을 엮어 윗옷을 만들고, 연꽃을 모아 치마를 만드네."製芰荷以爲衣兮, 集芙蓉以爲裳.란 구절이 있다. 은자가 입는 옷을 가리킨다.

12 上界足官府(상계족관부): 천상의 신선세계에도 관청이 많다. 송대에 유사한 표현의 시사詩詞가 많다. 소식 「노산오영 ―노오동」盧山五詠 ―盧敖洞)에 "천상의 신선세계에도 관청이 많으니, 날아 올라가 본들 무슨 이득이 있으랴."上界足官府, 飛升亦何益.라는 구절이 있다. 벼슬길에 업무가 번잡함을 비유한다.

13 汗漫(한만): 거대하여 끝이 없음. 광대무변함. 『회남자』 「도응훈」道應訓에 "나는 구천 하늘 밖에서 광대무변과 만나기로 하였다"吾與汗漫期於九垓之外는 말이 있다. 여기서는 신선의 명칭으로 쓰였다.

해설

송강의 설경을 묘사하고 은거의 즐거움을 말하였다. 상편은 송강에 눈 내린 경치를 묘사하였다. 옥 난새玉鷺, 옥가루瓊粉, 유리玻瓈, 얼음 담긴 옥항리冰壺 등의 이미지로 강을 뒤덮은 설경을 묘사하였다. 하편은 이러한 순백의 세계 속에 은거하는 즐거움을 말하였다. 이익을 따지는 마음을 버리고 술과 시를 즐기며 지상의 신선이 되어 산다면 그것은 천상의 신선보다 낫다고 말하였다. 『송회요집고』宋會要輯稿 '직관'職官에 의하면 1175년 9월 19일 "우사원외랑 왕정기가 해임되다"右司員外郎王正己放罷라 되어 있으므로, 이 해의 겨울에 지은 것으로 보인다. 작품에서 파직에 대한 위로와 은거의 권유가 함께 보인다.

만강홍滿江紅

한수는 동으로 흘러가며
수염 난 오랑캐의 피와 기름을 모두 씻어버렸어라.
사람들은 모두 말하네, 그대 집안의 비장군 이광李廣은
예전의 영렬한 장군이었다고.
적의 성벽을 깨뜨린 업적은 귀에 우레 울리듯 유명하고
군막에서 전략을 논할 때는 뺨에 얼음이 생길 듯 준엄 냉철했다고.
왕찬王粲이 젊어서 종군시從軍詩를 지었음을 생각하니
그대도 가업을 전하리라.

허리에 찬 칼은
잠시 칼자루 두드리며 노래 부를 만하고
술통 속의 술은
이별의 자리에 마실 만하네.
하물며 그대는
한나라 단壇에 올라 부절符節 깃발 새로 들었어라.
말가죽에 시체 싸서 돌아오겠다 스스로 맹세했으니
여색이 본성을 해친다는 말은 다시 하지 않으리.
다만 지금부터 초루楚樓의 바람과
배대裵臺의 달은 잊지 말게나.

漢水東流,¹ 都洗盡髭胡膏血.² 人盡說君家飛將,³ 舊時英烈. 破
敵金城雷過耳,⁴ 談兵玉帳冰生頰.⁵ 想王郎結髮賦從戎,⁶ 傳遺業.
腰間劍, 聊彈鋏.⁷ 尊中酒, 堪爲別. 況故人新擁, 漢壇旌節.⁸ 馬革
裹屍當自誓,⁹ 蛾眉伐性休重說.¹⁰ 但從今記取楚樓風,¹¹ 裴臺月.¹²

注

1 漢水(한수): 장강 최대의 지류로, 섬서성 영강현寧羌縣에서 발원하
   여 동남쪽으로 흐르다가 무한武漢에서 장강에 합류한다.

2 髭胡(자호): 수염 난 오랑캐. 금나라 군사를 가리킨다. 髭(자)는 입
   술 위의 수염.

3 飛將(비장): 비장군. 서한의 명장 이광李廣을 가리킨다. 이광은 기
   동력이 뛰어나 여러 차례 흉노를 타격하였는데, BC. 128년 우북평
   右北平 태수로 부임했을 때 흉노들이 그를 '한의 비장군漢之飛將軍'이
   라 불렀다. 『사기』 권109와 『한서』 권54에 그의 전기가 있다.

4 金城(금성): 금성탕지金城湯池의 준말. 쇠로 만든 성벽에 끓는 물로
   둘러쳐진 해자. 난공불락의 성을 말한다. 또 금성金城(섬서성 흥평
   興平)이란 지명을 나타낸다고 볼 수도 있다. ○ 雷過耳(뢰과이): 우
   레가 귀에 지나가다. 명성이 자자함을 비유한다.

5 冰生頰(빙생협): 뺨에서 얼음이 생기다. 병법과 전략을 논할 때 명
   쾌하고 날카로우며, 준엄하고 냉철하여 마치 이빨과 뺨 사이에 서
   리와 얼음이 생긴 듯하다.

6 王郎(왕랑): 삼국시대 왕찬王粲. 젊어서 전란을 피해 형주로 갔으
   며, 나중에 조조를 따라 한중에 가면서 「종군행」 5수를 지었다. 여
   기서는 친구를 비유하였다. ○ 結髮(결발): 남녀가 성년이 되어 머
   리를 묶음. 남자는 20세에 관을 쓰고, 여자는 15세에 비녀를 꽂으
   며, 이때 모두 머리를 묶는데 곧 '결발結髮'이다. 성인이 되었다는

뜻이다. ○ 賦從戎(부종융): 종군에 대해 시문을 짓다.

7 彈鋏(탄협): 칼자루를 치며 노래하다. 전국시대 제나라의 풍환馮驩이 맹상군孟嘗君의 식객으로 있으면서 대우가 낮을 때마다 칼자루를 치고 노래 부르자 맹상군이 그때마다 대우를 높여주었다. 『전국책』「제책」齊策에 자세하다. 후대에는 처지가 곤궁한 지경을 슬퍼하거나 남의 도움을 바라는 뜻으로 사용하였다.

8 漢壇(한단): 한 고조가 만든 단壇. 한 고조 유방劉邦이 한왕漢王일 때 특별히 단을 쌓아 한신韓信을 대장군에 임명한 일에서 무장을 대우하여 임명한다는 뜻으로 쓰인다. ○ 旌節(정절): 사신 또는 장수가 나갈 때 들고 가는 절節. 신분과 직책을 표시하는 신표이다.

9 馬革裹屍(마혁과시): 말가죽으로 자기 시체를 싸다. 싸우러 나가 살아돌아오지 않겠다. 동한의 명장 마원馬援이 흉노를 토벌하러 나갈 때 한 말로 유명하다.

10 蛾眉伐性(아미벌성): 여색을 탐하면 생명을 손상시킨다. 蛾眉(아미)는 미녀.

11 楚樓(초루): 호북성 사시沙市에 소재한 누대. 규모가 크며 동서로 모두 강산을 볼 수 있다. 여기서는 신기질 자신이 있는 곳을 가리킨다.

12 裵臺(배대): 유루庾樓 또는 남루南樓라고도 한다. 지금의 무창시 소재. 동진 때 유량庾亮이 형주 자사였을 때 어느 가을 밤 은호殷浩등 막료들이 남루南樓에 올라가 있었는데, 조금 후 유량이 올라오자 여러 사람들이 일어나 자리를 피하려 하였다. 이에 유량이 천천히 말했다. "제군들 잠시 있게. 이 늙은이도 이곳에 올라오니 흥이 가볍지 않다네."諸君少住, 老子於此處興復不淺. 그리하여 은호 등과 이야기를 나누고 시를 읊었다. 『세설신어』「용지」容止 참조.

    한중漢中으로 가는 이씨李氏 성을 가진 친구를 송별하며 격려하였
다. 상편은 친구의 조상인 비장군 이광의 업적을 이을 것을 권면하였
다. 조조를 따라 한중에 가면서 「종군의 노래」를 쓴 왕찬을 끌어온
것은 친구가 젊어서부터 종군하면서 시문도 지었기 때문으로 보인다.
하편은 고관으로 출병하는 친구에게 마혁과시馬革裹屍로 돌아올 것을
서로 맹세하였다. 말미에서는 우의를 잊지 말라는 말로 마무리지었
다. 신기질은 1176년에 강서 제점형옥에서 경서로京西路 전운판관轉
運判官으로 전임되었고, 1177년(38세) 봄에 강릉부江陵府 지부知府 겸
호북 안무사湖北安撫使가 되었다. 이때 한중으로 가는 친구를 송별하
며 지었다.

수조가두水調歌頭

— 순희 정유년, 강릉 지부에서 융흥 지부가 되었으나 부임한 지 석 달 만에 조정의 부름을 받게 되어, 사마감, 조경, 왕조가 나를 전별하였다. 사마감이 「수조가두」를 지었기에 연석에서 차운하였다. 당시 왕 공명 추밀사가 작고하여 좌중에서는 저녁 내내 파벌 다툼에 대해 탄식하였기에 상편에서 언급하였다 淳熙丁酉, 自江陵移帥隆興,[1] 到官之三月被召, 司馬監、趙卿、王漕餞別.[2] 司馬賦水調歌頭, 席間次韻. 時王公明樞密薨,[3] 坐客終夕爲興門戶之歎,[4] 故前章及之[5]

나에게 술 권할 필요 없으니
술동이가 빌까 걱정할 뿐이로다.
이별에 대해 다시 무슨 한이 있으랴마는
이번 이별은 너무 총총한 게 한이로다.
머리 위에 초선관을 쓴 고관이라 해도
동산 밖에 돌기린 세워진 무덤으로 돌아가니
인간 세상에 결국 누가 영웅이리오?
한바탕 웃으며 문을 나서 떠나면
천 리에 꽃이 지는 바람이로다.

손자孫資와 유방劉放 같은 권세가가
나에게 할 수 있는 건
나를 삼공三公이 될 수 없게 하는 일뿐.
내 머리카락이 이처럼 성겨졌으니
이 파벌싸움은 그들에게 맡겨야 하리.

내 깨닫노니 평생 천하에 뜻을 두었으나
술에 취하여 풍월을 읊는 외에는
공을 세운 일 하나도 없어라.
머리카락 하나도 제왕의 덕이니
다시 감호鑑湖의 동쪽에서 은거하기를 주청하리라.

我飮不須勸, 正怕酒尊空. 別離亦復何恨, 此別恨匆匆. 頭上貂
蟬貴客,[6] 苑外麒麟高塚,[7] 人世竟誰雄? 一笑出門去, 千里落花風.
孫劉輩,[8] 能使我, 不爲公. 余髮種種如是,[9] 此事付渠儂.[10] 但覺平
生湖海,[11] 除了醉吟風月, 此外百無功. 毫髮皆帝力, 更乞鑑湖東.[12]

注

1 隆興(융흥): 지금의 강서성 남창시南昌市.

2 司馬監(사마감): 사마탁司馬倬. 자는 한장漢章. 강남로 제점형옥江南
路提點刑獄이었으므로 '감'監 또는 '대감'大監이라 칭하였다. ○ 趙卿
(조경): 미상. ○ 王澡(왕조): 왕희려王希呂. 자는 중형仲衡. 당시 강
서 전운부사江西轉運副使였으므로 '조'澡 또는 '조사'澡司라 칭하였다.

3 王公明(왕공명): 왕염王炎. 추밀사를 역임하였다. ○ 薨(훙): 제후의
죽음을 가리킨다. 당송 시대에는 2품 이상의 관원이 사망할 때 '훙'
이라 하였다.

4 門戶之歎(문호지탄): 동료 사이에 각기 문호를 세워 파벌 다툼을
함에 있어서, 왕염은 생전에 동료들과 대립적이어서 배척을 받은
일을 가리킨다.

5 前章(전장): 본 작품의 상편上片.

6 貂蟬(초선): 초선관貂蟬冠. 관에 황금 구슬璫을 달고, 여기에 황금
매미로 장식하고 담비 꼬리를 꽂는다. 『송사』「여복지」輿服志에 의하

면 나라의 제사나 큰 조회 때 삼공三公만 초선관을 쓴다.

7 麒麟高塚(기린고총): 돌기린을 세운 높은 무덤.

8 孫劉(손류): 삼국시대 위나라의 중서감 유방劉放과 중서령 손자孫資. 두 사람은 황제의 총신을 받고 있어서 정치를 독단하였기에 대신들이 모두 여기에 의부하였지만 오직 신비申毗만이 왕래를 하지 않았다. 신비의 아들 신창辛敞이 이를 염려하자 신비가 다음과 같이 말했다. "주상이 비록 총명하다 할 수 없어도 암우하지는 않다. 나의 태도는 원래 스스로 원칙이 있다. 유방과 손자가 내게 불평을 가진다 해도, 나를 삼공이 못 되게 할 수 있는데 불과하니 무슨 해가 있겠는가! 대장부가 어찌 삼공이 되려고 높은 절조를 버리겠느냐!"主上雖未稱聰明, 不爲暗劣. 吾之立身, 自有本末. 就與劉、孫不平, 不過令吾不作三公而已, 何危害之有? 焉有大丈夫欲爲公而毀其高節者邪? 『삼국지』「신비전」申毗傳 참조. ○ 公(공): 삼공三公. 동한과 삼국시대에는 태위太尉, 사도司徒, 사공司空을 가리킨다.

9 種種(종종): 머리카락이 드문 모양.

10 此事(차사): 서로 배척하는 파벌 투쟁. ○ 渠儂(거농): 그들. 손자와 유방의 무리.

11 平生湖海(평생호해): 평생 천하를 바로 잡는데 뜻을 두다. 동한 말기 여포의 모사인 허사許汜가 논하기를, 진등은 "천하를 바로 잡는데 뜻을 둔 강호의 선비로 호기를 없애지 못했다."湖海之士, 豪氣不除.고 하였다. 『삼국지』「진등전」 참조.

12 鑑湖(감호): 경호鏡湖. 절강성 소흥시에 있는 호수. 당대 하지장賀知章이 만년에 이곳에 은거하였다.

해설

전임되어 떠나는 자리에서 빈번한 관로의 부침과 파벌 투쟁에서 오는 강개한 마음을 나타내었다. 상편은 짧은 부임 끝에 떠나는 아쉬움에서 시작하여, 누구든 죽음을 피할 수 없는 인생에서 담연히 대처하기를 바랐다. 하편은 삼국시대 일을 끌어와 세태를 비판하면서, 자신의 아부하지 않는 경경한 정신을 표현하였다. 풍월을 읊었다는 말은 일종의 불평의 말로 보인다. 말미에서는 강호에 은거하여 파벌의 투쟁에서 벗어나고 싶은 뜻을 나타내었다. 광달曠達한 인생태도 속에 일말의 분기와 풍자가 보인다. 1178년(39세) 봄 강서 융흥隆興 지부 및 강서 안무사江西安撫使로 있을 때 지었다. 겨우 석 달 재직하다가 칙명으로 도성에 들어가게 되어 친구들과 헤어지게 되었다.

상천효각霜天曉角

— 여행길의 감흥旅興[1]

오 땅과 초 땅 사이에서
한 번 노를 저어 천 리 멀리 가는구나.
지난 시름과 새로운 한恨 말하지 말게
역참의 나무가
지금 벌써 이처럼 자랐으니!

떠도는 벼슬살이에 내 지쳤으니
옥 같은 사람이여, 나를 취하게 해주오.
내일이면 꽃이 지는 한식인데
잠시 머물다 가도
좋지 않으랴.

吳頭楚尾,[2] 一棹人千里.[3] 休說舊愁新恨, 長亭樹,[4] 今如此![5]
宦遊吾倦矣, 玉人留我醉: 明日落花寒食,[6] 得且住,[7] 爲佳耳.

注

1 旅興(여흥): 여행길에서 즉흥적으로 지음.
2 吳頭楚尾(오두초미): 오 땅의 머리와 초 땅의 꼬리. 지금의 강서성
  일대를 가리킨다. 고대에 이곳은 오나라 강의 상류이고 초나라 강
  의 하류이기 때문이다.

3 棹(도): 노. 여기서는 동사로 쓰였다. 노를 젓다.

4 長亭(장정): 역참.

5 樹今如此(수금여차): 나무도 지금 이처럼 자라다. 동진의 환온桓溫이 버드나무가 자란 걸 보고 세월의 빠름을 탄식한 전고. 환온이 북벌할 때 금성金城을 지났는데, 어렸을 적 심었던 버드나무가 이미 열 아름이 되도록 자란 것을 보고 "나무도 이러할진대 사람이 어찌 늙지 않으랴"樹猶如此, 人何以堪?고 하였다. 『세설신어』「언어」言語 참조.

6 寒食(한식): 절기의 하나. 동지 후 105일이자, 청명일 하루 또는 이틀 전으로, 이날을 포함하여 전후 3일간 불을 피우지 않고 찬 음식을 먹었다.

7 得且住(득차주) 2구: 진晉 무명씨의 「한식첩」寒食帖에 "날씨는 아직 좋지 않은데, 너는 떠나야 하는가? 한식이 며칠이면 오는데, 잠시 머물러 가는 것이 좋으리."天氣殊未佳, 汝定成行否? 寒食近, 且住爲佳爾. 라는 구절이 있다.

떠도는 벼슬살이의 고됨을 호소하였다. 상편은 배를 타고 천 리를 가는 여로를 시작으로 떠도는 자의 '지난 시름과 새로운 한'을 호소하였다. 말하지 마라고 하지만 사실은 말하고 있는 셈이다. 어느 사이 세월이 성큼 지나갔으니 말하지 않을 수 없다. 하편은 벼슬살이의 피로를 직접적으로 서술하였다. 마침 한식이 다가와서 스스로 위로하였다. 1178년(39세) 봄 강서 남창에서 수도 임안으로 가는 도중에 지었다.

자고천鷓鴣天

— 예장을 떠나면서, 사마한장 대감과 헤어지며離豫章, 別司馬漢章大監¹

총총히 만나고 헤어짐이 우연이 아니어서
두 해 동안 초 땅의 산천을 두루 편력하였노라.
다만 풍광을 마주하고 통음할 뿐
이별의 노래는 연주하지 말게나.

강은 푸른 허리띠처럼 둘러있고
연잎은 청색 동전처럼 점점이 흩어져 있네.
동호東湖의 봄 강물은 벽옥색으로 하늘과 이어져 있구나.
내일 아침 내가 동으로 돌아간다면
모레 밤에는 배에서 달을 보며 그대를 생각하리.

聚散匆匆不偶然, 二年歷遍楚山川.² 但將痛飲酬風月,³ 莫放離歌入管絃.⁴
縈綠帶,⁵ 點靑錢.⁶ 東湖春水碧連天.⁷ 明朝放我東歸去, 後夜相思月滿船.

注

1 豫章(예장): 지금의 강서성 남창시. ○ 司馬漢章大監(사마한장대
감): 사마탁司馬倬. 자는 한장漢章. 강남로 제점형옥江南路提點刑獄이
었으므로 '감'監 또는 '대감'大監이라 칭하였다.

2 二年(이년) 구: 2년 동안 초 땅의 산천을 두루 다니다. 신기질은 1176년(37세)에 강서 제점형옥에서 경서로京西路 전운판관轉運判官으로 전임되었고, 1177년(38세) 봄에 강릉부江陵府 지부知府 겸 호북안무사湖北安撫使가 되었다. 1178년(39세) 봄 강서 융흥隆興 지부 및 강서 안무사江西安撫使로 부임했다가 석 달만에 다시 수도로 소환되었다.

3 酬(수): 보답하다. ○ 風月(풍월): 풍설화월風雪花月. 청풍명월淸風明月. 아름다운 풍광을 가리킨다.

4 莫放(막방): 노래하지 마라. 연주하지 마라.

5 縈綠帶(영록대): 녹색의 강물이 허리띠처럼 둘러싸다.

6 點靑錢(점청전): 연잎이 청색 동전처럼 수면 위에 점점이 흩어져 있다.

7 東湖(동호): 지금의 강서성 남창시의 동남에 있는 호수.

해설

헤어지는 아쉬움을 노래하였다. 비록 이별이라 하더라도 잦은 전임에 대한 불만은 "우연이 아니다"不偶然와 "이별의 노래는 연주하지 말게나"莫放離歌入管絃 등의 구절에서 엿보인다. 특히 "두 해 동안 초 땅의 산천을 두루 편력하였노라"二年歷遍楚山川는 말은 그의 상황을 잘 개괄하였다. 하편은 주로 아름다운 풍광에 대한 미련과 친구에 대한 정을 나타냈다. 말미의 2구는 정경교융情景交融이 잘 이루어져 친구에 대한 정이 이미 풍광으로 변하였다. 1178년(39세) 봄 강서 남창을 떠나면서 지었다.

염노교念奴嬌

―동류촌 벽에 쓰다書東流村壁[1]

들 해당화도 지고
또 청명절이
총총히 지나가는구나.
봄바람은 공연히 나그네의 꿈을 깨워
밤새 운모 병풍이 춥기만 하여라.
굽이진 강둑에서 술잔을 들고
수양버들에 말을 매고
이곳에서 일찍이 가벼이 헤어졌었지.
사람은 떠나고 누대는 비었는데
예 놀던 일들 제비들이 말하는 듯하구나.

듣자하니 번화한 거리 동쪽에서
행인이 보았다고 하네.
주렴 아래 초승달 같은 그녀의 발을.
예전의 한은 봄 강물 같이 끝없이 흐르고
새로운 한은 구름 낀 봉우리 같이 천 겹이나 되는구나.
생각해보건대 내일 아침
술잔 앞에 다시 만난다 해도
거울 속의 꽃이라 꺾기 어려우리라.
그녀 또한 놀라서 물으리라
요즘에 백발이 어찌 이리 생겼느냐고.

野棠花落,² 又匆匆過了, 淸明時節. 剗地東風欺客夢,³ 一夜雲屏寒怯.⁴ 曲岸持觴,⁵ 垂楊繫馬, 此地曾輕別. 樓空人去, 舊遊飛燕能說.

聞道綺陌東頭,⁶ 行人曾見, 簾底纖纖月.⁷ 舊恨春江流不斷, 新恨雲山千疊. 料得明朝, 尊前重見, 鏡裏花難折.⁸ 也應驚問: 近來多少華髮?

注

1 東流(동류): 동류현. 지금의 안휘성 남부 동지현東至縣. 남송 때 장강에서 배를 타면 반드시 거치는 정박지이다. 동류촌은 동류현 경내의 한 마을.

2 野棠花(야당화): 야생 해당화. 음력 이월에 흰 꽃이 핀다.

3 剗地(잔지): 이유 없이. 공연히. 실없이. ○ 欺夢(기몽): 꿈에서 깨다.

4 雲屏(운병): 구름을 그린 병풍. 또는 운모로 장식한 병풍. ○ 寒怯(한겁): 추위를 두려워하다.

5 曲岸(곡안): 휘돌아간 강둑. ○ 持觴(지상): 술잔을 들다.

6 綺陌(기맥): 번화한 거리.

7 纖纖月(섬섬월): 길고 가는 달. 초승달이나 그믐달. 여기서는 미인의 발을 가리킨다.

8 鏡裏花(경리화) 구: 거울 속의 꽃은 꺾기 힘들다. 그녀는 이미 처지가 달라졌기에, 볼 수 있을 뿐 함께 하기 어렵다.

　동류촌을 지나가다 예전의 가인과의 만남과 이별을 추억하였다. 상편은 시간의 흐름과 나그네의 꿈으로 도입부를 만들어 예전의 회상을 이끌어낸 후, 사람 없는 빈 누대에서 깊은 시름을 풀어낸다. 하편은 가인은 여전히 있지만 타인의 전언에서 간접적으로 등장하며, 그 모습도 초승달 같은 발로 나타난다. '예전의 한'舊恨도 깊은 강물처럼 흘러갔지만, '새로운 한'新恨도 수많은 산으로 등장한다. 만나도 함께 할 수 없는 처지가 그것이다. 더구나 그녀뿐만 아니라 자신도 이제는 반백의 머리가 되었기 때문이다. 완곡하고 전면纏綿한 정감은 유영柳永이나 진관秦觀의 작품에 못지않아, 신기질의 또 다른 면모를 보여준다. 역대의 많은 평론가들은 '예전의 한'은 국토의 상실이며, '새로운 한'은 실지 회복의 꿈을 이룰 수 없는 것으로 보았지만, 회상의 묘사가 절실하므로 여인과의 일을 추억한 것으로 보는 것이 타당할 것이다. 1178년(39세) 봄 강서 남창을 떠나 수도 임안으로 갈 때 중간에 동류촌을 지나면서 지었다.

자고천鷓鴣天

― 장자지 제거에 화답하며和張子志提擧¹

헤어진 서글픔에 백발이 늘었더니
공연히 아이들이 노인이라 비웃누나.
취하면 비 내리는 밤에 술집에서 술을 찾고
봄바람 속 어로御路에 들어가는 꿈도 끊어졌어라.

준마를 타고
청운을 밟고 오르는
그대는 관 쓰고 패옥 차고 봄 궁전에 섰구나.
충언으로 구구절절 군주가 요순堯舜이 되도록 하니
바로 인간세상의 요직에 있음이로다.

別恨粧成白髮新, 空教兒女笑陳人.² 醉尋夜雨旗亭酒,³ 夢斷東
風輦路塵.⁴
騎駃騠,⁵ 蹋靑雲.⁶ 看公冠佩玉階春. 忠言句句唐虞際,⁷ 便是人
間要路津.⁸

注

1 張子志(장자지): 미상. ○ 提擧(제거): 전문적인 사무를 보는 관리.
'제거상평'提擧常平, '제거시박'提擧市舶, '제거학사'提擧學事, '제거수
리'提擧水利 등으로 여러 분야에 각각 속하며, 일반적으로 한직閑職

이다.

2 陳人(진인): 노인. 구세대인 사람.

3 旗亭(기정): 시장에 있는 정자. 시루市樓. 여기서는 술집.

4 輦路(연로): 황제의 어가가 지나가는 길.

5 騄駬(녹이): 綠耳(녹이)라고도 쓴다. 주 목왕周穆王이 부리던 여덟 필의 준마 가운데 하나. 그 밖의 일곱 필은 적기赤驥, 도려盜驪, 백의 白義, 유륜踰輪, 산자山子, 거황渠黃, 화류驊騮이다. 『목천자전』 참조. 일반적으로 준마 또는 황제의 수레 진용을 비유한다.

6 籋(섭): 밟다.

7 唐虞(당우): 요와 순. 태평시대. 두보의 「원결의 '용릉의 노래'에 화 답하며」同元使君春陵行에 "군주를 요순의 위치에 이르게 하고"致君唐 虞際라는 말이 있다.

8 要路津(요로진): 요로要路 또는 요진要津이라 쓰기도 한다. 중요한 길과 나루. '고시십구수'古詩十九首 가운데 「오늘의 연회는 떠들썩하 기 그지없어」今日良宴會에 "어찌하여 좋은 말을 채찍질하여, 먼저 요로要路를 점거하지 않는가!"何不策高足, 先據要路津!라는 구절이 있 다. 중요한 직위를 비유한다. 두보의 「위 좌승께 삼가 드리며 22운」 奉贈韋左丞丈二十二韻에 "스스로 무척 뛰어나다고 여겨, 곧장 요직에 올라, 군주를 보좌하여 요순堯舜보다 더 낫게 만들고, 게다가 풍속 을 순박하게 할 생각이었어라."自謂頗挺出, 立登要路津. 致君堯舜上, 再 使風俗淳.라는 구절이 있다.

해설

자신의 실의와 친구의 출세를 대비하여 그렸다. 상편은 자신에 대 해 쓴 것으로, 장자지와 헤어진 후의 슬픔과 세상으로부터 도태된 자 신의 처지를 묘사하였다. 물론 그 속에는 일말의 분노가 깔려 있다.

이러한 자조에 대비하여 하편은 장자지의 득의한 모습을 그렸다. 준마를 타고 하늘에 오르듯 조정의 신임을 받고, 요직에서 군주와 백성을 위해 일을 하고 있다. 특히 "충언으로 구구절절 군주가 요순이 되도록 하니"라는 구절은 두보杜甫의 시에서 변용한 것으로, 자신의 이상을 대신 실현하고 있는 친구를 축원하는 뜻이 있다. 제작 시기는 명확하지 않으나, 광신서원 본廣信書院本의 순서에 따라 배치하면 1178년에 지은 것으로 추정된다.

자고천鷓鴣天

술자리의 풍류를 아는 사람 몇이나 되는가
만나기 전 그해 마음은 이미 친했었지.
그대는 금릉에서 버들을 심으며 즐거이 보내지만
나는 대유령에서 매화를 바라보며 적막하게 지낸다.

주량은 해량海量이요
붓은 신이 들린 듯 명필.
친구와 남북으로 떨어져도 봄은 한가지구나.
미인이 새로 화장한 모습은
연하게 그린 눈썹에 연하게 칠한 입술.

樽俎風流有幾人,¹ 當年未遇已心親. 金陵種柳歡娛地, 庾嶺逢
梅寂寞濱.²

樽似海, 筆如神. 故人南北一般春. 玉人好把新粧樣,³ 淡畵眉兒
淺注唇.⁴

注

1 樽俎(준조): 술통과 고기 접시. 여기서는 술자리를 가리킨다.
2 庾嶺(유령): 오령五嶺의 하나로 지금의 강서성江西省 대유현大庾縣
과 광동성廣東省 남웅현南雄縣의 경계에 있다. 예전에 이곳에 유씨庾
氏가 성을 쌓고 지키고 있었기에 유령庾嶺 또는 대유령大庾嶺이란

말이 만들어졌다. 『백씨육첩』白氏六帖 「매부」梅部에 보면, 대유령에
는 매화가 많고 또 이곳을 경계로 기후가 크게 달라지는데, 능선
에 피는 매화는 남쪽 가지에 꽃이 질 때 북쪽 가지에선 비로소
피어난다고 한다. ○ 寂寞濱(적막빈): 적막한 물가. 일반적으로 친
구가 없는 적막한 장소를 비유한다.

3 玉人(옥인): 미인.

4 淡畵(담화) 구: 소식蘇軾의 시구 "앉으니 진실로 잘 어울리나니, 입
술은 짙게 칠하고 눈썹은 담담히 그렸구나."坐來眞箇好相宜, 深注脣兒
淺畵眉.를 이용하였다.

해설

친구와의 우정을 노래하였다. 상편에서 친구와 자신을 대비하여 묘
사하다가, 하편에서는 다시 함께 묘사한 후, 하편의 말미에서 친구에
대해 서술하여 마감하였다. 친구는 술자리의 풍류를 아는 사람으로,
그를 만나기 전부터 호감을 갖고 있었기에 쉽게 친해졌다. 친구는 금
릉에서 살고 있는 반면, 자신은 강서에 있어 대유령에 가깝지만 비교
적 적막하게 지내고 있다. 그러나 두 사람은 모두 술을 좋아하고 서예
에 뛰어나기에, 비록 남북으로 떨어져 있어도 봄의 감흥은 다르지 않
다. 말미 두 구는 미인玉人이 화장한 모습이 마음에 들 듯, 친구는 자
신의 취향에 꼭 맞는 사람이라고 말하고 있다. 미인의 모습으로 친구
를 비유하고, 염정艶情으로 우정을 말하는 것이 독특하다.

자고천鷓鴣天
── 다른 사람을 대신하여 짓다代人賦[1]

길 먼지가 얼굴을 덮쳐오는데 가는 길은 멀고
향롱香籠에선 침향이 조금씩 사그라지네.
첩첩한 산중에 주위는 온통 푸른빛
이름 모를 꽃 무척이나 고와라.

사람 모습 눈에 삼삼한데
말은 소리 내어 운다.
깃발은 또 작고 붉은 다리를 지난다.
이별의 시름 속에 그리움의 시구가 많아
채찍 치며 읊느라 벽옥초 떨어진다.

撲面征塵去路遙,[2] 香篝漸覺水沉銷.[3] 山無重數周遭碧, 花不知
名分外嬌.

人歷歷,[4] 馬蕭蕭.[5] 旌旗又過小紅橋. 愁邊剩有相思句, 搖斷吟
鞭碧玉梢.[6]

> **注**
>
> 1 부제는 광신서원 본廣信書院本에는 없지만, 사권본四卷本을 따랐다.
> 『화암사선』花庵詞選에선 "동양으로 가는 길에"東陽道中라 되어 있다.
> 신기질의 경력에 동양에 간 적은 없어 보이고, 사의 내용이 고풍古風

이 담겨 있어 남을 위해 지어준 것으로 보인다.

2 征塵(정진): 떠나는 길에서 일어나는 먼지.

3 香篝(향구): 훈롱熏籠. 대나무를 엮어 만든 죽롱으로, 향을 태우는 화로에 덮어 씌워둠으로써 훈향하거나 옷을 말린다. ○ 水沉(수침): 침향沉香. 비싸고 좋은 향료.

4 歷歷(역력): 역력하다. 뚜렷한 모습.

5 蕭蕭(소소): 의성어. 말 우는 소리. 두보의 「병서의 노래」兵車行에 "수레 소리 덜컹덜컹, 말은 히히잉 우는데."車轔轔, 馬蕭蕭.라는 구절이 있다.

6 碧玉梢(벽옥초): 채찍 끝을 벽옥으로 장식한 채찍.

해설

헤어지는 정경을 읊었다. 상편은 아낙의 입장에서 떠나는 사람을 보낸 다음의 정경을 서술하였다. 감정을 직접적으로 나타내지 않고 떠나가는 사람의 길, 실내의 모습, 주위의 모습을 그렸다. 하편은 떠나는 사람의 입장에서 자신의 상황을 서술하였다. 여러 사람들이 말을 타고 다리를 지난 후 채찍을 치며 달린다. 떠나는 사람은 시구를 다듬느라 저도 모르게 자주 채찍을 내려치면서, 채찍 끝의 벽옥 장식이 떨어나갔다. 이별하는 아낙과 남자의 모습이 서로 호응하며 하나의 정경을 만들어 낸다.

이 작품은 판본에 따라 부제副題가 다른 것으로 보아 그 내용에 대해 논란이 있었던 것으로 보인다. 내용 자체에 어느 정도 모호성이 있어, 떠나가는 군인의 입장에서 전편을 서술했다거나, 정서가 명랑하다고 보는 등 다른 해석도 가능하다. 어느 경우든 말미의 이미지는 선명하며 생동감이 있다. 제작 시기는 명확하지 않으나, 여기서는 잠시 등광명鄧廣銘의 편년에 따른다.

자고천鷓鴣天

— 사람을 보내며送人

「양관곡」 다 불러도 눈물 마르지 않는구나
공명은 나중 일이니 밥 잘 먹고 건강하게나.
하늘 잠긴 강물은 수많은 나무들을 멀리까지 보내고
비 머금은 구름은 산을 반쯤 가렸다.

고금의 한恨은
몇 천 가지 종류인데
오로지 이별만이 슬프겠는가?
강가의 풍파가 비록 험하다 해도
인간 세상의 풍파보다 험하지 않다네.

唱徹陽關淚未乾,¹ 功名餘事且加餐.² 浮天水送無窮樹, 帶雨雲
埋一半山.

今古恨, 幾千般;³ 只應離合是悲歡?⁴ 江頭未是風波惡, 別有人
間行路難.⁵

注

1 徹(철): 마치다. 다하다. ○陽關(양관): 왕유王維가 지은 칠언절구
「안서에 사신으로 가는 원이를 보내며」送元二使安西를 가사로 하는
「양관곡」陽關曲을 가리킨다. 악공이 세 번 반복하므로 「양관삼첩」陽

陽關三疊이라고도 한다. 이별의 자리에서 노래한다.

2 餘事(여사): 나머지 일. 중요하지 않는 일. ○ 加餐(가반): 밥을 더 먹다. 밥을 잘 챙겨 먹고 몸 건강히 지내라는 격려의 말. '고시십구수' 중의 「걷고 걸어 또 쉬지 않고 걸어가니」行行重行行에 "힘써 밥 챙겨 드시길 바래요"努力加餐飯라는 말이 있다.

3 般(반): 종種. 종류.

4 離合是悲歡(이합시비환): 이별은 슬프고 만남을 즐겁다. 여기서는 이별의 슬픔을 강조하였다.

5 行路難(행로난): 악부제樂府題의 이름. 그 가사는 주로 세상사의 어려움과 이별의 슬픔을 내용으로 한다. 여기서는 악부 작품 이름과 인생 행로의 어려움이라는 두 가지 뜻을 중의적으로 사용했다.

해설

친구를 보내며 위로하고 격려하였다. 상편은 석별의 자리를 묘사하면서 노래하고 당부하며 또 풍광으로 석별의 정을 나타내었다. 하편은 이별의 자리에서 상대에게 주는 말贈言로, 이별의 슬픔은 인간 세상의 풍파에 비하면 아무것도 아니라고 강조하며 위로하였다. 제2구에서 '공명'이란 말이 나오는 것으로 보아, 나그네는 객지로 떠나는 청년이거나, 관직을 떠도는 관리로 보인다. 이별의 상황을 통해 인생과 사회의 모습을 개괄하였다.

만강홍滿江紅
— 냉천정에 쓰다題冷泉亭[1]

삼나무가 곧고 굳세게 자라
길 양옆으로 관리마냥 두 손을 모으고 도열하여 섰구나.
비췻빛 골짜기로 점점 들어가니 신선들이 동으로 내려오는지
패옥소리 같은 물소리 들린다.
하늘에서 날아왔다고 누가 믿으랴
서호 옆에 천 길 높은 푸른 봉우리.
그때 신선이 옥도끼로 방호산方壺山을 깎은 것을
지금은 아는 사람 없어라.

산의 나무들은 윤기 있고
대나무들은 젖어 있구나.
가을 이슬이 내려
옥구슬이 떨어지는구나.
높은 정자가 가로 걸쳐있는 곳엔
연못이 맑고 푸르다.
취하여 춤추니 난새와 봉황의 그림자가 연못물에 어른거리네.
소리 높여 노래 부르되
물고기와 용이 울지 않도록 해야 하리.
한스럽구나, 이곳 풍광은 내 고향과 같은데
지금 나는 나그네로구나.

直節堂堂,[2] 看夾道冠纓拱立.[3] 漸翠谷群仙東下,[4] 珮環聲急. 誰信天峰飛墮地,[5] 傍湖千丈開靑壁. 是當年玉斧削方壺,[6] 無人識. 山木潤, 琅玕溼.[7] 秋露下, 瓊珠滴. 向危亭橫跨,[8] 玉淵澄碧. 醉舞且搖鸞鳳影,[9] 浩歌莫遣魚龍泣.[10] 恨此中風物本吾家,[11] 今爲客.

注

1 冷泉亭(냉천정): 항주 영은사靈隱寺 비래봉 아래 있는 정자.『함순임안지』咸淳臨安志에 의하면 이 정자는 당대 자사 원여元輿가 세웠으며, 나중에 백거이白居易가 「냉천정기」冷泉亭記를 지었다.

2 直節(직절): 굳세게 뻗치고 솟아난 모양. 소철蘇轍이 집 앞에 높은 삼나무가 여덟 그루 있어 집 이름을 '직절당'直節堂이라고 붙인 이래 삼나무를 가리킨다. ○ 拱立(공립): 두 손을 잡고 서서 읍례揖禮를 하듯 상체를 약간 굽히다. 여기서는 삼나무의 형상을 묘사하였다.

3 冠纓(관영): 관의 끈. 갓끈. 관리를 가리킨다.

4 漸(점): 여기서는 구절을 이끌어내는 영자領字로 쓰였다. 점점.

5 天峰飛墮(천봉비타): 하늘에서 봉우리가 날아오다. 비래봉飛來峰을 가리킨다. 동진 때 인도의 승려 혜리慧理가 항주 서호에서 놀다가 비래봉을 보고는 "인도 영취산의 작은 봉우리와 같은데 언제 날아왔는가? 부처가 계실 때 신선들이 은거하였지."라고 말하였다.『함순임안지』咸淳臨安志 참조.

6 方壺(방호): 전설에 나오는 동해의 신선 섬 가운데 하나. 발해의 동쪽 수만리 밖의 바다에 대여岱輿, 원교員嶠, 방호方壺, 영주瀛洲, 봉래蓬萊 등 다섯 섬이 떠 있었다.『열자』「탕문」湯問 참조.

7 琅玕(낭간): 청색의 옥 이름. 여기서는 대나무를 비유한다.

8 危亭(위정): 높은 정자. 냉천정을 가리킨다.

9 鸞鳳(난봉): 난새와 봉황. 일반적으로 청고한 선비를 비유한다.

10 浩歌(호가): 큰 소리로 호탕하게 부르는 노래. ○ 魚龍泣(어룡읍): 물고기와 용이 울다. 물속의 수족들이 움직이다.

11 吾家(오가): 신기질의 고향 제남濟南을 가리킨다. 제남에는 대명호大明湖와 박돌천趵突泉 등이 있는데, 항주의 서호와 풍광이 비슷하다.

해설

항주杭州 냉천정泠泉亭에서 본 풍광과 감회를 그렸다. 상편은 냉천정 가는 연도부터 비래봉까지의 주위 환경을 주로 신화와 전설을 끌어와 상상하며 기험奇險하고 청유淸幽하게 묘사하였다. 하편은 냉천정에 이르러 취해 춤추는 정경과 고향을 그리는 마음을 표현하였다. 전편이 하나의 작은 여행기처럼 공간을 이동하며 전개하였고, 냉천정은 정작 작품의 하편에 등장시켰다. 작품의 말미에 두고 온 산하에 대한 그리움으로 아쉬움과 회한을 덧붙였다. 1178년(39세) 항주에서 대리소경大理少卿으로 있을 때 지었다.

만강홍滿江紅
─앞의 운을 다시 사용하여 再用前韻[1]

시냇가에 그림자를 비추는 매화
세상에 다시없이 빼어난 미인이 홀로 섰구나.
더구나 천 기의 군사를 이끄는 사람도 잠시 머물게 하여
술잔을 들게 하는구나.
거문고의 새 곡조는 바람에 흔들리는 패옥소리 같고
취하여 쓴 글씨는 까마귀가 벽에 앉은 듯해라.
왕탄지王坦之와 같은 태수의 명성을 예전에 들었는데
지금에야 비로소 알겠구나.

높이 올라 누우려 하니
구름에 젖는구나.
맑아서 입을 헹굴 수 있는
샘물은 사철 그치지 않는구나.
상쾌한 저녁 바람 불어와
품안 가득 청징한 물빛이로다.
준마가 돌아가자고 울고 붉은 깃발 펄럭이지만
용단차龍團茶에 물을 붓고 청동 병에 끓인다.
후일에 다시 오면 길을 잃고
도화원을 찾지 못한 어부처럼 될까 두렵구나.

照影溪梅, 悵絶代幽人獨立.² 更小駐雍容千騎,³ 羽觴飛急.⁴ 琴
裏新聲風響珮, 筆端醉墨鴉棲壁. 是使君文度舊知名,⁵ 今方識.

高欲臥, 雲還濕. 淸可漱, 泉長滴. 快晩風吹贈, 滿懷空碧. 寶馬
嘶歸紅旆動,⁶ 龍團試水銅瓶泣.⁷ 怕他年重到路應迷, 桃源客.⁸

注

1 바로 앞의 작품 「만강홍 —삼나무가 곧고 굳세게 자라」와 같은 운
  을 사용하였다.

2 絶代(절대) 구: 서한 이연년李延年이 한 무제에게 자신의 여동생을
  추천하며 부른 「노래」歌를 이용하였다. "북방에 사는 가인은, 세상
  에 다시 없이 오로지 한 사람뿐. 한 번 돌아보면 성이 무너지고,
  두 번 돌아보면 나라가 무너진다. 성이 무너지고 나라가 무너질지
  어찌 모르랴만, 그래도 이런 미인은 다시 얻기 어렵다네."北方有佳
  人, 絶世而獨立. 一顧傾人城, 再顧傾人國. 寧不知傾城與傾國, 佳人難再得.

3 雍容(옹용): 태도가 우아하고 한가하며 시원스러운 모양. ○ 千騎
  (천기): 천 마리의 말과 말에 탄 기병. 한대 「길가의 뽕」陌上桑에
  "동방에는 말 탄 사람 천여 명 있는데, 그중에서 제일 앞의 사람이
  내 남편이라오."東方千餘騎, 夫壻居上頭.라는 구가 있다. 이어서 나오
  는 사군使君이란 말을 보면, 연석에 있는 고관은 태수에 해당하는
  자사 급이다.

4 羽觴(우상): 술잔의 일종. 술잔의 좌우 귀가 새의 날개 모양이어서
  붙여진 이름. 일설에는 빨리 마시라는 뜻으로 술잔에 깃털을 꽂았
  다고도 한다.

5 使君(사군): 주군州郡의 장관. 한대의 지방 최고 행정관인 태수太守
  혹은 자사刺史. 한대 악부 「길가의 뽕」에 "태수의 수레가 남쪽에서
  오더니, 다섯 마리 말이 길 위에 멈추었네."使君從南來, 五馬立踟躕.란

구절이 있다. ○ 文度(문도): 동진 왕탄지王坦之를 가리킨다. 문도는
그의 자字. 젊어서 치초郗超와 함께 이름 높았고, 나중에는 사안謝安
과 함께 국정을 이끌었다. 중서령, 중랑장, 서주 자사, 연주 자사
등을 역임하였다. 서예도 뛰어났다.

6 紅斾(홍패): 붉은 깃발.

7 龍團(용단): 송대 조정에 바치던 공차貢茶의 이름. ○ 銅瓶泣(동병
읍): 청동 병이 울다. 청동 병이 끓으면서 나는 소리를 형용하였다.

8 桃源(도원): 도화원. 도연명의 「도화원기」桃花源記 참조. 무릉武陵
의 어부가 우연히 복사꽃을 따라 강을 거슬러 올라 세상과 격절된
마을에 들어가게 되고, 나온 후 나중에 다시 가려 했으나 길을 찾지
못했다는 내용이다.

해설

냉천冷泉에서의 유람을 즐거워하고 주위 풍광의 아름다움을 노래했
다. 상편은 고관들이 유람하는 정경을 주로 서술하였는데, 먼저 매화
를 묘사하고 이어서 태수가 발걸음을 멈출 만하다며 우회적으로 고관
을 이끌어내었다. 이 지방관은 왕탄지처럼 서예에 뛰어나고 풍도가
있는 사람이라고 칭송하고 있다. 서호에 왔으니 자연스럽게 백거이나
소식을 연상시킨다. 하편은 냉천 주위의 아름다운 풍광을 묘사하며
돌아가기 아쉬운 정회를 표현하였다. 마치 도화원을 방문했다가 나중
에 다시 가려했지만 길을 찾지 못한 어부처럼 되지 않을까 염려하는
것으로 마무리 지었다. 바로 앞의 작품과 같은 운으로 지었으며, 1178
년 같은 때 지은 것으로 본다.

수조가두水調歌頭

— 양주에서 배를 대고. 양제옹과 주현선에 화운하다舟次揚洲, 和楊濟翁、周顯先韻[1]

해 떨어지는 변경에 먼지 일어나니
오랑캐 기병이 가을에 전쟁을 일으킨 것이로다.
한나라 군사는 십만
늘어선 병선兵船이 높은 누각처럼 솟았지.
누가 말했나, 채찍으로 강을 메워 건널 수 있다고
예전에 흉노가 그의 아들 모돈冒頓의 명적鳴鏑에 죽고
비바람 속 탁발도拓跋燾도 참담하였지.
나는 당시 소진蘇秦과 같이 젊었고
필마에 흑담비 옷 입었었지.

지금은 늙었으니
흰 머리 긁적이며
양주를 지나가노라.
벼슬살이도 지쳐 강호에 돌아가
손수 귤나무 천 그루를 심으려 하네.
그대 두 사람은 동남 지방의 명사로
시서 만 권을 읽은 학식으로
군왕을 위해 뜻을 펼쳐보게나.
남산의 호랑이를 쏜 이광李廣이 되지 말고
바로 부민후富民侯가 되기 바라네.

落日塞塵起,² 胡騎獵淸秋.³ 漢家組練十萬,⁴ 列艦聳高樓. 誰道投鞭飛渡,⁵ 憶昔鳴髇血汚,⁶ 風雨佛狸愁.⁷ 季子正年少,⁸ 匹馬黑貂裘.⁹ 今老矣, 搔白首,¹⁰ 過揚州. 倦遊欲去江上, 手種橘千頭.¹¹ 二客東南名勝,¹² 萬卷詩書事業, 嘗試與君謀. 莫射南山虎,¹³ 直覓富民侯.¹⁴

注

1 楊濟翁(양제옹): 양염정楊炎正. 시인 양만리楊萬里의 족제族弟. 52세에 진사과에 급제하였다. 양주에서 신기질을 만나 함께 배를 타고 진강鎭江으로 가 다경루多景樓에 올라 「수조가두」를 지었다. 신기질은 이에 대한 화답으로 본 사를 지었다. ○ 周顯先(주현선): 미상.

2 落日(낙일) 2구: 1161년 금나라 황제 완안량完顔亮이 군사를 일으켜 남침하여 양주를 점령한 일을 가리킨다.

3 獵(렵): 사냥하다. 여기서는 전쟁을 일으키다.

4 漢家(한가) 2구: 남송에서 우윤문虞允文이 채석기采石磯에서 금군을 격퇴한 일을 가리킨다. ○ 組練(조련): 조갑組甲과 피련被練. 갑옷과 전포. 고대 병사들이 입는 두 종류의 옷.

5 投鞭飛渡(투편비도): 전진前秦의 부견苻堅이 말한 투편단류投鞭斷流를 가리킨다. 부견이 90만 대군을 이끌고 동진을 남침할 때 자부심을 가지고 "나의 이 많은 군사들이 채찍을 강에 던지면 강물을 막아 흐르지 못하게 할 것이다."以吾之衆旅, 投鞭於江, 足斷其流.고 말했다. 『진서』「부견재기」苻堅載記 참조.

6 憶昔(억석) 2구: 완안량이 1161년 부하에게 살해된 일을 가리킨다. ○ 鳴髇(명효): 우는 살. 명적鳴鏑. 명전鳴箭. 흉노의 태자 모돈冒頓이 부친을 시해하고 왕위를 탈취하려고 명적을 만들었다. 명적이 우는 곳으로 모든 부하들이 쏘도록 훈련하였다. 모돈이 부친과 사냥할 때 부친을 향해 명적을 쏘았고 부하들도 함께 공격하여 죽였

다. 『사기』「흉노전」 참조. 여기서는 완안량이 부하에게 살해된 일을 비유하였다.

7 佛狸(불리): 후위後魏 태무제 탁발도拓跋燾의 아명. 그는 일찍이 유송劉宋을 남침하였으나 실패하고 환관의 손에 죽었다.

8 季子(계자): 전국시대 종횡가인 소진蘇秦. 계자는 그의 자.

9 黑貂裘(흑초구): 흑담비 가죽. 소진이 뜻을 얻지 못하였을 때 조나라의 이태李兌가 흑담비 가죽옷을 주었기에, 이를 입고 진왕에게 유세하러 갔다. 『전국책』「조책」趙策 참조.

10 搔白首(소백수): 흰 머리를 긁다. 실의한 모습을 가리킨다. 두보의 「꿈에 이백을 만나고」夢李白 제2수에 "방문을 나서며 흰 머리 긁적이는데, 평생의 뜻을 저버린 듯 하더이." 出門搔白首, 若負平生志.란 말이 있다.

11 橘千頭(귤천두): 천 그루의 귤나무. 삼국시대 동오의 단양 태수 이형李衡이 아내 때문에 가산을 모으지 못하자 몰래 사람을 보내 무릉 용양주龍陽洲에 집을 짓고 감귤 천 주를 심게 하였다. 나중에 임종 때 아들에게 말했다. "나의 주州에 목노木奴 천 명이 있으니 너에게 옷과 밥을 달라고 하지도 않을 것이다. 매년 견사 한 필 만들기는 충분할 것이다.吾州里有千頭木奴, 不責汝衣食, 歲上一匹絹, 亦可足用矣. 『양양기』 참조.

12 二客(이객): 양제옹과 주현선을 가리킨다. ○ 名勝(명승): 명류名流. 명사名士.

13 南山虎(남산호): 서한의 명장 이광李廣을 가리킨다. 이광은 장군 직에서 물러나 평민으로 살 때 종남산終南山 남전藍田에서 사냥을 하였고 일찍이 맹호를 쏘았다.

14 富民侯(부민후): 작위 명칭. 천하를 안정시키고 백성을 부유하게 만든다는 뜻을 담았다. 한 무제가 만년이 되어 그동안 전쟁을 쉬지

않고 벌인 일에 후회하고서는 재상 차천추車千秋를 부민호에 봉하였다.

해설

　양주에서의 전란을 회고하며 이상을 실현할 수 없는 비분을 표현하였다. 상편은 역사적 사실에 대한 회상으로, 17년 전 금나라 군대가 양주까지 내려왔던 일과 자신도 젊은 나이에 군사를 이끌고 내려왔던 사실을 말하였다. 부견은 저족氐族이고, 모돈은 흉노족이고, 불리(탁발도)는 선비족으로, 모두 비한족非漢族의 수령이면서 자신의 부하들에게 살해된 사실로써 완안량이 부하에 살해된 일을 비유하였다. 하편은 현재의 시간으로 돌아와, 자신의 참담한 마음에서 오는 울분과 두 사람에 대한 격려를 나타내었다. 말미의 2구는 일종의 반어反語로, 실지 회복에 뜻이 없이 현실에 안주하는 조정에 대한 비판이다. 역사와 현실을 오가는 빠른 속도감 속에, 내재된 강인한 힘과 울분이 절실한 언어로 표현된 수작이다. 1178년 늦여름, 대리소경으로 있은 지 반년도 안 되어 호북 전운부사湖北轉運副使로 전임되어 임지로 가는 도중 양주에 정박했을 때 지었다.

만강홍滿江紅

― 강을 따라 가며. 양제옹과 주현선에 편지 삼아 보내다江行, 簡楊濟
翁, 周顯先[1]

시내와 산을 바라보니
어쩐지 모두 예전에 본 듯하구나.
아직도 기억하나니 강남과 강북을
꿈속인 듯 두루 다녔지.
아름다운 곳은 곧바로 지팡이를 짚고 가야하니
평생에 나막신을 몇 켤레나 닳아 없애랴.
우스워라, 티끌세상 속에 서른아홉 해가 모두 잘못되었으니
언제나 나그네 신세였네.

오 땅과 초 땅이
동남으로 갈라 나뉘고
영웅이 일어나
조조와 유비에 맞섰더라.
서풍이 모두 불어가버려
이제는 흔적조차 없구나.
누각이 세워졌으나 사람은 벌써 떠나고
전쟁은 그치지 않았는데 머리가 먼저 희어졌구나.
탄식하노니 인간 세상의 희로애락은 번갈아 오는 것
지금이 옛날 같구나.

過眼溪山, 怪都似舊時曾識.[2] 還記得夢中行遍, 江南江北. 佳處徑須携杖去, 能消幾緉平生屐.[3] 笑塵勞三十九年非,[4] 長爲客.

吳楚地,[5] 東南拆. 英雄事,[6] 曹劉敵. 被西風吹盡, 了無陳跡. 樓觀才成人已去,[7] 旌旗未卷頭先白.[8] 歎人間哀樂轉相尋,[9] 今猶昔.

注

1 簡(간): 편지. 여기서는 동사로 쓰였다. 편지를 보내다.

2 怪(괴): 어쩐지. 과연.

3 緉(량): 켤레. 한 쌍. ○ 屐(극): 나막신. 남조 시대에는 나막신 신고 유람하기를 좋아하였다. 동진의 완부阮孚는 나막신을 좋아하여 "일생 동안 몇 켤레의 나막신을 신을지 모르겠구나"未知一生當着幾量屐라고 탄식했다. 『세설신어』「방정」方正 참조.

4 塵勞(진로): 먼지 속의 노고. ○ 三十九年非(삼십구년비): 서른아홉 해의 잘못. 춘추시대 거백옥蘧伯玉은 나이 오십이 되어 사십구 년 동안의 삶이 잘못되었음을 알았다蘧伯玉年五十而有四十九年非고 한다. 『회남자』「원도훈」原道訓 참조.

5 吳楚(오초) 2구: 두보杜甫의 「악양루에 올라」登岳陽樓에 나오는 "오 땅과 초 땅을 동남으로 갈랐고, 하늘과 땅이 밤낮으로 떠 있어라."吳楚東南坼, 乾坤日夜浮.는 구절을 이용하였다.

6 英雄(영웅) 2구: 영웅이 패업을 이루려면 조조와 유비에 필적해야 한다. 조조가 유비를 불러 영웅과 시사에 대해 논할 때 조조가 "지금 천하의 영웅은 그대와 나 조조 둘 뿐이오."今天下英雄, 唯使君與操耳.라고 하였다. 『삼국지』『촉지』「선주전」先主傳 참조. 여기서는 두 사람을 상대하는 손권孫權을 가리키고 있다.

7 樓觀(누관) 구: 전근이 잦아 재략을 발휘할 기회가 없음을 비유했다. 소식의 「정 호조를 보내며」送鄭戶曹에 "누대가 세워졌으나 그대

이미 떠났으니, 사람 일은 본디 어그러질 때 많다네."樓成君已去, 人
事固多乖.라는 구절이 있다.

8 旌旗(정기) 구: 전쟁이 아직 그치지 않았는데 자신은 늙어 중원 수
복을 이루지 못했음을 비유했다.

9 轉相尋(전상심): 돌아가면서 서로 잇다. 교대로 이어지다.

해설

　배를 타고 강 위를 가며 둘러본 풍경과 일어나는 감회를 그렸다.
상편은 익숙한 풍광에서 자신의 평생을 회상하고 산수에 대한 애정을
나타내었다. 예전에 본 듯하다는 것은 처음 강남에 내려올 때를 생각
한 것이고, 꿈속 같다고 말한 것은 자신의 지향과 괴리가 있는 현실과
의 반차를 표현한 것이다. 자신의 서른아홉 해를 모두 부정하는 것은
이러한 실의감을 나타낸 것이다. 하편은 드넓은 산하를 보며 삼국시대
에 조조와 유비에 맞서 겨루었던 손권을 칭송하며, 이러한 인물의 등
장을 희구하였다. 이어서 현실의 상황과 맞지 않는 자신의 처지를 누
각樓觀과 깃발旌旗 2구의 비유로 토로하며, 이러한 불화와 불합不合이
고대에도 마찬가지였다고 스스로 위로하였다. 혼후한 정감에 비장하
고 창량한 풍격의 작품이다. 1178년(39세) 늦여름, 호북 전운부사湖北
轉運副使로 부임하는 도중에 장강을 거슬러 올라가며 지었다.

남향자 南鄕子

방문 밖에서 봄 꾀꼬리 지저귀더니
발을 내리고선 옷소매 단정히 걷어 올리고 걷는구나.
비단 버선 발걸음은 물결 타고 걷는 듯
아리땁구나
때로 웃고 때로 찡그리니 온갖 교태 다 생긴다.

귀 기울여 새로운 노랫소리 들으니
모두가 사공司空이 가르쳐준 것이로다.
오늘 밤 주량이 어찌 적을 수 있으랴
다정다감하여라
박사 초롱에 촛불을 밝게 켜지 말아라.

隔戶語春鶯,¹ 才掛簾兒斂袂行. 漸見淩波羅襪步,² 盈盈, 隨笑
隨顰百媚生.
着意聽新聲, 盡是司空自敎成.³ 今夜酒腸難道窄,⁴ 多情, 莫放
紗籠蠟炬明.⁵

注

1 春鶯(춘앵): 봄 꾀꼬리. 등광명鄧廣銘은 북송 왕선王詵의 가희 이름
   이 전춘앵囀春鶯이므로, 새와 사람을 중의적으로 모두 가리키는 것
   으로 보았다. 때문에 語(어)는 꾀꼬리 지저귀는 소리일 수도 있고,

여인이 말하는 소리일 수도 있다.

2 淩波羅襪步(능파라말보): 비단 버선 걸음으로 물결 위를 걷다. 조식曹植의 「낙신부」洛神賦에 낙수의 여신이 "물결 위를 걸으매 비단 버선에 먼지가 일어난다."淩波微步, 羅襪生塵.는 구절을 이용하였다.

3 司空(사공) 구: 사공이 모두 시킨 일이다. 유우석劉禹錫의 시에 나오는 사공견관司空見慣을 이용하였다. 유우석이 소주 자사였을 때 사공司空을 역임했던 이신李紳이 청하여 술을 마셨다. 연석에서 가기를 불러 흥을 돋웠는데 유우석이 이에 시를 지었다. "궁중의 미녀처럼 곱게 꾸민 머리 모습, 봄바람 불어오듯 「두위낭」을 노래하네. 사공께선 자주 보아 온통 한가한 일이지만, 소주 자사 이내 간장 다 끊어진다오."鬘鬢梳頭宮樣粧, 春風一曲杜韋娘. 司空見慣渾閑事, 斷盡蘇州刺史腸. 『본사시』本事詩 참조.

4 酒腸(주장): 주량.

5 莫放(막방): 막교莫敎와 같다. 시키지 말라.

해설

여인의 자태와 노래하는 모습을 그렸다. 상편은 여인의 모습을 여러 방면에서 묘사하였다. 꾀꼬리처럼 지저귀는 말소리, 발을 내리는 모습, 걸어가는 모양새, 웃고 찡그리는 모습 등을 세세하게 포착하였다. '때로 웃고 때로 찡그리며'隨笑隨顰는 「완계사 —엄자문의 시녀 소소에게」에서 노래한 '찡그리고 웃는 모습 모두 좋으니'宜顰宜笑와 상통하는 표현이다. 하편은 주로 여인의 노래에 대한 묘사로 이루어졌다. 여인의 '새로운 소리'新聲는 모두 주인司空이 짓고 연습시킨 것으로 주인의 마음이 전해진다. 이어서 술을 마시며 여인의 노래를 즐겨 듣겠다는 흥겨움을 말하였다. 말미에서 촛불을 켜지 마라는 것은 노래에 집중하겠다는 뜻으로 보인다. 여기서의 여인은 연석에서의 가기歌伎

로 보인다. 지은 때는 명확하지 않다. 광신서원 본의 순서에 따라 「만
강홍」 다음에 둔다.

남향자南鄉子
— 배에서 꿈을 적다舟中記夢

베개 가엔 노 젓는 소리
삐거덕 삐거덕 잠에 취해 들었네.
꿈속에서 꽃나무 아래 생황과 노랫소리
예전과 같이
푸른 옷소매 아리따운 모습 눈앞에 있었지.

헤어진 후 찌푸린 두 눈썹엔 수심이 어렸고
머뭇머뭇 말하려다 꿈이 깨었네.
기억나는 건 간밤에 달을 원망했던 일
달을 바라보며
사람의 근심은 아랑곳없이 저 홀로 둥글다고 원망했지.

敲枕艣聲邊,¹ 貪聽咿啞聒醉眠.² 夢裏笙歌花底去; 依然, 翠袖
盈盈在眼前.³
別後兩眉尖.⁴ 欲說還休夢已闌.⁵ 只記埋冤前夜月, 相看, 不管
人愁獨自圓.⁶

注

1 敲枕(고침): 베개에 기대다. ○艣(로): 노.
2 咿啞(이아): 삐거덕. 노 저을 때 나는 소리. ○聒(괄): 시끄러운 소리.

3 翠袖(취수): 비췻빛 소매. 여기서는 그러한 옷을 입은 사람. 젊은 여인을 가리킨다.

4 兩眉尖(양미첨): 두 눈썹 끝이 뾰쪽하다. 눈썹을 찡그리다. 시름에 찬 모습을 형용하였다.

5 闌(란): 끝나다. 다하다. 사라지다.

6 不管(부관) 구: 사람은 헤어져 단원團圓을 이루지 못했는데, 달만 홀로 둥글게 되었음을 원망한다는 뜻. 소식의 「수조가두」에 "무슨 일로 오래도록 헤어져 있는데 둥그냐?"何事長向別時圓의 뜻과 같다.

해설

　꿈 속의 정경으로 이별의 시름을 노래했다. 전체는 꿈꾸기 전, 꿈 속, 깨어난 후의 세 부분으로 나누어져 있다. 꿈꾸기 전에는 노 젓는 소리 들으며 뱃전에서 잠에 든다. 꿈속에서는 노랫소리 들리고 꽃 아래인데 예전과 같이 아리따운 모습 그대로이다. 다만 그녀가 무엇인가 말하려다 하지 못했다. 꿈에서 깨어난 후에는 자신의 시름을 쓰며 마감하지 않고 다시 꿈속의 일을 회상하는 쪽으로 방향을 틀었다. 그리고 상대의 시름을 쓰며 동시에 자신의 시름을 표현하였다. 더구나 '바라보니'相看는 꿈속의 그녀가 달을 바라보며 말한 것인지, 그동안 보았던 달을 말하는 것인지, 두 사람이 마주 본 것인지, 작자가 배에서 본 것인지 명확하지 않다. 오히려 이들 사이를 모두 오가며 현실과 몽경夢境을 함께 말하는 듯해 처연하고 아름답다. 1178년 가을 호북 전운부사湖北轉運副使로 부임하는 도중에 장강을 거슬러 올라가다가 배 안에서 꿈을 꾸고 나서 지었다.

남가자南歌子

천 가지 만 가지 한恨
앞에도 산 뒤에도 산.
옆에서 사람들은 내 가마가 넓다 하지만
가마에 가려 그 사람 볼 수 없다는 건 알지 못해요.

오늘 밤 강가의 나무
배는 어느 곳에 대나요?
더워서 어느 때 잠드나요?
만약에 잠 못 들면 누가 부채 부쳐주나요?

萬萬千千恨, 前前後後山. 傍人道我轎兒寬. 不道被他遮得望
伊難.¹
今夜江頭樹, 船兒繫那邊. 知他熱後甚時眠?² 萬萬不成眠後有
誰扇?

注

1 不道(부도): 생각하지 못하다. ○ 伊(이): 그 사람.
2 後(후): 의미 없는 조사.

해설

정인情人을 염려하는 여인의 마음을 그렸다. 상편은 가마를 타고 가는 여인이 수많은 산을 바라보며, 자신과 정인 사이를 가로막고 있기에 '산마다 한'이라고 하였다. 더구나 가마가 폭이 넓어 떠나는 사람을 볼 수 없어 안타깝다고 말하고 있다. 하편은 오늘 밤 다시 배를 타고 가는 정인이 어디에 머무는지, 잠은 언제 자는지, 잠들지 못하면 부채는 누가 부쳐주는지 등 3가지 염려로 온통 정인에 마음을 쏟는 모습을 그렸다. 말미에서 부채를 부쳐주는 사람이 누구인지 물으면서 그동안 자신이 부채를 부쳐주었음을 드러냈다. 민요풍에 구어로 이루어져 천진한 마음이 잘 드러났다. 여인은 누구인지 명확하지 않지만 신기질의 시첩일 수도 있으며, 시인은 상대의 입장에서 그 마음을 그렸다. 1178년 가을 호북 전운부사로 부임하는 도중에 지은 것으로 보인다.

서강월西江月

— 강을 따라가다 채석기 강변에서, 장난삼아 「어부사」를 짓다江行采石岸, 戲作漁父詞[1]

천 길 높은 벼랑은 비취를 깎아 세운 듯 하고
강에 떨어지는 해는 황금이 녹는 듯하다.
오가는 흰 갈매기 본래 무심하니
무엇을 상관하랴, 풍파에 맡긴 것을.

포구에 살찐 생선은 회 쳐 먹기 좋고
앞마을 술은 맛이 좋아 연거푸 따라 마신다.
천 년의 지난 일이 이미 깊게 묻혔으니
흥망을 논한들 무슨 소용 있으랴?

千丈懸崖削翠, 一川落日鎔金.[2] 白鷗來往本無心, 選甚風波
一任.[3]

別浦魚肥堪鱠, 前村酒美重斟. 千年往事已沉沉,[4] 閑管興亡
則甚?[5]

注

1 采石(채석): 채석기采石磯. 우저기牛渚磯라고도 한다. 지금의 안휘
  성 마안산시馬鞍山市 서남 채석강采石江 강변에 강을 향해 돌출해
  있는 작은 산. 이백이 노닐었던 곳으로도 유명하다. 장강의 동단

가운데 이곳의 강폭이 가장 좁아 나루터가 있었고, 역대로 남북 사이의 전쟁 때 이곳에서 강을 건너는 경우가 많았다. 195년 손책孫策이 강을 건너 유요劉繇를 공격했고, 279년 왕혼王渾이 군사를 이끌고 이곳을 건너 동오를 공격했고, 548년 후경侯景이 강을 건너 건강으로 향했고, 589년 한금호韓擒虎가 군사를 이끌고 여기를 건너 진나라를 격파했고, 974년 조빈曹彬이 강을 건너 남당을 격파했고, 1161년 우윤문虞允文이 내려오는 금나라 황제 완안량의 군대도 이곳에서 격파했다.

2 落日鎔金(낙일용금): 떨어지는 해가 황금이 녹는 듯하다. 석양을 형용하였다.

3 選甚(선심): 무엇을 논하는가. 무엇을 상관하는가. ○ 風波一任(풍파일임): 풍파에 맡기다.

4 千年往事(천년왕사): 천 년 동안의 옛 일.

5 則甚(칙심): 무엇을 하는가.

채석기를 바라보며 고금의 흥망을 생각하였다. 장지화張志和의 「어부사」에 "서새산 앞에 백로가 날고"西塞山前白鷺飛는 바로 이곳을 가리키므로, 신기질은 「어부사」를 연상하고 지었다. 또 풍파가 심하다는 이미지는 이백李白의 「횡강의 노래」横江詞에 "그대는 지금 무슨 일로 건너오? 이런 풍파 앞에선 아무도 갈 수 없다오!"郞今欲渡緣何事? 如此風波不可行!라는 시구에서 나온 듯하다. 상편은 채석기에서 풍파가 높다 해도 자연에 내맡겨야 한다고 하였다. 이는 곧 자신의 처지를 대하는 비유로도 보인다. 하편은 어부의 낙천적인 생활과 탄식을 그렸다. 채석기는 강폭이 좁아 역사적으로 나라의 흥망이 달린 수많은 전란이 오간 곳으로, 비록 흥망을 논한다 해도 이미 지난 일이어서 아무 소용 없다고 했다. 그러나 그 이면에는 남송이 강남으로 내려온 일에 대한 무한한 아쉬움을 감추고 있다. 1178년 가을 호북 전운부사로 부임하는 도중에 지었다.

파진자破陣子

— 범남백의 생일을 축하하며. 이때 범남백은 장남헌으로부터 노계 현령으로 초빙 받았으나 머뭇거리며 가지 않기에 이 사를 지어 격려한다爲范南伯壽. 時南伯爲張南軒辟宰盧溪, 南伯遲遲未行, 因作此詞勉之[1]

범증范增은 유방이 준 쌍 옥배를 땅바닥에 내던지고 떠났고
범려范蠡는 서시를 데리고 조각배에 돛 달고 떠났지.
천고의 영웅은 이와 같으니
만 리 멀리 나가 공명 세우기를 놓치지 말라.
군왕의 삼백 주州가 그대를 기다리니.

제비와 참새가 어찌 기러기와 고니의 뜻을 알랴
초선관은 원래 투구에서 나왔으니.
노계盧溪가 됫박만 하다고 오히려 웃지만
소 잡는 큰 재주를 시험해보지 않으려나?
그대에게 쌍 옥배 주며 생일을 축하하네.

擲地劉郞玉斗,[2] 掛帆西子扁舟.[3] 千古風流今在此, 萬里功名莫放休.[4] 君王三百州.[5]
燕雀豈知鴻鵠,[6] 貂蟬元出兜鍪.[7] 却笑盧溪如斗大,[8] 肯把牛刀試手不?[9] 壽君雙玉甌.[10]

注

1 范南伯(범남백): 범여산范如山. 남백南伯은 자. 형대邢臺 사람으로 신기질의 처남. ○ 張南軒(장남헌): 장식張栻. 남헌은 자. 항금抗金 명장 장준張浚의 아들. 당시 형호북로荊湖北路 전운부사轉運副使였다. ○ 辟宰(벽재): 지현知縣(현령)으로 초빙하다. ○ 盧溪(노계): 지금의 호남성 노계瀘溪.

2 擲地(척지) 구: 홍문연에서 항우가 범증의 권고를 듣지 않고 유방을 살려 보내자, 범증이 화가 나 유방이 자기에게 준 한 쌍의 옥배를 바닥에 내동댕이치고 떠났다. 『사기』「항우본기」 참조. ○ 劉郞(유랑): 유방劉邦을 가리킨다.

3 掛帆(괘범) 구: 범려가 오나라를 격파한 후 서시를 배에 태우고 함께 강호를 떠돈 일을 가리킨다. 앞의 「모어아」 참조.

4 休(휴): 조사. 의미가 없이 어조만 나타낸다.

5 三百州(삼백주): 샘백 개의 주州. 송나라의 강역을 나타낸다. 『송사』「지리지」에 의하면 북송 말기 선화宣和 연간의 통계에서는 경부京府 4, 부府 30, 주州 254, 감監 63으로 합계 351이다. 여기서는 남송과 북송을 합친 개념이다.

6 燕雀(연작) 구: 『사기』「진섭세가」陳涉世家에 "제비와 참새가 어찌 홍곡의 뜻을 알리오"燕雀安知鴻鵠之志哉!란 말에서 유래했다.

7 貂蟬(초선): 초선관. 고관을 가리킨다. ○ 兜鍪(두무): 병사의 투구. 이 구는 남제南齊의 주반룡周盤龍이 만년이 되어 변경에서 물러나와 산기상시가 되었을 때, 황제가 "경은 투구는 어디 두고 초선관을 썼나?"라는 농담에 대해 "이 초선관은 투구에서 나왔습니다"此貂蟬從兜鍪中出耳고 한 데서 유래했다. 『남제서』「주반룡전」 참조.

8 如斗大(여두대): 됫박만하다. 노계의 땅이 됫박만한 크기이다. 지극히 작음을 형용하였다. 『남사』「종각전」에 종각宗慤이 "내 나이 육

십이 되어 됫박만한 주州 하나 얻었다.″我年六十, 得一州如斗大.고 한
말이 있다.

9 牛刀(우도): 소 잡는 칼. 큰 재주를 비유한다. 공자가 "닭 잡는 데
어찌 소 잡는 칼을 쓰랴″割鷄焉用牛刀고 했다. 『논어』「양화」陽貨 참조.

10 玉甌(옥구): 옥으로 만든 술잔. 이 구는 생일 선물로 쌍 옥배를 준
다는 뜻이다.

해설

부제에서 말했듯이 처남인 범남백의 생일을 축하하고 격려하였다.
첫 2구에서 범씨范氏 성의 두 역사 인물을 제시하여 결단을 재촉하였
다. 범증과 범려의 전고가 지금 범남백이 지현(현령)으로 부임하는 결
정과 긴밀히 연관되지는 않지만 결단을 내린다는 점에서는 유사한 점
이 있다. 하편에서는 비록 큰 공업이라도 처음에는 작은 데에서 출발
함을 여러 전고를 인용하여 면려하였다. 말미에서 결정을 미루고 있는
처남에게 옥배를 선물함으로써, 범증과 마찬가지로 결단을 내리기를
권하였다. 1178년 호북 전운부사로 재임할 때 지었다.

임강선臨江仙
— 장모의 생신을 축하하며爲岳母壽[1]

사람들은 모두 아나니, 현세의 보살이요
신선의 풍골과 정신이 있음을.
산처럼 오래 살고 구름처럼 복 많이 받으소서.
황제께선 금화능라지에 탕목읍湯沐邑을 써서 내리시고
비단 입은 손자들은 목마 타고 노는구나.

다시 원하오니 태평시대에 즐거운 일 많기를
모두들 축복을 내려주시길 간절히 비옵니다.
내년에도 이곳에서 생신을 축원하리니
한 잔 술로 천 세를 축원하고
다시 태부인께 절하옵니다.

住世都知菩薩行,[2] 仙家風骨精神. 壽如山嶽福如雲. 金花湯沐
誥,[3] 竹馬綺羅群.[4]
更願昇平添喜事, 大家禱祝殷勤.[5] 明年此地慶佳辰: 一杯千歲
酒, 重拜太夫人.[6]

注

1 岳母(악모): 장모. 신기질의 장모는 황제의 숙부인 조사경趙士經의
　딸이다. 유재劉宰의 「고공안범대부급부인장씨행술」故公安范大夫及夫

人張氏行述 참조.

2 住世(주세): 현세.

3 金花誥(금화고): 금화능라지金花綾羅紙에 작위를 써서 내린 황제의 고봉誥封. 송대 부인에게 봉할 때 쓰는 사령辭令. 신기질의 장모는 황숙皇叔 조사경趙士經의 딸이므로 상을 받았다. ○ 湯沐(탕목): 탕목읍湯沐邑. 작위를 받은 사람이 조세를 취하는 읍. 원래 주나라 때 제후들에게 내리는, 왕기 안에 거주하고 목욕재계의 특혜를 하사한 읍에서 유래했다.

4 竹馬(죽마): 대나무를 가랑이 사이에 끼워서 말로 삼은 것. ○ 綺羅(기라): 비단 옷. 여기서는 손자들을 가리킨다.

5 禱祝(도축): 신에게 축복을 빌다. ○ 殷勤(은근): 충심으로. 배려 깊은 마음으로. 간절히.

6 太夫人(태부인): 원래 한대에는 후작의 모친을 가리켰으나, 나중에는 관료의 모친을 가리켰다.

해설

장모 조씨의 생신을 축하하였다. 신기질의 장인은 범방언范邦彦이고 장모는 황숙皇叔 조사경趙士經의 딸 조씨이다. 첫 2구에서 현세의 보살이자 선녀라고 칭송하고, 이어서 수복강녕壽福康寧을 기원하였다. 위로는 황제로부터 탕목읍을 하사받고 아래로는 비단 옷 입은 아이들이 노는 모습으로 집안의 즐겁고 복스러운 모습을 그려냈다.

모어아摸魚兒

— 순희 연간 을해년, 호북 전운부사에서 호남 전운부사로 전임하게 되자, 동료 왕정지가 소산정에 주연을 차려주기에 짓다淳熙己亥, 自湖北漕移湖南, 同官王正之置酒小山亭, 爲賦[1]

몇 차례의 비바람을 어찌 더 견뎌낼 수 있으랴?

봄은 총총히 또 지나가는데.

꽃이 일찍 핀다고 늘 아쉬워하며 봄을 아꼈는데

더구나 이제 붉은 꽃잎마저 무수히 떨어지는구나.

봄아 잠시 머무렴

듣자하니 하늘 아래 어디든 풀이 우거져 돌아갈 길도 없다더라.

원망스럽게도 봄은 말없이 돌아가버렸구나.

그나마 남아있는 것이라곤

처마의 거미줄

진종일 날아다니는 버들개지를 붙든다.

장문궁의 일

좋은 기약 기대했으나 다시 어그러졌구나.

미인을 질투하는 사람이 있었기 때문이라.

비록 천금을 주고 사마상여의 부賦를 산다고 하더라도

사무치는 이 마음을 누구에게 호소하랴?

그대들 춤추지 마오.

그대들 모르는가, 양귀비와 조비연이 모두 흙먼지 된 것을.

밑도 끝도 없는 시름이 가장 괴로워라.

높은 누대에 올라 난간에 기대지 말지니

석양이 마침

버드나무 애끊는 곳을 비추고 있으려니.

更能消幾番風雨?² 匆匆春又歸去. 惜春長恨花開早, 何況落紅無數. 春且住. 見說道天涯芳草無歸路.³ 怨春不語. 算只有殷勤, 畫簷蛛網,⁴ 盡日惹飛絮.⁵

長門事,⁶ 準擬佳期又誤. 蛾眉曾有人妬.⁷ 千金縱買相如賦,⁸ 脈脈此情誰訴?⁹ 君莫舞. 君不見玉環飛燕皆塵土!¹⁰ 閑愁最苦.¹¹ 休去倚危欄, 斜陽正在, 煙柳斷腸處.

注

1 漕(조): 조사漕司. 조운을 주관하는 전운사를 가리킨다. ○ 同官(동
  관): 동료. ○ 王正之(왕정지): 신기질의 동료이자 친구. 앞의 「수조
  가두」 참조.

2 消(소): 참다. 견디다. 이겨내다.

3 見說道(견설도): 듣자하니.

4 畫簷(화첨): 그림이 그려진 화려한 처마.

5 惹飛絮(야비서): 버들개지가 붙다.

6 長門事(장문사): 한 무제 때 진 황후陳皇后가 장문궁長門宮에 살던
  일. 한 무제가 위자부衛子夫를 총애하게 되자 아들이 없는 진 황후
  가 이를 질투하여 해치려 하였으며, 이 사실이 발각되어 폐위되고
  장문궁에 살게 되었다. 여기서는 황제로부터 버림받은 진 황후로
  필자의 처지를 비유하였다.

7 蛾眉(아미): 누에나방의 촉수觸鬚처럼 가늘게 구부러진 여인의 눈

썹. 미인을 비유한다.

8 相如賦(상여부): 사마상여司馬相如가 지은 「장문부」長門賦. 진 황후
가 황금 백 근으로 사마상여에게 자신의 처지를 써달라고 하여 사
마상여가 「장문부」를 지었다. 무제가 이를 읽고 연민이 일어나 다
시 행차하였다.

9 脈脈(맥맥): 사무치듯 바라보는 모양. 정을 품고 바라보는 모양.
'고시십구수' 중의 「멀고 먼 견우성」迢迢牽牛星에 "찰랑이는 강을 사
이에 두고, 사무치는 눈빛으로 서로 보고만 있네."盈盈一水間, 脈脈不
得語.란 구절이 있다.

10 玉環(옥환): 당 현종의 총비 양귀비의 아명. 735년(17세) 수왕壽王의
비로 책봉된 후, 740년(22세) 현종이 그녀를 여도사로 입적시켜 법
명을 태진太眞이라 하고 태진궁에 거주케 한 후 745년(27세) 환속시
켜 귀비로 삼았다. 안사의 난이 일어나 장안이 함락되자 756년(38
세) 현종을 따라 도주하던 중 마외역에서 사사賜死받았다. ○ 飛燕
(비연): 서한 성제成帝 때의 황후 조비연趙飛燕. 나중에 총애를 읽고
폐위되어 서인이 되었으며, 결국 자살하였다.

11 閑愁(한수): 공연한 시름. 끝이 없는 시름.

해설

지나가는 봄을 슬퍼하고 떠난 군주가 돌아오길 기다리는 궁원사宮
怨詞의 형식으로 자신의 처지와 우국의 정을 기탁하였다. 미인과 향초
로 군자를 비유하는 굴원의 「이소」離騷와 참언으로 총애를 잃은 궁녀
의 시름을 쓴 역대의 궁원시宮怨詩의 전통을 이용하였다. 작품을 짓게
된 동기는 조정의 배척으로 인한 잦은 전임에서 나왔다. 상편은 늦봄
의 풍광을 주로 묘사하면서 봄의 지나감을 아쉬워하고, 봄을 머물게
하려하고, 봄을 원망하였다. 늦봄은 쇠미해가는 남송을 비유하고, 이

를 붙잡아두려는 것도 국세를 만회하려는 안타까움으로 해석할 수 있다. 하편은 주로 인사와 관련된 것으로, 장문궁과 양귀비와 조비연 등의 전고로 진 황후와 같이 총애를 잃고 질투를 받아 비극적인 최후를 마친 운명을 자신의 처지로 비유하여 슬퍼하였다. 처연하고 섬세한 정서 속에 깊은 분노와 뜻을 담은 작품으로 역대로 신기질의 대표작으로 꼽히면서 칭송을 받았다. 1179년(40세) 호북 전운부사에서 호남 전운부사로 전임될 때 동료들과 연석에서 이별하며 지었다.

수조가두 水調歌頭

― 순희 연간 기해년에 호북 전운부사에서 호남 전운부사로 전임하게
되어, 주 총령, 왕 전운부사, 조 태수가 남루에 술자리를 차렸기에,
연석에서 이 사를 지어주며 이별하다淳熙己亥, 自湖北漕移湖南, 周總
領, 王漕, 趙守置酒南樓, 席上留別[1]

무창에서 이별의 버들가지 모두 꺾고
돛을 걸고 소상瀟湘으로 거슬러 올라가노라.
두 해 동안 강가의 새와 물고기들
바삐 오가는 나를 비웃는구나.
부귀는 언제 누릴지 묻지 말지니
중년의 이별은 한스럽고
살쩍은 하얗게 세어 초췌하니
음악으로 슬픔을 씻어낼 뿐이라
얼른 술잔을 돌리게나.

「난정서」를 쓰고
적벽을 노래하며
수놓은 옷은 향기롭구나.
태수의 천 기의 기병과 고취악
한나라 후왕侯王보다 더 풍채가 나는구나.
이별가는 더 노래하지 마오
안타깝게도 유서 깊은 명승지 남루南樓에

청풍명월이 이미 처량하다오.
"집에 있으면 가난해도 좋다"는데
이 말을 한 번 생각해보네.

折盡武昌柳,² 掛席上瀟湘.³ 二年魚鳥江上,⁴ 笑我往來忙. 富貴何
時休問, 離別中年堪恨,⁵ 憔悴鬢成霜, 絲竹陶寫耳, 急羽且飛觴.⁶
　序蘭亭,⁷ 歌赤壁,⁸ 繡衣香.⁹ 使君千騎鼓吹,¹⁰ 風采漢侯王. 莫把
離歌頻唱, 可惜南樓佳處,¹¹ 風月已淒涼. '在家貧亦好',¹² 此語試
平章.¹³

注

1　周總領(주총령): 주사무周嗣武. 포성浦城 사람으로 자는 공보功甫이
　　다. 임천 지현知臨川縣, 태부승太府丞, 제거강서상평사提擧江西常平
　　事, 호북제형湖北提刑, 호광총령湖廣總領, 호부시랑戶部侍郎 등을 역
　　임했다. ○ 王漕(왕조): 바로 앞의 사의 부제에 나오는 왕정지王正之
　　로 보인다. ○ 趙守(조수): 조선괄趙善括. 수守는 태수. 그의 작품
　　가운데 신기질과 화답한 「모어아」摸魚兒 1수가 있다. ○ 南樓(남루):
　　동진 시기 유량庾亮의 남루. 호북 무창의 남안 황곡산黃鵠山 꼭대기
　　에 있는 백운각白雲閣.

2　武昌柳(무창류): 무창의 버들. 동진 때 도간陶侃이 병영에 버들을
　　심게 한 일을 환기한다. 도위 하시夏施가 이를 훔쳐 자신의 집 문
　　앞에 심어두었다. 도간이 이를 보고는 수레를 세우고 물었다. "이는
　　무창 서문 앞의 버들인데 무슨 이유로 이곳에 훔쳐와 심어졌는가?"
　　『진서』「도간전」참조.

3　掛席(괘석): 돛을 걸다. 배가 떠나다. 고대에는 깔고 앉는 자리를
　　돛으로 쓰기도 하였다. ○ 瀟湘(소상): 소수와 상수. 모두 호남성의

주요 강이다.

4 二年(이년) 2구: 소식의 「상윤 가는 길에 감회가 있어 전당으로 부치며 옛일을 술회하다 5수」常潤道中有懷錢塘寄述古五首 중의 "이 년 동안 새와 물고기와도 온통 친숙해졌으니, 삼월의 꽃과 꾀꼬리를 그대에게 부치네."二年魚鳥渾相識, 三月鶯花付與公. 구절을 환기한다.

5 離別(이별) 3구: 동진 때 사안謝安과 왕희지王羲之의 대화를 환기한다. 사안이 왕희지에게 말했다. "중년이 되면 슬픔이나 기쁨에 마음을 크게 다치는데, 친지나 친구와 헤어질 때는 여러 날 동안 힘들다네." 이에 왕희지가 말했다. "사람이 만년이 되면 자연스럽게 그리 됩니다. 그러니 음악으로 마음을 즐겁게 하여 마음속의 우울함을 쏟아내야 합니다."謝太傅語王右軍曰: "中年傷於哀樂, 與親友別, 輒作數日惡." 王曰: "年在桑楡, 自然至此. 正賴絲竹陶寫." 『세설신어』「언어」言語 참조.

6 急羽且飛觴(급우차비상): 급히 마시다. 연달아 마시다. 연석에서 술잔에 새 깃털을 놓아 가라앉으면 벌주를 주는 방식으로 빠르게 마심.

7 序蘭亭(서란정): 『난정집』에 「서문」을 쓰다. 왕희지가 쓴 「난정집 서문」蘭亭集序을 가리킨다. 친구들이 난정에 모여 곡수유상曲水流觴을 하며 노닌 일을 가리킨다.

8 歌赤壁(가적벽): 적벽을 노래하다. 조조가 적벽에서 '횡삭부시'橫鎙賦詩하며 「단가행」短歌行을 읊은 일을 가리킨다. 소식도 「염노교 —적벽회고」를 비롯하여 「전적벽부」와 「후적벽부」를 지었다.

9 繡衣香(수의향): 수놓은 옷이 향기롭다. 한대에는 시어사侍御史를 '직지사'直指使라 하여 각지에 파견하여 주요한 사건을 처리하게 하였다. 그 신분을 존중한다는 뜻에서 수놓인 옷을 입게 했기에 '수의직지'繡衣直指라 하였다. 송대 제점형옥提點刑獄이 시어사에 해당한다. 주 총령이 호북제형을 맡았기에 말하였다.

10 使君(사군) 구: 고관에게 내려지는 기병과 고취악. 한 악부 「길가의 뽕」陌上桑에 "동방에는 말 탄 사람 천여 명 있는데, 그중에서 제일 앞의 사람이 내 남편이라오."東方千餘騎, 夫壻居上頭.라는 구가 있다. 『후한서』「백관지」百官志에서는 장군에게는 "또 기병 30명 및 고취 악을 하사한다."又賜官騎三十人, 及鼓吹.는 규정이 있다. 송대 제도에 서도 1품부터 3품까지는 고취악이 내려지므로 이 연석에도 고취악 이 있었을 것이다.

11 南樓佳處(남루가처): 동진 때 유량庾亮이 도간陶侃의 후임으로 6주 의 도독으로 무창에 주둔하였을 때의 일화를 말한다. 어느 맑은 가 을 밤 은호殷浩 등 막료들이 남루南樓에 올라가 있었는데, 조금 후 유량이 올라오자 여러 사람들이 일어나 자리를 피하려 하였다. 이에 유량이 천천히 말했다. "제군들 잠시 있게. 늙은이도 이곳에 올라오 니 흥이 가볍지 않다네."諸君少住, 老子於此處興復不淺. 그리하여 은호 등과 이야기를 나누고 시를 읊었다. 『세설신어』「용지」容止 참조.

12 在家(재가) 구: 융욱戎昱의 시 「중추의 감회」中秋感懷에 나오는 "먼 길의 나그네가 돌아가니, 집에 있으면 가난해도 좋아라."遠客歸去來, 在家貧亦好.라는 구절을 환기한다.

13 平章(평장): 품평하다. 논하다.

해설

이별의 자리에서 동료들에게 석별의 정을 나타내었다. 상편은 앞으 로 가야할 호남 지방을 가리키고 그동안의 잦은 전임을 회고하며 깊은 슬픔을 표현하였다. 하편은 연석에 모인 동표들의 풍채를 그리며 다시 오기 어려운 자리를 아쉬워하였다. 말미에서 고향에 대한 그리움을 끌 어와 지금의 이별과 대조시켰다. 1179년(40세) 호북 전운부사에서 호남 전운부사로 전임될 때 동료들과 연석에서 이별하며 지었다.

만강홍滿江紅

― 호남 안무사 왕선자가 호남의 도적을 평정한 것을 축하하며
賀王帥宣子平湖南寇[1]

피리 불고 북 치며 돌아와선

채찍 들고 제갈량과 비교해 어떠한지 묻는다.

사람들 모두 말하길 "오월에 곧장

노수瀘水 건너 적진으로 깊어 들어갔다네.

백우선에 바람이 이니 비휴와 호랑이가 포효하고

청계 가는 길을 끊으니 족제비와 다람쥐가 울었다네.

일찌감치 붉은 먼지 일으키며 기마병 하나 평야에 나타나더니

승전보가 날아왔다네".

독서 삼만 권에

인걸 중에서도 용머리.

그러나 문장의 힘으로는

전혀 얻지 못했지.

그 대신 말 위에서 시서詩書를 읽고

웃으며 적병을 물리쳤지.

내년에는 됫박만큼 큰 금인金印을 차리니

초선관은 본디 투구에서 나온 것.

그대의 공훈을 하늘 높이

오계浯溪의 바위에 새기리라.

笳鼓歸來,[2] 擧鞭問何如諸葛?[3] 人道是匆匆五月, 渡瀘深入.[4] 白羽風生貔虎譟,[5] 靑溪路斷鼪鼯泣.[6] 早紅塵一騎落平岡, 捷書急. 三萬卷, 龍頭客.[7] 渾未得, 文章力. 把詩書馬上,[8] 笑驅鋒鏑. 金印明年如斗大,[9] 貂蟬却自兜鍪出.[10] 待刻公勳業到雲霄, 浯溪石.[11]

注

1 王宣子(왕선자): 왕좌王佐. 선자는 자. 회계 산음山陰 사람이다. 21세 때 진사과에 장원으로 급제했다. 담주潭州 지주를 거쳐 비각수찬秘閣修撰, 집영전 수찬集英殿修撰 등을 거쳐 호남 안무사湖南安撫使를 역임하였다. ○ 帥(수): 송대 행정 구역인 '로'路에 설치된 안무사사安撫使司의 장관을 안무사安撫使 또는 수帥라 하였다.

2 笳鼓(가고): 피리와 북.

3 擧鞭(거편): 채찍을 들다. ○ 諸葛(제갈): 제갈량. 삼국시대 촉나라 재상. 여기서는 왕선자를 비유한다.

4 瀘(로): 노수瀘水. 지금의 운남성 요안현姚安縣에 흐르는 금사강金沙江. 고대인들은 노수가 장기瘴氣가 심해 삼사월에 건너면 사람이 죽고, 오월 이후가 되어야 건너기 안전하다고 생각하였다. 제갈량의 「출사표」出師表에 "오월에 노수를 건너 불모지로 깊이 들어갔습니다."五月瀘渡, 深入不毛.는 말이 있다. 왕선자의 진압 작전이 5월에 시작되었으므로 이에 비유하였다.

5 白羽(백우): 백우선白羽扇. 새의 흰 깃털로 만든 부채. ○ 貔虎(비호): 비휴貔貅와 호랑이. 용맹한 군사를 비유한다. ○ 譟(조): 시끄럽다.

6 靑溪(청계): 강 이름. ○ 鼪鼯(생오): 족제비와 날다람쥐. 농민 봉기군을 가리킨다.

7 龍頭(용두): 용의 머리. 삼국시대 화흠華歆, 병원邴原, 관녕管寧은 함께 공부하며 친했는데, 당시 사람들이 '용 한 마리'一龍라 불렀고,

화음을 용의 머리龍頭, 병원을 용의 배龍腹, 관녕을 용의 꼬리龍尾라
고 하였다. 『삼국지』「화음전」 참조. 여기서는 왕선자를 가리킨다.

8 詩書馬上(시서마상): 말 위에서 시와 문장을 읽다. 서한 초기 육가
陸賈가 수시로 시서詩書를 말하자, 유방이 욕했다. "말 위에서 천하
를 얻으면 될 일이지 어찌 시서를 공부한단 말인가!" 이에 육가가
말했다. "말 위에서 천하를 얻는다 해도, 어찌 말 위에서 천하를
다스리겠소?" 『사기』「역생육가열전」 참조.

9 금인(金印) 구: 금인여두金印如斗의 고사를 가리킨다. 동진 초기 왕
돈王敦이 무창에서 반란을 일으켜 건강이 위태로울 때 유외劉隗가
왕씨 가족들을 모두 죽이려고 하였다. 이에 주의周顗가 왕도王導와
그 가문을 위해 진 원제晉元帝에게 간언하여 왕도가 살 수 있었다.
이때 주의는 왕도가 불러도 응대하지 않고 "올해 도적들을 모두 죽
이고 됫박만한 금인金印을 팔꿈치에 매달고 다녀야지."今年殺諸賊奴,
取金印如斗大繫肘.라고 말하였다. 『세설신어』「우회」尤悔 참조.

10 貂蟬(초선) 구: 남제南齊의 주반룡周盤龍이 만년이 되어 변경에서
물러나와 산기상시가 되었을 때, 황제가 "경은 투구는 어디 두고
초선관을 썼나?"라는 농담에 대해 "이 초선관은 투구에서 나왔습
니다"此貂蟬從兜鍪中出耳고 한 데서 유래했다. 『남제서』「주반룡전」
참조. ○ 貂蟬(초선): 초선관. 고관을 가리킨다. ○ 兜鍪(두무): 병사
의 투구.

11 浯溪(오계): 영주 기양祁陽(호남 기양현) 서남에 있는 강. 이 구는
강가에 높이 솟은 벼랑에 공적을 새기겠다는 뜻이다.

해설

　1179년 5월 왕좌王佐가 호남에서 진동陳峒의 난을 평정한 것을 칭송
하였다. 1179년 정월 침주郴州 의장宜章 사람 진동陳峒이 백성들을 모

아 난을 일으켰다. 보름이 되지 않아 수천 명이 되었고 호남 강화江華, 남산藍山, 임무臨武, 광동 양산陽山 등지를 점령하였다. 조정에서는 3월에 호남 안무사 왕좌에게 군사를 이끌고 진압하라고 명했다. 왕좌는 풍담馮湛 등을 지휘하고, 광동 경략안무사 주자강周自强이 합동하여 싸웠다. 5월 1일 관군이 다섯 방면으로 동시에 진군하여 진압하였다. 하편의 "그 대신 말 위에서 시서詩書를 읽고, 웃으며 적병을 물리쳤지."는 비록 왕좌의 형상을 형용한 것이지만 문무를 겸비한 작자 자신의 이상적인 인물상이기도 하다. 작품은 왕좌의 공을 제갈량이 남만을 평정한 것에 비유하면서 큰 바위에 새겨 둘 만하다고 칭송하였다.

목란화만 木蘭花慢

— 연석에서 흥원 지부 장중고를 보내며 席上送張仲固帥興元[1]

한중漢中에서 한漢나라가 나라를 열었으니
묻노니 그대 가는 곳이
그곳이 아닌가?
생각건대 당시 검으로 삼진三秦을 가리키며
군왕 유방은 득의양양하여
전투를 치르며 동으로 갔었지.
소하가 한신을 쫓아가 데려온 일 지금은 보이지 않으니
다만 산천을 바라보며 눈물로 옷을 적신다.
석양에 오랑캐 먼지 여전한데
서풍 속 강남의 말들은 헛되이 살만 찌누나.

장량은 책 한 권으로 제왕의 군사軍師가 되었으니
그대도 서쪽으로 가 능력을 시험해보게.
황망히 이별의 연석에서
총총히 떠나면
시름은 깃발에 가득하리라.
그대 나를 그리워하며 고개 돌려 보면
마침 가을 강에 기러기 날아돌아오는 게 보이리라.
수레바퀴에 네 개의 뿔이 생기게 할 수 없으니
허리띠 헐거워지는 걸 어쩔 수 없구나.

漢中開漢業,² 問此地, 是耶非? 想劍指三秦,³ 君王得意, 一戰東歸. 追亡事今不見,⁴ 但山川滿目淚沾衣.⁵ 落日胡塵未斷, 西風塞馬空肥.

一編書是帝王師.⁶ 小試去征西. 更草草離筵, 匆匆去路, 愁滿旌旗. 君思我回首處, 正江涵秋影雁初飛. 安得車輪四角,⁷ 不堪帶減腰圍.

1 張仲固(장중고): 장견張堅. 중고仲固는 자字이다. 진사과에 급제한 후 강남서로 전운판관, 홍원부 지부, 호부랑중, 사천 총령 등을 역임했다. ○ 興元(흥원): 『우공』禹貢에선 양주梁州라 하였으나, 진한 이래 한중漢中이라 하였다. 송나라가 서촉을 멸한 후 흥원부興元府로 승격시켰다. 이주동로利州東路의 속한다.

2 漢中(한중) 구: 한 고조 유방劉邦이 한중을 근거로 하여 한나라를 개창한 일을 가리킨다.

3 三秦(삼진): 지금의 섬서성 지역. 항우가 동진하는 유방을 막기 위해 관중을 셋으로 나누어, 항복한 진나라 장수 장한章邯, 사마흔司馬欣, 동예董翳를 각각 왕으로 세웠기에 여기에서 '삼진'三秦이 유래했다. 유방은 삼진을 멸망시키고 관중을 통일했다.

4 追亡事(추망사): 소하蕭何가 한신韓信을 쫓아간 일을 가리킨다. 한신이 처음에 유방에게 중용을 받지 못하자 화가 나 떠났다. 이에 소하가 밤을 이어 한신을 추격하여 데려와 유방에게 적극 추천하였다. 『사기』「회음후열전」 참조. ○ 今不見(금불견): 한대처럼 인재를 중시한 일이 지금은 보이지 않는다.

5 但山川(단산천) 구: 이교李嶠의 「분음의 노래」汾陰行에 있는 "산천을 바라보며 눈물로 옷을 적시는데, 부귀와 영화는 얼마나 오래 가

는가?"山川滿目淚沾衣, 富貴榮華能幾時?라는 구절을 환기한다.

6 一編書(일편서): 황석공이 장량에게 준 책을 가리킨다. "장량張良이 하비 다리 위를 한가히 걸어다니다가"良嘗閑從容步遊下邳圯上, 한 노인을 만났다. 노인의 시험에 통과하자 노인은 "한 권의 책"一編書을 내놓으면서 "이 책을 읽으면 왕의 군사軍師가 된다"讀此則爲王者師矣고 하였다. 책은 『태공병법』이었다. 『사기』「유후세가」 참조.

7 車輪四角(차륜사각): 수레바퀴에 네 개의 뿔이 생기다. 수레바퀴가 굴러가지 않기를 바라서 떠나는 사람을 붙잡고 싶은 마음을 나타내었다.

해설

한중으로 떠나는 친구를 보내며 지은 송별사이다. 비록 이별의 아쉬움을 썼지만 그 주지는 시국과 나라에 대한 걱정이다. 상편에선 장중고가 가는 한중으로부터 한나라 초기 개국을 도모하였던 유방과 신하들의 업적을 연상하였다. 한나라에 대한 찬양은 곧 고토 회복에 나서지 않는 남송 조정에 대한 비판이기도 하다. 하편에서는 성씨가 같은 장량을 언급하여 마찬가지로 업적을 이룩할 것을 격려하였다. 작품 말미에서 석별의 정을 나타내었다. 1181년(42세) 강서 안무사江西安撫使 때 지었다.

완랑귀阮郎歸

―뇌양으로 가는 도중 장처보 추관을 위해 짓다耒陽道中爲張處父推官賦[1]

산 앞에 등불이 켜지는 황혼
산머리엔 오가는 구름.
자고새 소리에 잠긴 마을
소상瀟湘의 강가에서 옛 친구 만났어라.

깃부채 흔들고
윤건을 바로 쓰고
젊은 나이에 먼지 일으키며 말을 달렸지.
지금은 초췌하여 「초혼」을 노래하니
유생의 관冠은 신세를 그르치게 하는 일이 많더라.

山前燈火欲黃昏. 山頭來去雲. 鷓鴣聲裏數家村. 瀟湘逢故人.[2]
揮羽扇,[3] 整綸巾. 少年鞍馬塵.[4] 如今憔悴賦招魂.[5] 儒冠多誤身.[6]

注

1 耒陽(뇌양): 지금의 호남성 뇌양현. 송대에는 형호남로荊湖南路의
  형주衡州에 속했다. ○ 張處父(장처보): 미상. ○ 推官(추관): 주군州
  郡 소속의 보조 관원. 일반적으로 군사 업무를 한다.

2 瀟湘(소상): 소수와 상수. 호남성 경내를 흐르는 두 줄기 주요 강.
  소수는 호남성 남부의 구의산九嶷山에서 발원하여 북쪽으로 흐르다

가 영주시永州市 동쪽에서 상수湘水로 들어간다. 뇌양은 마침 상수 강가에 있다.

3 揮羽扇(휘우선) 3구: 장처보의 청년 시절 군대 생활을 묘사하였다. 우선羽扇은 깃부채이고, 윤건綸巾은 청색 깁으로 만든 모자.

4 鞍馬塵(안마진): 말이 먼지를 일으키다. 말을 달리다.

5 招魂(초혼): 초사 중의 「초혼」. 역대로 이 작품은 동한 왕일王逸의 풀이에 따라 송옥宋玉이 굴원屈原의 죽어가는 영혼을 부른 것으로 받아들였다. 그밖에 굴원이 초왕을 애도한 것으로 풀이하기도 한 다. 여기서는 예전을 그리워하며 자신의 혼을 부른다는 뜻으로 쓰 였다.

6 儒冠(유관): 서생의 모자. 서생을 가리킨다. 이 구는 서생은 고지식 하여 세상 물정을 몰라 평생 출세하기 힘들다는 뜻이다. 두보의 시 「위 좌승께 삼가 드리며 22운」奉贈韋左丞丈二十二韻에 "비단 옷 입은 자 가운데는 굶어죽는 사람 없지만, 유생의 관을 쓴 자는 신세를 그르치는 일 많아라."紈袴不餓死, 儒冠多誤身.를 환기한다.

해설

우연히 만난 친구의 삶을 그렸다. 상편은 친구와 만난 소상의 강가 를 서정적으로 묘사하였다. 조용한 강가의 산촌이 한 폭의 그림처럼 그려졌다. 이곳은 또 장처보가 은거하며 살아가는 곳이기도 하다. 하 편은 친구의 청년시절 빼어난 장부의 모습으로 공을 이루기 위해 말 을 달리던 생활을 회상하며 지금의 초췌한 모습과 대조시켰다. 작품 에선 물론 장처보를 그렸지만, 동시대의 일반적인 상황을 개괄하며, 나아가 신기질 자신의 처지까지 포함하고 있다. 1179~1180년 사이에 호남 안무사로 있을 때 지었다. 관할 지역을 순시할 때 우연히 만났 을 것이다.

상천효각霜天曉角

저녁 산은 첩첩이 푸르고
언덕을 휩쓸고 지나가는 서풍은 빠르다.
낙엽이 붉게 물드는 깊은 곳에 있으니
분명 나는
명리를 쫓는 사람이 아니어라.

옥 같은 여인은 여전히 우두커니 서서
푸른 창가에서 원망에 겨워 울리라.
만 리 형양으로 돌아가지 못함이 한스러워
먼저 기러기에 청하여
소식을 부치리라.

暮山層碧.¹ 掠岸西風急. 一葉軟紅深處,² 應不是, 利名客.³
玉人還佇立.⁴ 綠窓生怨泣. 萬里衡陽歸恨,⁵ 先倩雁,⁶ 寄消息.

注

1 層碧(층벽): 층층이 푸르다. 중첩한 청산을 가리킨다.
2 軟紅(연홍): ① 홍진紅塵. 먼지. 번화하고 떠들썩한 도시를 가리킨
   다. ② 연한 홍색
3 利名客(이명객): 벼슬이나 이익을 추구하는 사람.
4 玉人(옥인): 미인. ○ 佇立(저립): 우두커니 서다.

5 衡陽(형양): 지금의 호남성 형양시. 형양의 남쪽에 있는 회안봉回雁峰은 형산 72봉 가운데 최고봉으로, 겨울이면 기러기가 이곳까지 날아와 더 남으로 내려가지 않다가 봄이 되면 다시 북으로 간다고 한다.

6 倩(천): 請(청)과 같다. 청하다.

해설

객지에서 고향과 가족을 그리워하였다. 상편은 떠도는 사람의 입장에서 고향을 그리워하였다. 초가을 저물녘에 산이 첩첩하고 서풍이 부는 곳에서 자신을 돌아보았다. 낙엽이 물드는 깊은 산에 있으니 자신은 분명 공명을 추구하는 사람이 아닌 것이다. 공명도 얻지 못하면서 왜 객지를 떠도는지 반문하고 있는 셈이다. 하편은 여인의 입장에서 형양에 있는 자신에게 소식을 전하는 마음을 그렸다. 마침 기러기도 가을이라 남으로 내려가고 있으니 말이다. 남자와 여인의 시선과 심경이 교차하고 대비되면서, 헤어져 있는 두 사람 뿐만 아니라 두 곳의 공간도 서로를 부르는 듯하다. 1179~1180년 사이에 호남 안무사로 있을 때 지었다.

감자목란화減字木蘭花

— 장사 가는 도중, 벽에 쓴 여인의 글에 한이 배어 있는 듯해, 그 뜻
 을 가지고 짓다長沙道中, 壁上有婦人題字, 若有恨者, 用其意爲賦

두 눈에 눈물 줄줄 흐르니
옛날의 규중이 하늘만큼 멀어라.
가을 달에 봄 꽃
평범한 집안의 여인보다 못해라.

강가의 마을과 산중의 역참
해저물녘 구름처럼 힘이 없어라.
비단에 편지 남몰래 써서
가을바람 다 불도록 서 있건만 전할 사람 없어라.

盈盈淚眼.¹ 往日青樓天樣遠.² 秋月春花.³ 輸與尋常姊妹家.
水村山驛. 日暮行雲無氣力. 錦字偷裁.⁴ 立盡西風雁不來.⁵

注

1 盈盈(영영): 줄줄. 눈물이 그치지 않고 흐르는 모양.
2 青樓(청루): 미인이 거처하는 호화로운 누각. 조식曹植의 「미녀편」
  美女篇에 "청루는 한길 옆에 있고, 높은 문은 겹으로 닫혀있다."青樓
  臨大道, 高門結重關.는 구가 있다.
3 秋月春花(추월춘화): 가을 달과 봄 꽃. 아름다운 시절.

4 錦字(금자): 비단 위에 쓰거나 수놓은 글자. 아내가 남편에게 보낸 편지. 북조의 전진前秦에서 진주 자사秦州刺史 두도竇滔가 유사流沙로 임지가 옮겨졌을 때 그의 처 소혜蘇蕙가 비단으로 짜 만들어 보낸 회문시廻文詩에서 유래했다. 『진서』「열녀전」 참조.

5 雁(안): 기러기. 여기서는 편지를 전하는 사람을 가리킨다. 안서雁書 또는 홍안전서鴻雁傳書의 전고에서 비유로 굳어졌다.

해설

　부제로 보아서는 버림받은 여인을 대신하여 쓴 사이다. 상편은 이전의 상황에 초점을 두어 여인은 원래 좋은 집안에서 자랐지만, 지금은 평범한 집안의 자매들보다 못 하다고 서술하였다. '가을 달에 봄꽃'秋月春花은 규중에서 자라던 아름다운 시절을 의미할 수도 있고, 그렇게 좋은 때조차 평범한 집안보다 못 했으니 다른 계절은 더욱 비참할 것이라는 뜻으로 볼 수도 있다. 하편은 지금의 상황을 그렸다. 여인의 처지는 산촌의 저녁 구름처럼 의지할 곳 없이 무력한데, 그리운 사람에게 편지를 써도 보낼 방도가 없음을 나타내었다. 금석今昔 대비가 뚜렷한 가운데, 여인의 삶과 심경이 자연의 이미지로 선명하게 대조되었다. 짧은 구절로 많은 내용을 연상시키면서, 여인의 불행한 생활과 처지에 깊은 동정을 나타내었다. 1179~1180년 사이에 호남 안무사로 있을 때 지었다.

만강홍滿江紅
—늦봄暮春

봄의 신 동군東君이 원망스러운건
흔적도 없이 봄을 오고 가게 하기 때문.
바라보는 사이 봄날의 삼분의 일이
저도 모르게 가버렸구나.
낮은 길고 날은 따뜻해
붉은 살구꽃이 비처럼 떨어지고
바람이 버들가지를 불어 올린다.
더구나 하늘가 멀리까지 돋아난 방초가 제일 마음을 상하게 하니
지는 햇빛 속에 방초만 파릇파릇 하구나.

상수의 강가
남당南塘의 역참.
한은 끝이 없고
시름은 베를 짜듯 촘촘하고 많아라.
생각해보면 해마다 봄을 지나쳐 버리고
한식을 홀로 대하고 있구나.
비록 돌아온다고 해도 얼마나 머물랴
풍류를 즐기는 마음도 예전 같지 않은 것을.
난간에 기대 바라보니 한 줄로 날아가는 기러기
푸른 하늘가로 사라지는구나.

可恨東君,¹ 把春去春來無迹. 便過眼等閑輸了, 三分之一.² 晝
永暖翻紅杏雨,³ 風晴扶起垂楊力. 更天涯芳草最關情,⁴ 烘殘日.

湘浦岸,⁵ 南塘驛.⁶ 恨不盡, 愁如織. 算年年辜負, 對他寒食. 便
恁歸來能幾許, 風流早已非疇昔.⁷ 憑畫欄一線數飛鴻, 沉空碧.

注

1 東君(동군): 봄을 관장하는 신.
2 便過眼(변과안) 구: 한가하게 바라보니 벌써 삼분의 이가 지나갔
  다. 남당南唐 때 한희재韓熙載가 "복사꽃과 오얏꽃은 흐드러지게 핀
  걸 자랑 말라, 봄바람이 벌써 반이나 지나갔으니."桃李不須誇爛漫, 又
  輸了春風一半.라 노래한 것을 환기한다. ○ 等閑(등한): 등한히. 가볍
  게. 헛되이. 저도 모르게.
3 紅杏雨(홍행우): 붉은 살구꽃이 비처럼 떨어지다. 이하李賀의 「장진
  주」將進酒에 "더구나 봄날에 해는 장차 저무는데, 복사꽃 어지러이
  붉은 비처럼 떨어지네."況是靑春日將暮, 桃花亂落如紅雨.라는 이미지
  가 있다.
4 關情(관정): 관심關心. 마음을 움직이다.
5 湘浦(상포): 상수湘水의 강가. 호남 담주潭州를 가리킨다.
6 南塘(남당): 융흥부의 치소인 지금의 강서성 남창에 있는 동호東湖.
  여기서는 융흥부를 가리킨다. ○ 驛(역): 역참의 정자.
7 疇昔(주석): 예전.

해설

빨리 지나가는 봄을 아쉬워하였다. 상편은 주로 떨어지는 붉은 살
구꽃과 휘날리는 바람 속의 버들가지 이미지로 늦봄의 풍광을 그리면
서 그 총망한 소멸을 그렸다. 하편은 주로 헤어져 있는 '한'恨과 '시름'

愁을 말하였다. 말미에서 기러기가 사라지는 풍경에서 편지가 오지
않는 아쉬움을 간접적으로 나타내었다. '상수'와 '남당'으로 보아 두 지
역 사이를 이동하는 1181년(42세) 늦봄 융흥부隆興府 지부로 갈 때 지
은 것으로 보인다.

만강홍滿江紅

이별의 시름을 두드려 부수는 듯
사창 밖 푸른 댓잎이 바람에 흔들리는구나.
사람이 떠난 뒤 퉁소 소리도 끊기어
누대 난간에 기대 홀로 섰어라.
두 눈 가득 춘삼월 저물어가는 풍경을 견디기 어려운데
머리 들면 어느새 산마다 다 푸르구나.
다만 부쳐온 편지를 들고
처음부터 다시 읽는다.

그립다는 글자는
편지에 가득하건만
그리워하는 마음은
언제 가득 채워지려나?
비단 옷깃에 점점이 떨어지더니
구슬 같은 눈물이 한 움큼 가득하구나.
봄풀은 돌아오는 나그네길 덮지 않았는데
늘어진 버들이 헤어진 사람의 눈을 가리는구나.
가장 가슴 저리는 것은 황혼에 달이 뜰 때까지
굽이진 난간에 한없이 서있는 거라네.

敲碎離愁, 紗窗外風搖翠竹. 人去後吹簫聲斷,[1] 倚樓人獨. 滿眼
不堪三月暮, 擧頭已覺千山綠. 但試把一紙寄來書, 從頭讀.

相思字, 空盈幅; 相思意, 何時足. 滴羅襟點點, 淚珠盈掬.[2] 芳草
不迷行客路, 垂楊只礙離人目. 最苦是立盡月黃昏, 欄干曲.

注

1 吹簫聲斷(취소성단): 통소 소리 끊어지다. 진 목공의 딸 농옥弄玉이
   통소를 잘 부는 소사簫史에게 시집가서, 나중에 함께 봉황을 타고
   날아간 이야기를 환기한다. 통소 소리가 끊어졌다는 것은 정인이
   떠났음을 비유한다.
2 盈掬(영국): 손에 가득 쥐다.

해설

여름 날 규중의 여인이 멀리 나간 사람을 그리워하는 내용이다. 첫
구에 있는 '이별의 시름'離愁이 사의 주제이다. 처음에 '두드려 부순다'
는 돌발적인 시작부터 말미의 '한없이 서있는'立盡 이미지까지 규중 여
인의 정감을 섬세하게 포착하였다. 이러한 제재와 정서는 동한 말기
'고시십구수'부터 시작하여 역대로 계속 지어졌고, 송사에서는 유영柳
永과 진관秦觀에서 절정을 이루었다. 신기질 역시 이에 못지않은 높은
수준을 보여준다. 작사 시기는 명확하지 않으나, 광신서원 본의 순서
에 따라 여기에 둔다.

만강홍滿江紅

신풍新豊의 지친 나그네
담비 가죽옷 헤지도록 먼지 길을 다녔지.
석 자 길이 청사검靑蛇劍을 두드리며
높이 부르던 노래를 누가 이어서 부르고 있나?
영웅이 강남에서 늙어가는 걸 돌보지 않는데
그를 쓰면 나라가 강해질 터.
탄식하노니 만 권을 읽은 학식에 군주를 보좌할 사람이
오히려 초야에 파묻혀 있구나.

탄식을 멈추고
영록주醽醁酒를 마셔야 하리.
사람은 늙기 쉽고
즐거움은 만족하기 어려운 것.
옥 같은 여인이 나를 아껴
노란 국화를 머리에 꽂아주네.
포승줄을 청해 만호후萬戶侯를 얻으려는 생각 잠시 버려두고
모름지기 검을 팔아 누런 송아지를 사야 하리.
어찌하여 당시에 적막했던 가의賈誼는
시대를 슬퍼해 울었던가!

倦客新豐,¹ 貂裘敝征塵滿目.² 彈短鋏靑蛇三尺,³ 浩歌誰續? 不念英雄江左老,⁴ 用之可以尊中國.⁵ 歎詩書萬卷致君人,⁶ 翻沉陸.⁷

休感慨, 澆醽醁.⁸ 人易老, 歡難足. 有玉人憐我, 爲簪黃菊. 且置請纓封萬戶,⁹ 竟須賣劍酧黃犢.¹⁰ 甚當年寂寞賈長沙,¹¹ 傷時哭.

注

1 倦客(권객) 구: 당대 초기 마주馬周가 아직 무명이었을 때 신풍에서 객거한 일을 가리킨다. 사람들이 거들떠보지도 않자 태연히 술을 두 되 가까이 마시니 사람들이 기이하게 보았다. 나중에 태종의 인정을 받아 감찰어사가 되었다. 『신당서』「마주전」 참조.

2 貂裘敝(초구폐): 담비 가죽이 닳아지다. 전국시대 소진蘇秦이 뜻을 얻지 못하였을 때 조나라의 이태李兌가 흑담비 가죽옷을 주었기에, 이를 입고 진왕에게 유세하러 갔다. "상서를 열 번이나 올려도 채납되지 못하였는데, 그 동안 담비 가죽옷은 헤어졌고 황금 백 근은 다 써버렸다."書十上而說不行, 黑貂之裘敝, 黃金百斤盡. 『전국책』「진책」秦策 참조.

3 彈短鋏(탄단협): 짧은 칼자루를 두드리며 노래하다. 전국시대 제나라의 풍환馮驩이 맹상군孟嘗君의 식객으로 있으면서 대우가 낮을 때마다 칼자루를 치고 노래 부른 일을 가리킨다. 『전국책』「제책」齊策 참조. ○ 靑蛇三尺(청사삼척): 세 자나 되는 긴 청사검靑蛇劍. 청사검은 보검의 일종.

4 江左老(강좌로): 강좌에서 늙어가다. 강좌는 강동. 지금의 화동 지역. 여기서는 강남을 가리킨다.

5 尊中國(존중국): 중국의 지위를 높이다.

6 歎詩書(탄시서) 구: 두보의 「위 좌승께 삼가 드리며 22운」奉贈韋左丞丈二十二韻에 나오는 "책을 읽어 만 권을 독파하고, 글을 쓰면 신

이 도와주는 듯했어라. …군주를 보좌하여 요순보다 더 낫게 만들고, 게다가 풍속을 순박하게 할 생각이었어라."讀書破萬卷, 下筆如有神. …致君堯舜上, 再使風俗淳.를 환기한다.

7 翻(번): 거꾸로. 반대로. ○ 沉陸(침륙): 육침陸沉. 은거하다.

8 澆(요): 물을 대다. 여기서는 마시다. ○ 醽醁(영록): 유명한 술 이름.

9 請纓(청영): 밧줄을 달라고 청하다. 『한서』「종군전」終軍傳을 보면, 서한의 종군終軍이 남월南越(지금의 광동성 지역에 있었던 나라)에 사신으로 갈 때 한 무제에게 "원컨대 긴 밧줄을 주시면 반드시 남월의 왕을 묶어 대궐 아래 데려 오겠습니다."願受長纓, 必羈南越王而致之闕下.고 하였다.

10 賣劍酧黃犢(매검수황독): 검을 팔아 누런 송아지를 사다. 공수龔遂의 '매검매우'賣劍買牛 고사를 가리킨다. 서한 선제 때 공수가 일흔이 넘은 연로한 나이임에도 발해 태수로 부임하여 기황이 들고 도적이 들끓는 곳을 잘 다스렸다. 이때 그는 "백성 중에 도검을 가지고 있으면, 검을 팔아 소를 사게 하고 칼을 팔아 송아지를 사게 하였다."民有帶持刀劍者, 使賣劍買牛, 賣刀買犢. 『한서』「공수전」참조. ○ 酧(수): 酬(수)와 같다. 사다.

11 賈長沙(가장사): 장사로 폄적된 가의賈誼. 서한 초기 가의는 문제文帝에게 올린 「정사를 진술한 소」陳政事疏에서 당시의 정세에 대해 "통곡할만한 것이 하나이고, 눈물을 흘릴만한 것이 둘이고, 장탄식할만한 것이 여섯."可爲痛哭者一, 可爲流涕者二, 可爲長太息者六.이라고 하였다. 그러나 대신들의 반대에 부딪쳐 건의는 실행되지 못했고, 결국 장사왕 태부로 폄적되었다.

[해설]

능력과 포부가 있으나 뜻을 이루지 못한 아쉬움과 비분을 나타내었다. 상편은 직접적으로 불평을 쏟아내었다. 처음부터 마주, 소진, 풍환의 사례들을 차례로 연관시켜 '소리 높은 노래'浩歌를 부르고, 강남에서 늙어가는 영웅과 은거하는 능력자를 탄식하였다. 하편은 그러한 영웅을 간접적으로 위로하였다. 술과 만족을 찾고 옥 같은 여인에게 위안을 받아보고, 또 농사일에 마음을 써본다. 그러나 끝내 가의가 호소했던 현실의 문제들을 외면할 수 없다. 뜻을 추구하자니 길이 없고, 뜻을 버리자니 현실이 있어 갈등하는 고뇌와 울분이 잘 어우러져 있다. 이 작품은 신기질 자신의 처지를 말할 수도 있고, 친구의 실의를 위로하며 함께 비분을 나타낸 것일 수도 있다. 제작 시기는 명확하지 않으나, 여기서는 광신서국 본의 편차에 따른다.

만강홍滿江紅

바람이 뜰의 벽오동나무를 휘몰아쳐서
노란 잎 떨어지니 물에 씻은 듯 시원하구나.
웃으며 국화꽃 꺾어 함께 완상하며
꽃술을 비비며 향기를 맡았었지.
하늘 멀리 보아도 보이지 않으니 시선을 거두고
높은 누대 내려가려다 다시 난간에 기대네.
가슴 가득 적막함 쓸어내며 눈물을 뿌리나
알아주는 사람 없어라.

고금의 한
황폐한 보루에 묻혔고
기쁘고 슬펐던 일
강물 따라 흘러갔다.
젊었을 적 누대에 오르던 일 생각하니
지금 초췌한 내 모습 견디기 어렵구나.
시선 멀리 안개 속 가로 누운 산 몇 점
담담한 달빛 아래 외로운 쪽배, 사람은 천 리 밖에 있어라.
고운 달 마주하고 이별의 시름 말하리라
금 술잔 앞에 놓고.

風捲庭梧, 黃葉墜新涼如洗. 一笑折秋英同賞,[1] 弄香挼蘂.[2] 天遠難窮休久望, 樓高欲下還重倚. 抃一襟寂寞淚彈秋,[3] 無人會.

今古恨, 沉荒壘. 悲歡事, 隨流水. 想登樓靑鬢,[4] 未堪憔悴. 極目煙橫山數點, 孤舟月淡人千里. 對嬋娟從此話離愁,[5] 金尊裏.

해설

가을날 헤어지며 '이별의 시름'離愁을 나타낸 송별사이다. 상편은 먼저 이별의 시간과 장소를 말하고, 헤어질 때 국화꽃을 함께 완상하는 모습을 그렸다. 이어서 헤어진 후 마음이 상할까 멀리 바라보지 말고 내려올 때도 천천히 내려오라는 세세한 당부를 듣는다. 이별의 슬픔에 눈물을 뿌리지만 마음을 알아주는 사람이 없다. 하편은 만남과 이별, 슬픔과 기쁨이 고금에 공통되는 일임을 나타내어 스스로 위로하였다. 슬픔으로 초췌해질까 두려워하면서도 누대에 올라 멀리 떠난 사람의 향방을 찾아 바라본다. 말미에서는 술잔에 비친 달빛을 바라보며 '이별의 시름'을 호소하였다. 깊은 이별의 정을 나타내었다.

하신랑賀新郎

버들 우거진 강가의 뱃길.
봄을 보낸다고 폭풍우 몰아치더니
한바탕 신록이 우거졌구나.
천 리 소상瀟湘의 강물이 포도빛깔로 불어나니
사람은 뱃줄을 풀고 떠나려 하네.
돛대의 제비들은 사람에게 더 머물라고 지지배배 지저귀네
나는 듯 다가온 거룻배엔 선녀 같은 가녀歌女가 있어
내가 새로 지은 가사로 '타화한'을 노래한다.
그러나 강물은 화살처럼 빠르고
출발을 재촉한다.

황릉사黃陵祠 아래 무수한 산들.
상비湘妃가 뜯는 슬瑟 곡조 끝나니
그대는 누구 때문에 마음 아플까.
동오東吳 지방에 이르면 봄이 저물고
마침 강폭도 넓어지고 조수도 잔잔해 건너기 좋으리라.
도성의 궐문 위 황금 봉황이 춤추는 걸 바라보고,
저번의 유랑劉郎이 지금 다시 왔으니
현도관玄都觀에 수많은 복사꽃이 아직도 있는지 물으리라.
그대 때문에 생기는 수심을
비파 현으로 쏟아내네.

柳暗淩波路.¹ 送春歸猛風暴雨, 一番新綠. 千里瀟湘葡萄漲,²
人解扁舟欲去. 又檣燕留人相語. 艇子飛來生塵步,³ 唾花寒唱我
新番句.⁴ 波似箭, 催鳴櫓.

黃陵祠下山無數.⁵ 聽湘娥泠泠曲罷,⁶ 爲誰情苦. 行到東吳春已
暮, 正江闊潮平穩渡. 望金雀觚稜翔舞.⁷ 前度劉郎今重到,⁸ 問玄
都千樹花存否. 愁爲倩, 么絃訴.⁹

注

1 淩波路(능파로): 물결 위를 가는 길. 뱃길.

2 瀟湘(소상): 소수와 상수. 호남성에 소재한 두 강줄기. ○ 葡萄(포
  도): 포도빛깔. 짙푸른 물빛을 가리킨다.

3 生塵步(생진보): 먼지가 일어나는 발걸음. 여자의 가볍고 아름다운
  걸음걸이를 형용한다. 조식曹植의「낙신부」洛神賦에 낙수의 여신이
  "물결 위를 걸으매 비단 버선에 먼지가 일어난다."淩波微步, 羅襪生
  塵.는 구절이 있다.

4 唾花寒(타화한): 신기질이 지은 사의 한 구절로 보인다. ○ 番(번):
  翻(번)과 같다. 예전의 악보에 새 가사를 쓰다.

5 黃陵祠(황릉사): 황릉묘黃陵廟 또는 이비사二妃祠라고도 한다. 호남
  상담시湘潭市 북쪽 45리, 상수가 동정호로 들어가는 곳의 황릉산 아
  래에 순 임금의 두 비인 아황과 여영의 사당이 있다.

6 湘娥(상아): 상수의 여신. 요 임금의 두 딸이자 순 임금의 두 비인
  아황과 여영을 가리킨다. ○ 泠泠(영령): 찌렁찌렁. 맑고 높은 소리
  를 나타내는 의성어.

7 金雀(금작): 황금색 봉황. ○ 觚稜(고릉): 궁궐 지붕의 모퉁이에 돌
  아가는 부분의 꺾어진 모서리.

8 前度(전도) 2구: 유우석劉禹錫이 현도관에서 복사꽃을 노래한 전고

를 가리킨다. 유우석이 영정 개혁으로 폄적되어 10년 만에 장안으로 돌아와 현도관玄都觀에 들렀다. 마침 복사꽃이 피어「꽃을 구경하는 여러 군자에게」贈看花諸君子라는 시를 지어서 "현도관의 복숭아나무 천 그루, 모두가 유랑이 떠난 후에 심었네.玄都觀裏桃千樹, 盡是劉郞去後裁.라고 노래하였다. 조정의 집권자들이 이를 조롱하는 것으로 여기고 다시 지방으로 좌천시켰다. 유우석은 다시 14년 후에 장안에 돌아왔다. 현도관을 들러 둘러보니 황량하기만 해서「다시 현도관에서 노닐며」重遊玄都觀라는 시를 지었다. "복숭아 심은 도사는 어디로 갔나, 저번의 유랑이 지금 다시 돌아왔네."種桃道士歸何處, 前度劉郞今又來. 맹계孟棨『본사시』本事詩 참조.

9 么絃(요현): 비파의 네 번째 현으로, 현 중에서 가장 가늘다.

해설

담주潭州에서 수도 임안으로 떠나는 친구를 보내며 석별의 정을 나타낸 송별사送別詞이다. 상편은 담주의 강가에서 헤어지는 때와 장소를 그렸다. 버들이 푸르러지고 강물이 포도빛깔로 변하는 때, 떠나는 친구를 붙잡으려 제비도 지저귀고 가녀를 불러 노래도 시켰다. 그러나 친구는 일정 때문에 어쩔 수 없이 떠난다. 하편은 친구가 동정호를 거쳐 장강을 따라 동으로 가서 임안에 이르는 길을 상상하였다. 말미에서는 유우석이 현도관을 방문하여 복사꽃을 노래했듯이, 친구의 처지를 빌려 함께 조정의 정치 상황을 염려하였다. 말미에서 다시 비파로 석별의 정을 나타내었다. 이미지의 운용이 자유롭고 유창하다. 1180년(41세) 늦봄 장사에서 담주 지주 및 호남 안무사로 있을 때 지었다.

수조가두 水調歌頭
— 조경명 지현에 화운하며 和趙景明知縣韻[1]

관아의 일이란 쉽게 끝나지 않으니
잠시 술이나 마시게나.
그대 만약 내가 없으면
그대의 회포를 누구에게 말할텐가?
다만 평소의 울퉁불퉁한 불평일랑 내게 쏟아내고
옆 사람의 조소와 욕은 상관하지 말지니
깊이 칩거하던 벌레가 언젠가 우레소리에 깨어나리라.
나는 스스로 백발이 되었음을 비웃나니
노쇠한 몸을 어디에 둘지 몰라라.

다섯 수레의 책을 읽고
천 말의 술을 마시고
백 편의 시를 쓰는 재주.
그대의 새로 지은 사詞가 아직 안 와도
옥 같은 작품이 먼저 꿈속의 내 가슴에 가득 차는구나.
가을바람 부는 중양절도 이미 지나
잠시 노란 국화를 따니
시흥詩興은 아직 매화와 관련 없다네.
그대가 현縣 가득 꽃을 피우려면
복사나무와 오얏나무를 때맞춰 심어야 하리.

官事未易了,² 且向酒邊來. 君如無我, 問君懷抱向誰開? 但放平
生丘壑, 莫管旁人嘲罵, 深蟄要驚雷.³ 白髮還自笑, 何地置衰頹.

五車書,⁴ 千石飮, 百篇才.⁵ 新詞未到, 瓊瑰先夢滿吾懷.⁶ 已過西
風重九,⁷ 且要黃花入手, 詩興未關梅.⁸ 君要花滿縣,⁹ 桃李趁時栽.

注

1 趙景明(조경명): 조기위趙奇暐. 신기질의 친구이다. 1179~1181년
사이에 호북 강릉 지현으로 재임하였다. ○ 知縣(지현): 현의 수장.
현령. 송대에는 지현이라고 하였다.

2 官事(관사) 구: 이 구는 서진西晉 양제楊濟가 부함傅咸에게 보낸 편
지에서 유래했다. "내가 보기에 그대는 일마다 분명하게 처리하려
고 하오. 그대는 본디 어리석은 사람이라 관아의 일을 완결 지으려
하오. 그러나 관아의 일은 쉽게 완결되기 어려운 것이오."而相觀每事
欲了. 生子痴, 了官事, 官事未易了也. 『진서』「부함전」 참조.

3 深蟄(심칩): 땅속 깊은 곳에서 겨울잠을 자는 동물. 고대인들은 천
둥이 울리면 겨울잠을 자던 동물들이 깬다고 생각하였다. 이 구는
조경명이 다시 출사하리란 사실을 비유하였다.

4 五車書(오거서): 다섯 수레에 실을 정도로 많은 책. 『장자』「천하」天
下에 "혜시의 학설은 다방면에 걸쳐 있고, 읽은 책도 다섯 수레에
쌓을 정도이다."惠施多方, 其書五車.는 말이 있다.

5 百篇才(백편재): 시 백 편을 써내는 재주. 두보의 「음중팔선가」飮中
八仙歌에 "이백은 술 한 말에 시 백 편을 써내려, 장안 저자 술집에
서 술 취하면 잠들고."李白一斗詩百篇, 長安市上酒家眠.라는 말에서 나
왔다.

6 瓊瑰(경괴): 진귀한 보석. 여기서는 사詞를 가리킨다.

7 重九(중구): 구월 구일. 중양절.

8 詩興(시흥) 구: 두보의 시 「배적의 '촉주 동정에 올라 나그네를 보
내며 이른 매화를 보고 생각하다'를 받고 화답하며」和裴迪登蜀州東亭
送客逢早梅相憶見寄에 나오는 "동쪽 정자의 매화가 그대의 시흥을 촉
발했으니, 마치 하손이 양주에서 매화를 노래한 것과 같아라."東閣
官梅動詩興, 還如何遜在揚州.를 이용하였다.

9 花滿縣(화만현): 현에 꽃이 가득하다. 서진의 반악潘岳이 하양령河
陽令이 되었을 때 현의 경내에 온통 오얏꽃과 복사꽃을 심어, 사람
들이 '하양은 온통 꽃'河陽一縣花이라고 한 데서 유래하였다. 하양은
지금의 하남성 낙양시의 동북 황하 북안에 있는 맹현孟縣. 나중에는
'현에 꽃이 가득하다'는 말로 현령의 치적이 훌륭함을 가리켰다.

해설

　조경명 지현(현령)과의 우정을 노래했다. 조경명이 강릉 지현으로
임기를 끝내고 조정으로 들어갈 때, 예장(지금의 남창)으로 돌아가 신
기질을 만났으며, 때문에 잠시 이루어진 만남과 이별에서 이 사가 지
어진 것으로 보인다. 상편은 주로 조경명을 위로하고 자신의 처지에
대한 감개를 썼다. 하편은 조경명의 재능을 칭송하고, 말미에서 정치
적 기대와 함께 후진 육성을 격려하였다. 1180년(41세)에 지었다.

만정방滿庭芳

―홍경백 승상에 화운하며和洪丞相景伯韻[1]

경국지색이 중매가 없고
궁에 들어가서는 질투를 받았으니
예부터 미인은 해를 입어왔지.
그대를 보면 마치 달을 보는 듯해
환한 광채에 뭇별들이 빛을 잃는다.
팔짱을 끼고 고산유수高山流水의 산수를 즐기고
황량한 연못가에서 개구리의 왁자지껄한 울음소리 듣는다.
뛰어난 문장가인 그대는
곤룡포 입은 군주를 보필하고
물풀 무늬와 불꽃 무늬로 종묘 제기를 빛내야 하리.

어리석은 나는 공무를 끝내고도
오 땅의 누에가 제 몸을 칭칭 감듯
스스로 실을 토한다.
다행히 나뭇가지 하나에 대략 깃들어 살며
정원에 오솔길 셋을 만든다.
호숫가 풍월과 약속을 하니
공명에 관한 일을 누구로 하여금 맡아보게 할까?
모든 일 묻지 말 것이라

천고의 영웅도

깨어진 비석처럼 잡초에 묻혔으니.

傾國無媒, 入宮見妬, 古來顰損蛾眉.[2] 看公如月, 光彩衆星稀. 袖
手高山流水,[3] 聽群蛙鼓吹荒池.[4] 文章手, 直須補袞,[5] 藻火粲宗彝.[6]
癡兒公事了,[7] 吳蠶纏繞,[8] 自吐餘絲. 幸一枝粗穩,[9] 三徑新治.[10]
且約湖邊風月, 功名事欲使誰知. 都休問, 英雄千古, 荒草沒殘碑.

注

1 洪丞相景伯(홍승상경백): 승상 홍경백洪景伯. 이름은 홍적洪適. 자는
  경백景伯. 강서 번양翻陽 사람이다. 1142년(소흥 12) 동생 홍준洪遵과
  박학굉사과에 급제하였고, 3년 후 동생 홍매洪邁도 급제하여 '삼홍'
  三洪이라 불러지며 유명했다. 1164년(건도 1) 승상이 되었으나 나중
  에 탄핵을 받아 파면되었다. 나중에 소흥부 지부 및 절동 안무사
  등을 역임했다. 1181년 봄 「만정방」 2수를 지은데 대해 신기질이
  3수를 지어 화운하였다. 1184년 졸.

2 顰損(빈손): 눈썹을 찡그리고 해를 주다. ○ 蛾眉(아미): 미인.

3 袖手(수수): 소매 속에 손을 넣다. 여기서는 정치에 관여하지 않는
  다는 뜻. ○ 高山流水(고산류수): 백아伯牙와 종자기鍾子期의 고사
  와 관련이 있다. "백아는 거문고의 명수이고, 종자기는 음악을 잘
  분별한다. 백아가 거문고를 타는데 마음이 산을 오르면 종자기가
  '뛰어나도다! 드높은 게 태산과 같구나' 하고, 마음이 흐르는 물에
  가 있으면 종자기가 '뛰어나도다! 넘실넘실한 게 강과 같구나' 하
  였다."伯牙善鼓琴, 鍾子期善聽. 伯牙鼓琴, 志在登山, 鍾子期曰: '善哉! 峨峨
  兮若泰山.' 志在流水, 鍾子期曰: '善哉! 洋洋兮若江河.' 『열자』「탕문」湯問과
  『여씨춘추』「본미」本味 참조.

4 聽群蛙(청군와) 구: 남제南齊의 공치규孔稚珪가 은거할 때 정원에 잡초가 자라고 개구리가 그 속에서 울자 사람들에게 웃으며 말했다. "나는 이를 두 부部의 고취악으로 생각하오."我以此當兩部鼓吹.라고 하였다. 『남제서』「공치규전」 참조. 여기서는 조정의 무능한 벼슬아치를 비유하였다.

5 補袞(보곤): 곤룡포를 보좌하다. 황제의 잘못을 간언하다.

6 藻火(조화): 곤룡포에 수놓인 물풀 무늬와 불꽃 무늬. ○ 宗彝(종이): 종묘의 제사 때 쓰이는 예기禮器.

7 癡兒(치아) 구: 이 구는 서진西晉 양제楊濟의 말에서 유래했다. 양준楊駿의 동생 양제楊濟는 평소 부함傅咸과 친했기에 부함에게 편지를 보내 말하였다. "강과 바다는 파도가 출렁이기에 깊고 넓을 수 있소. 천하도 거대한 그릇과 같아서 작은 일 하나도 알기 어렵소. 그러나 내가 보기에 그대는 일마다 분명하게 처리하려고 하오. 그대는 본디 어리석은 사람이라 관아의 일을 완결 지으려 하오. 그러나 관아의 일은 쉽게 완결되기 어려운 것이오. 관아의 일을 완결시키는 것은 어리석은 것으로 그저 통쾌한 일일 뿐이오."江海之流混混, 故能成其深廣也. 天下大器, 非可稍了, 而相觀每事欲了. 生子痴, 了官事, 官事未易了也. 了事正作痴, 復爲快耳! 『진서』「부함전」 참조. 송대 황정견黃庭堅은 「등쾌각」登快閣에서 치아癡兒를 자신을 가리키는 말로 사용하였다. "어리석은 사람은 관아의 일을 마무리하고, 쾌각의 난간에 기대 동서로 저녁노을 바라본다."痴兒了却公家事, 快閣東西倚晩晴. 치아는 여기서는 필자 자신을 가리킨다.

8 吳蠶(오잠): 오 땅(화동 지방)에서 나는 누에. 오 땅은 고대부터 누에 생산지로 유명하다. 이 구는 자신이 국가의 일에 관심을 쓰고 있음을 비유하였다.

9 一枝(일지): 가지 하나를 빌려 누리는 편안함. 『장자』「소요유」의

"뱁새가 깊은 숲 속에 둥지를 틀어도 나무 한 가지만 있으면 된다." 鷦鷯巢於深林, 不過一枝.는 말에서 나왔다.

10 三徑(삼경): 세 가닥 오솔길. 서한 말기 연주 자사 장후蔣詡가 왕망 王莽의 출사 권유를 거절하고 두릉杜陵에 은거하며, 가시나무로 문을 막고 나가지 않으면서, 집안에 오솔길 세 개를 만들어 구중求仲과 양중羊仲 두 사람하고만 왕래한 일을 가리킨다. 『삼보결록』三輔決錄 참조.

재상을 지냈던 홍경백을 칭송하고 그의 은거를 위로하였다. 상편은 홍경백의 문장과 인품과 정치적 재능을 칭송하고, 정치상의 조우를 동정하였다. 하편은 자신의 국가 대사에 대한 추구를 표명하면서, 은거지에서 홍경백과 유람하며 그의 재능이 버려진 데 대해 아쉬워하였다. '공명'을 알려고 하지 않는다는 말에서 사실 공명에 대한 미련을 볼 수 있다. 또 말미에서 잡초에 묻힌 깨어진 비석이란 이미지는 홍경백의 처지이자 동시에 조정의 상황임을 암시하였다. 역사서에 의하면 홍경백은 비록 재능이 있다 해도 재상으로 별다른 업적이 없었지만, 신기질은 강서 지방의 선배로 상당히 존중하였다. 1181년(42세) 봄, 융흥부 지부 및 강서 안무사江西安撫使에 재임할 때 지었다.

만정방滿庭芳

— 홍경백 승상에 화운하며, 홍경로 한림께 드림和洪丞相景伯韻, 呈景
盧內翰[1]

빠른 관악에 애절한 현악
소리 높여 부르는 노래에 느린 춤
가늘고 길게 굽어진 가지각색 궁중풍의 눈썹.
견디기 어렵나니 붉은 꽃 자주 꽃들
새벽이 되자 비바람에 거의 다 떨어졌구나.
오로지 버들개지만이
예전처럼 연못에 가득 깔려 있구나.
도미꽃이 아직 피어 있으니
푸른 규룡 같은 가지를 잘라와
청동 정鼎 위에 두루 꽂아야 하리.

누가 봄빛을 데리고 가버리는지
속현교續絃膠는 구하기 어려운데
붉은 현絃이 끊어졌구나.
한스럽게도 모란도 자주 병들어
보살피고 돌보아 주어야 하리.
꿈속에서 떠난 봄의 자취를 찾아도 보이지 않아
공연히 애간장 끊어지는 걸, 봄이여 네가 어찌 알랴?
슬퍼하지 말지니

"술 한 잔에 시 한 수 읊는다"는
왕희지의 뜻을 새겨 수심을 풀어야 하리.

急管哀絃,² 長歌慢舞,³ 連娟十樣宮眉.⁴ 不堪紅紫, 風雨曉來稀.
惟有楊花飛絮, 依舊是萍滿方池. 酴醾在,⁵ 靑虯快剪,⁶ 揷遍古銅彝.⁷
誰將春色去? 鸞膠難覓,⁸ 絃斷朱絲. 恨牡丹多病, 也費醫治. 夢
裏尋春不見, 空腸斷怎得春知? 休惆悵, 一觴一詠,⁹ 須刻右軍碑.

注

1 景盧(경로): 홍매洪邁. 경로는 자. 길주 지주, 기거사인을 역임하고
    1166년 기거랑을 거쳐 중서사인 겸 시독과 직학사원을 거쳤다. 이
    후 공주 지주, 건녕부 지부 등을 역임했다. 『용재수필』容齋隨筆로
    유명하다. ○ 內翰(내한): 한림翰林을 가리킨다.

2 急管(급관): 리듬이 빠른 음악. ○ 哀絃(애현): 슬픈 소리를 내는 현.

3 長歌慢舞(장가만무): 높은 노래와 느린 춤. 백거이 「장한가」에 "구
    성진 노래 느린 춤에 관현악 음악이 어우러지니, 군왕이 온종일 보
    아도 오히려 부족하였어라."緩歌慢舞凝絲竹, 盡日君王看不足.는 구절
    이 있다.

4 連娟(연연): 눈썹이나 달이 가늘고 길게 구부러진 모양. ○ 十樣宮
    眉(십양궁미): 열 종류의 궁인의 눈썹. 당 현종이 화공에게 「십미
    도」十眉圖를 그리게 하였다는 기록이 『해사쇄록』海事碎錄에 있다.
    원앙미鴛鴦眉, 소산미小山眉, 오악미五嶽眉, 삼봉미三峰眉, 수주미垂珠
    眉, 월릉미月棱眉, 분초미分梢眉, 함연미涵煙眉, 불운미拂雲眉, 도훈미
    倒暈眉이다.

5 酴醾(도미): 酴醿(도미), 酴醿(도미), 荼蘼(도미) 등으로 쓰기도 한다.
    장미과에 장미목에 속하는 식물로 속칭 산장미라고 한다. 고대에는

유명한 꽃이었다. 꽃은 늦봄이나 초여름에 피기 때문에 도미꽃이
피면 봄이 지나간 것으로 본다. 때문에 소식은 "도미꽃은 봄을 다
투지 않아, 적막히 가장 늦게 피는구나."荼蘼不爭春, 寂寞開最晚.라고
노래했다. 『군방보』群芳譜에서는 "색이 술처럼 누렇기 때문에 酉자
를 더하여 酴醾(도미)라고 만들었다."色黃如酒, 固加酉字作'酴醾'.고 하
였다.

6 靑虯(청규): 청룡. 도미의 꽃가지를 가리킨다. ○ 剪(전): 가위로 자
르다. 도미는 관목으로 그 가지가 용처럼 구불거리기에 청규靑虯라
고 하였고, 그 가지를 잘라 여러 곳에 꽂아 봄을 붙잡고 싶다는 뜻
을 나타냈다.

7 銅彝(동이): 청동 제기祭器. 당송 시기에는 도미로 담근 술이 유행
했으며, 제왕이 종묘에 바치거나 신하에게 하사하였다. 때문에 제
기에 둔다는 것은 군왕의 상을 받는다는 의미도 있다.

8 鸞膠(란교): 봉황의 부리鳳喙와 기린의 뿔麟角로 녹여 만든 아교.
끊어진 거문고의 현을 이을 수 있기 때문에 속현교續絃膠라고도 한
다. 이 구는 지나간 봄의 시간을 되돌리기 어려움을 비유했다.

9 一觴一詠(일상일영): 왕희지의 「난정집 서문」蘭亭集序에 "술 한 잔
에 시 한 수를 읊으니, 마음속의 감정을 실컷 드러내기 족했다."一觴
一詠, 亦足以暢敍幽情.는 말을 이용하였다. 왕희지는 일찍이 우군참군
右軍參軍에 있었기에 왕우군王右軍이라 부른다.

해설

봄의 소멸을 아쉬워하였다. 상편은 가기의 노래와 무희의 춤 속에
늦봄의 정경을 그렸다. 비바람에 꽃들이 떨어지고, 버들개지가 날려
연못에 깔리고, 도미꽃이 피어 봄이 거의 사라지고 있다. 늦봄에 피는
도미꽃이 시들기 전에 얼른 잘라와 꽂아두고 지나가는 봄을 붙들어두

려고 했다. 하편은 봄을 애석해 하는 마음을 그렸다. 현이 끊어지듯 시간은 흘러 지난 시간으로 되돌아갈 수 없고, 모란도 시들어 봄의 모습을 찾을 길 없는데, 꿈속에서 봄의 자취를 찾아도 찾을 수 없다. 그러한 마음을 봄은 정녕 알아주는가? 봄의 떠남은 어쩔 수 없으니 차라리 예전에 왕희지가 그렇게 했듯이 술과 시로 마음을 달래볼 수밖에 없다. 1181년(42세) 늦봄에 지었다.

만정방滿庭芳

― '예장의 동호에서 놀며', 같은 운을 다시 사용하다游豫章東湖再用韻[1]

버들 밖에서 봄을 찾고
꽃 옆에서 시구詩句를 얻으니
과연 그대는 눈썹을 펴며 기뻐하는구나.
「양춘」과 「백설」
훌륭한 노래는 예나 지금이나 드물어라.
일찍이 금란전의 한림학사로
봉황처럼 홀로 태액지를 날아다녔지.
붓을 휘둘러 쓰고 나면
천자께서 기뻐하며
재촉하여 상방尙方의 동기銅器를 하사하셨지.

지금 강호에서
천상을 노닐던 꿈에서 깨어나니
맑은 눈물이 줄줄 흐른다.
아픔을 없애려면
술로 달래고 꽃으로 다스려야 하리.
내일 오호五湖를 찾고 싶은 좋은 흥취 일어
조각배 타고 떠나 한바탕 웃는 마음을 누가 알랴.
시냇가에 산우루山雨樓가 좋으니

잠시 한바탕 크게 취해

지팡이에 기대어 누기樓記를 읽어야 하리.

柳外尋春, 花邊得句, 怪公喜氣軒眉. 陽春白雪,² 淸唱古今稀.
曾是金鑾舊客,³ 記鳳凰獨遶天池.⁴ 揮毫罷, 天顔有喜, 催賜尙方
彝. 5,6

只今江海上, 鈞天夢覺,⁷ 淸淚如絲. 算除非痛把, 酒療花治. 明
日五湖佳興,⁸ 扁舟去一笑誰知. 溪堂好,⁹ 且拚一醉, 倚杖讀韓
碑. 10,11

注

1 豫章(예장): 지금의 강서성 남창시. ○ 東湖(동호): 남창의 동남에
  있는 호수.

2 陽春白雪(양춘백설): 고상하고 뛰어난 음악. 송옥宋玉의 「대초왕
  문」對楚王問 참조. "초나라 수도 영郢에 노래하는 사람이 있었는데,
  처음에 「하리」와 「파인」을 부르니 수도에서 이어 부르며 화답하는
  사람이 수천 명이었다. 「양아」와 「해로」를 부르니 수도에서 이어
  부르며 화답하는 사람이 수백 명이었다. 「양춘」과 「백설」을 부르니
  수도에서 이어 부르며 화답하는 사람이 수십 명이었다. …곡이 고
  상해질수록 화답하는 사람이 적어졌다."客有歌於郢中者, 其始曰'下里'
  '巴人', 國中屬而和者數千人. 其爲'陽阿''薤露', 國中屬而和者數百人, 其爲'陽
  春''白雪', 國中屬而和者數十人. …其曲彌高, 其和彌寡.

3 金鑾舊客(금란구객): 금란전의 옛 나그네. 한림학사를 가리킨다.
  당대에는 장안 대명궁 안에 금란궁金鑾宮이 있었고 거기에 한림원
  이 있었다. 송대에는 금란전 옆에 학사원學士院이 있었다.

4 天池(천지): 궁중의 연못. 봉지鳳池또는 봉황지鳳凰池라고도 한다.

위진 시대에 중서성 가까이에 봉황지가 있었기에 이를 가지고 중서성을 가리켰다. 당송 시대에는 이를 가지고 재상의 직위를 가리켰다.

5 [원주]: "공이 한림원에 있을 때 일찍이 상방으로부터 '이'를 하사받았다."公在詞掖嘗拜尙方寶彛之賜.

6 尙方彛(상방이): 황제가 하사한 정鼎과 비슷한 청동기. 상방尙方은 황제가 쓰는 물건을 관리하는 관서.

7 鈞天夢(균천몽): 천상의 음악을 듣는 꿈을 꾸다. 춘추시대 진 목공 秦穆公이 7일 동안 자고, 진晉나라 조간자趙簡子가 이틀 반 동안 자면서 천상에서 음악을 듣고 즐겁게 놀다왔다는 기록이 있다. 『사기』「조세가」 참조. 일반적으로 좋은 꿈을 가리킨다.

8 明日(명일) 2구: 춘추시대 말기 월나라 범려范蠡가 배를 타고 오호를 떠돈 일을 환기한다.

9 溪堂(계당): 산우루山雨樓를 가리킨다. 당시 사마한장司馬漢章이 산우루山雨樓를 세우고, 홍매洪邁가 산우루기山雨樓記를 썼다.

10 [원주]: "「산우루기」는 공이 지었다."堂記公所製.

11 韓碑(한비): 한유가 지은 비문. 「산우루기」를 가리킨다.

해설

홍경로와 동호에서 노는 즐거움을 노래하며 그의 은거를 아쉬워하였다. 사의 운은 홍경백 승상의 운을 썼지만 내용은 그의 동생 홍경로, 즉 홍매洪邁와 관련된다. 상편은 홍경로의 비범한 경력을 묘사하였다. 시문은 화답할 자가 없을 정도로 뛰어나며, 예전에는 한림학사로 황제의 상을 받았음을 상기하였다. 하편은 홍경로의 은퇴에서 오는 고통을 묘사하고 함께 유람으로 시름을 풀고자 하였다. 술과 꽃으로 위로하며 고대 월나라의 범려처럼 오호를 떠도는 흥취를 권하였다.

말미에서는 새로 지은 누대에 대해 홍경로가 쓴 「산우루기」를 읽는 것으로 마무리하였다. 예전과 지금의 대비 속에 홍경로의 역정과 생활과 감흥이 잘 그려졌다. 1181년(42세) 늦봄에 지었다.

만강홍滿江紅

— 연석에서 홍경로 사인과 화답하며, 겸하여 사마한장 대감에게 보
내다席間和洪景盧舍人, 兼簡司馬漢章大監[1]

하늘이 문재文才를 내렸으니
만 섬 들이 정鼎과 같은 웅건한 문필을 보네.
듣자하니 시 한 수가 일찍이
천금의 값이 나가고 황제의 총애를 받았다지.
말하려다 그만두는 데에 새로운 뜻이 있고
억지로 울면서 남몰래 웃는 데에 참뜻이 있네.
생각해보니 재능 있는 사람들은 모두 그대와 더불어 난새를 타고
금란전金鑾殿의 학사學士가 되고자 했지.

경국지색은
다시 얻기 어려워.
그래도 아쉬운 점 있어도
그래도 기억할 만한 업적 세웠지.
책을 읽음에 있어 예전의 비단 조각을 찾아
새로이 파란 적삼을 만들어낸다.
꾀꼬리와 나비가 봄 내내 꽃 속에서 살다가
비바람이 치고 붉고 하얀 꽃들이 휘날리는 걸 어찌 견뎌내랴.
묻노니 누구 집 들보에 제비가 왔다는데
진흙은 아직 젖어있는가?

天與文章, 看萬斛龍文筆力.² 聞道是一詩曾換, 千金顏色.³ 欲說又休新意思,⁴ 强啼偷笑眞消息.⁵ 算人人合與共乘鸞,⁶ 鑾坡客.⁷ 傾國艶,⁸ 難再得. 還可恨, 還堪憶. 看書尋舊錦, 衫裁新碧. 鶯蝶一春花裏活, 可堪風雨飄紅白. 問誰家却有燕歸梁,⁹ 香泥濕.

注

1 洪景盧(홍경로): 홍매洪邁. 홍경백 재상의 동생. 앞의 「만정방」 참조. ○ 司馬漢章(사마한장): 사마탁司馬倬. 자는 한장漢章. 강남로 제점형옥江南路提點刑獄이었으므로 '감'監 또는 '대감'大監이라 칭하였다.

2 龍文(용문): 웅건한 문필. 한유의 시 「병중에 장십팔에게」病中贈張十八에서 "웅건한 문장은 백 섬 들이 정과 같고, 필력은 그걸 홀로 짊어질 만하네."龍文百斛鼎, 筆力可獨扛.란 구절이 있다.

3 千金顏色(천금안색): 천금의 값에 해당하는 시문에 황제의 총애를 받다. 종영鍾嶸의 『시품』詩品에 "한 글자가 천금"一字千金이란 말이 있고, 송지문의 「계주 삼월 삼일」桂州三月三日에 "두 군주께서 총애를 내려주셨고, 이십여 년 동안 연회를 다니며 모셨지."兩朝賜顏色, 二紀陪遊宴.라는 구절이 있다.

4 欲說(욕설) 구: 말할 때 금기되는 부분을 에둘러 나타내어 창조적인 면이 있다.

5 强啼(강제) 구: 억지로 울고 몰래 웃는 등 여러 가지 수사법을 사용하지만 내용은 진실되다.

6 乘鸞(승란): 난새를 타다. 황궁에서 활동하며 제왕의 총애를 받는다는 비유로 쓰였다.

7 鑾坡客(난파객): 금란파金鑾坡의 나그네. 학사원學士院에 근무했음을 가리킨다. 당대에는 장안 대명궁 안에 금란궁金鑾宮이 있었고

거기에 한림원이 접해 있었는데, 그 사이의 문 이름을 금란파金鑾坡라 하였다. 일반적으로 조서의 초안은 기밀에 해당하므로 황제가 있는 정궁 가까이 한림원이 있었다. 송대에도 금란전 옆에 학사원이 있었다. 홍매가 올린 「사표」謝表에 "부자가 대를 이어 네 번이나 금난파의 자리에 올랐습니다."父子相承, 四上鑾坡之直. 란 구절이 있는 것으로 보아, 이를 영예롭게 생각했음을 알 수 있다.

8 傾國(경국) 2구: 서한 이연년李延年의 「노래」歌를 환기한다. "북방에 사는 가인은, 세상에 다시 없이 오로지 한 사람뿐. 한 번 돌아보면 성이 무너지고, 두 번 돌아보면 나라가 무너진다. 성이 무너지고 나라가 무너질지 어찌 모르랴만, 그래도 이런 미인은 다시 얻기 어렵다네."北方有佳人, 絶世而獨立. 一顧傾人城, 再顧傾人國. 寧不知傾城與傾國, 佳人難再得. 여기서는 홍경로의 재능을 경국지색으로 비유하였다.

9 問誰家(문수가) 2구: 사마한장이 세운 산우루山雨樓를 가리킨다. 부제에서 "겸하여 사마한장 대감에게 보냄"에 대응되는 것으로, 사마한장이 세운 산우루에 제비가 집을 지었는지 물음으로써 사마한장의 안부를 물었다.

해설

홍경로의 재능과 사람됨을 칭송하였다. 상편은 홍경로의 문재를 칭송하면서 그의 작품이 일자천금一字千金에 황제의 총애를 받은 사실을 나타냈다. 또 그의 시문의 특징을 '창의적'新意思이고 '진실하다'眞消息고 개괄하면서, 표면의表面意속에 내재의內在意가 있어 여운과 함축이 풍부하다고 하였다. 하편은 경국지색의 미인으로 홍경로가 얻기 어려운 인물임을 강조하였다. 그에게 '아쉬운 점'可恨이 있어도 '기억할 만한 업적'堪憶이 훨씬 많음을 강조하였다. '기억할 만한 업적'은 역사서에 많이 기록되어 있지만, '아쉬운 점'이 무엇인지는 명확하지 않다. 또 그의 온고지신溫故知新의 능력을 "예전의 비단 조각을 찾아, 새로이 파란 적삼을 만들어낸다"고 표현하였다. 꾀꼬리와 나비鶯蝶, 붉고 하얀 꽃紅白은 홍경로가 벼슬에 물러나 파양鄱陽에서 살아가는 일면 안일하면서 일면 불안한 환경을 묘사하였다. 끝에서 사마한장의 안부를 물었다. 1181년(42세) 늦봄에 지었다.

서하西河

— 강서 전운부사에서 무주 지주로 가는 전중경을 보내며送錢仲耕自
江西漕移守婺州¹

서강의 강물은
서강 사람들이 흘리는 눈물과 같다고 말하리라.
무정한 달도 사람을 전송할 줄 알아
천 리까지 따라가면서 밝게 비추는구나.
오늘부터 날마다 높은 누대에 기대어
아득히 먼 안개 낀 나무들을 바라보며 상심하리라.

그대 만나기는 어려운데
헤어지기는 이리도 쉽구나.
내 뜻과 달리 황망히 그대 보낸다.
십 년 동안 수놓은 옷이 닳도록
복사나무 오얏나무 심듯이 수많은 업적을 세우고 후진들 길러냈구나.
그대에게 묻노니 승명려의 궁중 생활 싫어서
엄조嚴助처럼 태수직으로 나아가는가?

매화를 마주하고 다시 취할 만하니
내년에는 재상이 되어 국정을 잘 조정하는 모습을 보리로다.
나는 늙고 병들어 초췌해진 자신을 슬퍼하노라.
내 집을 들를 기회 꼭 있으리니

그러면 은거하는 사람들이 물어보리라

"연말에 도연명이 돌아오느냐"고.

西江水,² 道似西江人淚. 無情却解送行人, 月明千里. 從今日日
倚高樓, 傷心煙樹如薺.³

會君難, 別君易. 草草不如人意. 十年著破繡衣茸,⁴ 種成桃李.⁵
問君可是厭承明,⁶ 東方鼓吹千騎.⁷

對梅花更消一醉. 看明年調鼎風味.⁸ 老病自憐憔悴. 過吾廬定
有, 幽人相問: 歲晚淵明歸來未?

注

1 錢仲耕(전중경): 전전錢佃. 자는 중경仲耕. 1145년(소흥 15) 진사과
   에 급제한 후 좌우사검정左右司檢正, 이부시랑, 병부시랑, 공부시랑
   을 거쳐 강서로江西路 전운부사轉運副使로 나갔다. ○ 漕(조): 조운漕
   運을 담당하는 관직. ○ 婺州(무주): 지금의 절강성 동양東陽.

2 西江(서강): 강서성의 공강贛江. 남창부를 지나 파양호로 흘러든다.

3 煙樹如薺(연수여제): 안개 속 나무들이 냉이와 같다. 멀리 보이는
   나무들이 마치 냉이같이 작다는 뜻. 양梁의 대숭戴暠의 「관산을 넘
   으며」度關山에 "오늘 관산에 올라 바라보니, 장안의 나무들이 냉이
   와 같네."今上關山望, 長安樹如薺.란 구절이 있다. 또 수隋의 설도형薛
   道衡의 「양 복야의 '산재에서 홀로 앉아'에 삼가 답하며」敬酬楊僕射山
   齋獨坐에 "먼 들의 나무는 냉이와 같고, 먼 강물의 배는 나뭇잎 같
   아."遙原樹若薺, 遠水舟如葉.란 구절이 있다.

4 著破(저파): 입어서 닳아지다. ○ 繡衣(수의): 감찰직을 가리킨다.
   한대 시어사는 자수 놓인 옷을 입었다. ○ 茸(용): 絨(융)과 같다.
   융단.

5 桃李(도리): 복사꽃과 오얏꽃. 제자를 말한다. 이도李綯의 시에 "심었던 복사꽃과 도리꽃이 인간세상에 가득하다"種成桃李滿人間란 구절이 있다.

6 厭承明(염승명): 승명려承明廬를 싫어하다. 한 무제 때 현에서 현량을 천거하자 무제는 엄조嚴助만 발탁하여 중대부中大夫에 앉혔다. 그러나 엄조는 회계 태수가 되기를 바라기에 외직으로 보냈다. 몇년 후 무제가 조서를 내렸다. "그대는 승명려를 싫어했지. 시종의 일이 힘들고, 고향을 생각하여 군의 관리로 나갔다."君厭承明之廬. 勞侍從之事, 懷故土, 出爲郡吏. 『한서』「엄조전」참조. 무주婺州는 한대에 회계군에 속했다.

7 東方(동방) 구: 한대 「길가의 뽕」陌上桑에 "동방에는 말 탄 사람 천여 명 있는데, 그중에서 제일 앞의 사람이 내 남편이라오."東方千餘騎, 夫婿居上頭.라는 구절이 있다. 이 구는 태수를 가리킨다. 송대에는 지주知州에 해당한다.

8 調鼎(조정): 재상의 직위를 가리킨다. 상나라 부열傅說이 재상이 되었을 때, 무정武丁은 국을 만들 때 간을 맞추기 위해 쓰는 소금과 매실로 부열을 비유하였다. 『상서』「열명」說命 참조.

해설

무주 지주로 떠나는 전중경을 보내며 이별을 아쉬워하였다. 상단上段은 이별의 장면과 석별의 정을 표현하였다. 서강의 사람들은 물론, 서강의 강물과 달빛마저 친구를 멀리까지 송별한다고 표현하여 아쉬움을 나타내었다. 중단中段은 전중경과의 짧은 만남과 이별에 대한 경위를 서술하고 그의 정치 치적을 서술하였다. 하단下段은 전중경이 재상이 되기를 기원하면서 자신은 은거하겠다는 뜻을 나타내었다. 두 사람의 정이 간결한 필치 속에 펼쳐졌다. 1181년(42세)에 지었다.

하신랑 賀新郎

— 등왕각을 읊다 賦滕王閣[1]

높은 누각이 솟아있는 강가.
높은 성루를 찾아가니 옛 자취 있어
아득히 옛날을 회고한다.
채색 두공과 주렴은 그 당시의 일로
아침 구름과 저녁 비는 보이지 않고
다만 서산과 남포만이 남아있구나.
하늘가에 긴 눈썹처럼 신록이 떠있고
연못에 비치는 유유한 구름은 예전과 같구나.
공연히 한스러움만 있으니
어찌할 것인가?

왕발의 건필은 뛰어남을 자랑했지.
지금도 "떨어지는 노을은 들오리와 나란히 날고"는
아름다운 글귀로 다투어 전해지지.
별이 돌고 경물이 변한 게 몇 번이나 되었나
주옥같은 노래와 비취 소매의 춤을 꿈꾸듯 상상하며
난간을 서성이다 우두커니 서서 바라보노라.
아득히 바라보니 잡초 무성한 들판 너머에는 창파가 일고
강바람이 일순간 옷깃의 더위를 씻어준다.
누구와 함께 마시랴?

나와 벗하는 시인이 있다네.

高閣臨江渚.² 訪層城空餘舊迹,³ 黯然懷古. 畵棟珠簾當日事,⁴
不見朝雲暮雨. 但遺意西山南浦.⁵ 天宇修眉浮新綠,⁶ 映悠悠潭影
長如故. 空有恨, 奈何許.
　王郎健筆誇翹楚.⁷ 到如今落霞孤鶩,⁸ 競傳佳句. 物換星移知
幾度,⁹ 夢想珠歌翠舞. 爲徒倚闌干凝竚. 目斷平蕪蒼波晩, 快江風
一瞬澄襟暑. 誰共飮? 有詩侶.

注

1 滕王閣(등왕각): 지금의 강서성 남창에 소재한 누각. 당 고조의 아
　들 등왕 이원영李元嬰이 홍주洪州도독으로 있을 때인 639년(정관 13)
　세웠다.

2 高閣(고각) 구: 왕발王勃의 「등왕각」에 나오는 "등왕이 지은 높은
　누각 강가에 솟았는데"滕王高閣臨江渚를 환기한다.

3 層城(층성): 높은 성. 여기서는 등왕각을 가리킨다.

4 畵棟珠簾(화동주렴) 2구: 왕발의 「등왕각」에 나오는 "아침이면 남
　포의 구름이 채색 두공에 날아들고, 저녁이면 서산의 비가 주렴에
　걷히어라."畵棟朝飛南浦雲, 珠簾暮卷西山雨.를 환기한다.

5 西山(서산): 남창산南昌山이라고도 한다. 남창 서부 신건현新建縣
　서대강西大江 밖에 소재한다. ○ 南浦(남포): 융흥부隆興府(남창) 광
　윤문廣潤門 밖에 있는 포구. 남송 때 배가 정박하는 곳.

6 天宇(천우) 구: 한유의 「남산시」南山詩에 "천공에 긴 눈썹이 떠있어,
　진녹색 그림이 새로 그려졌다."天空浮修眉, 濃綠畵新就.라는 구에서
　나왔다. 天宇천우는 천공天空.

7 王郎健筆(왕랑건필): 왕발의 강건한 필치. ○ 翹楚(교초): 잡목 속에

솟아오른 가시나무. 걸출한 인재를 비유한다. 당시 염 도독이 누각에서 손님을 청하여 잔치를 열 때 먼저 그 사위에게 서문을 지어두라 명해놓고서는, 지필을 내어 손님들에게 두루 청하였지만 감히 쓰는 사람이 없었다. 왕발이 사양하지 않고 쓰는데, 도독이 아전을 보내 그 문장을 보라 하니 한 번 두 번 알려올 때마다 글이 더욱 기이하여 염 도독이 '천재'라고 말하였다. 『당척언』唐撫言 참조.

8 落霞孤鶩(낙하고목): 왕발이 지은 「등왕각 서문」滕王閣序에 "떨어지는 노을은 들오리와 나란히 날고, 가을 강물은 하늘과 한 빛이라."落霞與孤鶩齊飛, 秋水共長天一色.는 구절이 있다.

9 物換星移(물환성이): 왕발의 「등왕각」에 나오는 "별이 돌고 경물이 변하며 몇 번이나 가을이 지났나"物換星移幾度秋에서 나왔다.

해설

남창의 등왕각에 올라 풍광을 묘사하고 왕발의 작품을 회고하였다. 등왕각은 639년 등왕 이원영李元嬰이 세웠고, 그로부터 약 삼십 년 후인 675년 젊은 왕발이 이곳에 가서 홍주 도독 염백서閻伯嶼의 연회에 참석하였다. 신기질이 다시 이곳에서 이 사를 지은 것은 1181년(42세) 여름이었다. 왕발이 창건 때를 회상하고 당시의 풍광을 묘사했듯이, 신기질도 왕발의 때를 회상하고 지금의 풍광을 묘사하였다. 이렇게 시간과 경물의 변화 속에 전대의 시인의 정서를 감싸 안는 방식으로 전개되어 인물과 누각이 한 가지로 공유되고 축적되었다. 맨 끝의 시인詩侶은 곧 이 작품에 수시로 등장하는 왕발을 가리키는 것일 수도 있어, 등왕각은 역사뿐만 아니라 지금 여기의 현실 속에서도 함께 존재하는 것으로 그려졌다.

소군원昭君怨
— 예장에서 장정수 지주에게 부침豫章寄張守定叟[1]

늘 기억하노니 소상 강가의 가을 저녁
귤자주橘子洲에서 춤추고 노래하던 사람이 흩어지면
달빛 속에 말 달리고
목부용꽃 꺾었지.

오늘은 서산 남포에 있으니
채색 두공에 구름 날고 주렴에 비 내린다.
풍경은 예와 다름없는데
시름은 또 어이할거나.

長記瀟湘秋晚: 歌舞橘洲人散.[2] 走馬月明中, 折芙蓉.
今日西山南浦. 畫棟珠簾雲雨.[3] 風景不爭多,[4] 奈愁何.

注

1 張守定叟(장수정수): 장표張杓. 자는 정수定叟. 남송 항금抗金 명장
　장준張浚의 둘째 아들. 수守는 지방관.
2 橘洲(귤주): 장사長沙의 서남 상강湘江 중에 있는 주도洲島. 맛있는
　귤이 생산되므로 귤자주橘子洲라 하였다.
3 畫棟珠簾(화동주렴): 왕발의 「등왕각」에 나오는 "아침이면 남포의
　구름이 채색 두공에 날아들고, 저녁이면 서산의 비가 주렴에 걷히

어라."畵棟朝飛南浦雲, 珠簾暮卷西山雨.를 환기한다.

4 不爭多(불쟁다): 不多爭(불다쟁)과 같다. 별차 없다. 다투지 않다.
비슷하다.

   추억 속의 담주(장사)와 현재의 예장(남창)을 대비하여 생활과 정감
을 노래했다. 상편은 친구 장정수와 담주에서의 추억을 회상하였다.
장정수는 부친 장준張浚이 담주潭州에 살다가 소흥 말년인 1164년 죽
었고, 그의 형 장식張栻도 1180년 담주에서 죽었기 때문에, 당시 신기
질이 담주 지주 및 호남 안무사로 있을 때 함께 지냈음을 알 수 있다.
담주는 귤자주, 가무, 달빛, 목부용꽃 등의 이미지로 지극히 아름답게
그려졌다. 하편은 지금 예장의 등왕각에 올라와 본 풍경을 그렸다.
말미의 '시름'愁은 전혀 구체적으로 언급되지 않았는데, 바로 위의 「하
신랑」과 마찬가지로 등왕각에 올라 "공연히 한스러움만 있으니"空有恨
라 한 것을 보면, 역사의 회고에서 오는 창상감滄桑感이라 보아야 할
것이다. 1181년(42세)에 지었다.

심원춘沁園春

— 대호의 새 집이 완성될 즈음에帶湖新居將成[1]

세 갈래 길이 이제 만들어졌으나
학이 원망하고 원숭이가 놀라는 건
가헌稼軒 선생이 아직 오지 않았기 때문.
왜 스스로 구름 낀 산에 살기로
평생의 뜻을 두었는데
사대부의 비웃음을 받으며
항상 먼지 속에 뒹굴었는가.
마음이 지치면 돌아가야 하고
몸이 한가한 것 빠를수록 좋으니
어찌 순채국과 농어회를 맛보기 위해서이겠는가.
가을 강가에서
활시위 소리에 놀라 피하는 기러기와
성난 파도에 돌아오는 배를 바라보노라.

동쪽 언덕에 초가 서재를 지었으니
가장 흡족한 건 호수를 향해 창문을 낸 것이라네.
작은 배 타고 낚시하고
우선 버드나무를 심으리라.
성긴 울타리로 대숲을 둘러싸되

매화를 가리지 않도록 해야 하리.

가을 국화는 먹을 만하고

봄 난초는 몸에 찰 만하니

이들은 모두 가헌 선생이 와서 손수 심고 가꾸기를 기다리네.

오래도록 생각에 잠겨 읊조리나

임금께서 허락하지 않을까 싶어

이러한 뜻을 품고 배회하네.

三徑初成,[2] 鶴怨猿驚,[3] 稼軒未來.[4] 甚雲山自許, 平生意氣; 衣冠人笑, 抵死塵埃.[5] 意倦須還, 身閑貴早, 豈爲蓴羹鱸膾哉.[6] 秋江上, 看驚弦雁避,[7] 駭浪船回.

東岡更葺茅齋.[8] 好都把軒窓臨水開. 要小舟行釣, 先應種柳; 疎籬護竹, 莫礙觀梅. 秋菊堪餐,[9] 春蘭可佩, 留待先生手自栽. 沉吟久, 怕君恩未許, 此意徘徊.

注

1 帶湖(대호): 신주信州(지금의 강서 상요시)의 북령산北靈山 아래 있는 호수. 호수가 띠처럼 길게 생겼기에 대호라 하였다.

2 三徑(삼경): 세 가닥 오솔길. 서한 말기 연주 자사 장후蔣詡가 왕망王莽의 출사 권유를 거절하고 두릉杜陵에 은거하며, 가시나무로 문을 막고 나가지 않으면서, 집안에 오솔길을 세 개 만들어 구중求仲과 양중羊仲 두 사람하고만 왕래한 일을 가리킨다. 『삼보결록』三輔決錄 참조. 도연명의 「귀거래사」歸去來辭에도 "집안의 세 갈래 작은 길에는 잡초가 무성하지만, 소나무와 국화는 아직도 남아있다."三徑就荒, 松菊猶存.는 말이 있다.

3 鶴怨猿驚(학원원경): 학이 원망하고 원숭이가 놀라다. 공치규孔稚

珪의 「북산이문」北山移文에 "혜초 휘장이 비어지자 밤 학이 원망하고, 산에 은거하는 사람이 떠나자 새벽 원숭이가 놀란다."蕙帳空兮夜鶴怨, 山人去兮曉猿驚.는 구절을 이용하였다. 은거해야 할 사람이 벼슬을 찾아 떠나니 동물들조차 의외의 일이라 여기고 놀란다는 뜻이다.

4 稼軒(가헌): 1181년 봄부터 신주의 대호 옆에 지은 거처의 이름. 가을이 되어 완성되었고, 자신의 호로 삼았다. 여기서는 자신을 가리킨다.

5 抵死(저사): 죽자하고. 온힘을 다해. 언제나. 결국. 송대 방언이다. ○ 塵埃(진애): 먼지. 관료 세계를 가리킨다.

6 蓴羹鱸鱠(순갱로회): 순채국과 농어회. 서진의 장한張翰이 고향 오 지방의 순채국과 농어회가 생각나 벼슬을 버리고 고향으로 돌아갔다. 앞의 「목란화만」참조.

7 驚弦雁避(경현안피): 시위 튕기는 소리에 기러기가 놀라 피하다. 경궁지조驚弓之鳥의 고사를 이용하였다. 전국시대 명사수였던 경리更羸가 기러기를 올려보더니 화살도 없이 활시위를 튕기는 소리만으로도 기러기를 떨어뜨렸다. 참훼를 받을까 두려워 미리 피한다는 비유로 사용하였다.

8 葺(즙): 덮다. ○ 茅齋(모재): 초가 서재.

9 秋菊(추국) 2구: 정원을 가꾸는 것으로 고결한 뜻과 행위를 비유한다. 굴원屈原의 「이소」離騷에 "아침에는 목련에서 떨어지는 이슬을 마시고, 저녁에는 국화의 처음 피어나는 꽃을 먹네."朝飮木蘭之墜露兮, 夕餐秋菊之落英.란 구절이 있다.

해설
대호 옆에 거처를 마련하면서 은거와 벼슬 사이의 복잡한 심리를 서술하였다. 상편은 평소 은거에 대한 뜻을 가지고 있음을 표현하였다. 그 주요한 동기는 기러기가 활시위에 놀라고 배가 성난 파도에 놀라듯, 사람들의 비방과 참훼에 있음을 뚜렷이 밝혔다. 하편은 은거 생활의 즐거움을 말하였다. 서재와 정원의 배치며, 국화와 난초를 가꾸며, 매화와 버들을 감상하는 정취를 기대하였다. 신기질은 당시 강서 안무사에 임직하고 있었지만, 남도 후 이십 년이 지나도록 중원을 회복할 여지가 보이지 않으면서, 오히려 갈수록 화친파의 참언과 시기를 받고 관료 사회의 추악한 면을 접하였기에 은거에 대해 생각하게 되었다. 말미에서 말하는 주저함은 항전에 대한 실천과 은거에의 지향이 모순을 일으켜 일어난 것으로, 이후 시인의 문학적인 연대기에서 가장 주요한 갈등으로 등장한다. 1181년(42세) 가을에 지었다.

심원춘沁園春

—동으로 돌아가는 조경명 지현을 보내며, 앞의 운을 다시 사용하여

送趙景明知縣東歸, 再用前韻[1]

소상瀟湘 강가에 우두커니 서서
높이 날아가는 황곡을 보며
그대 오기를 기다려도 오지 않았지.
동풍에 불려 떨어져 내린듯
서강에서 그대를 만나 말을 나누게 되었지.
얼른 술 가져오라 소리쳐 부르고
그대 여로의 먼지를 털어주었지.
다시 보니 과연 빼어난 자태
그대 같은 사람이
만 리 밖 공후에 봉해지는 데 무엇이 부족하랴!
그런데도 부질없이 얻은 것이라곤
"강남의 훌륭한 시구를 읊은 시인은
오직 하주賀鑄같은 그대 뿐"이라는 칭찬이라네.

비단 돛폭 올리고 떠나는 큰 그림배는
눈처럼 흰 물결이 하늘과 맞닿은 강물을 헤쳐 나간다.
기억하노니, 내가 남포에 갔을 때
버들가지 꺾어주며 그대를 전송했지.
그대는 역리驛吏를 만나

나를 위해 매화가지 꺾어 보내주었지.

낙모산落帽山, 앞에서 시를 짓고

호응대呼鷹臺 아래에서 노래부르니

사람들이 현縣에 꽃을 많이 심었다고 칭송하네.

이제 모두 물을 것 없으니

보게나, 저기 구름 높은 곳

붕새가 배회하는 걸.

佇立瀟湘, 黃鵠高飛, 望君未來.² 被東風吹墮,³ 西江對語;⁴ 急呼
斗酒, 旋拂征埃. 却怪英姿,⁵ 有如君者, 猶欠封侯萬里哉.⁶ 空嬴
得, 道江南佳句, 只有方回.⁷

　錦帆畫舫行齋.⁸　恨雪浪黏天江影開.⁹　記我行南浦,¹⁰　送君折
柳;¹¹ 君逢驛使,¹² 爲我攀梅. 落帽山前,¹³ 呼鷹臺下,¹⁴ 人道花須滿
縣栽.¹⁵ 都休問, 看雲霄高處, 鵬翼徘徊.

注

1　趙景明(조경명): 조기위趙奇暐. 신기질의 친구이다. 1179~1181년
　사이에 호북 강릉 지현으로 재임하였다. ○ 知縣(지현): 현의 수장.
　현령.

2　望君(망군) 구: 굴원의 「상군」湘君에 나오는 "저기 상군이 있는 쪽
　을 바라보나 오지 않으시니, 나는 참치를 불며 누구를 기다리나."望
　夫君兮未來, 吹參差兮誰思.를 환기한다.

3　吹墮(취타): 불려 떨어지다.

4　西江(서강): 서쪽에서 흘러온 장강.

5　怪(괴): 과연. 당연히. 어쩐지.

6　封侯萬里(봉후만리): 만 리 밖에서 후작에 봉해지다. 변방에서 공

을 세우다. 동한의 반초班超를 본 관상가가 손으로 가리키며 "제비의 턱에 호랑이의 목을 한 것이 날아가며 고기를 먹을 상이니, 이는 만 리 밖을 나가 후작을 받을 상이다."相者指曰: '燕頷虎頸, 飛而食肉, 此萬里侯相也.'고 하였다 한다. 『후한서』「반초전」班超傳 참조.

7 方回(방회): 북송의 사인詞人 하주賀鑄. 자가 방회方回이다. 황정견의 「하주에게 부치며」寄賀方回에 "진관이 늙은 등나무 아래 누워있으니, 누가 눈썹을 찌푸리며 한 잔 술 노래를 하겠는가? 강남의 애끊어지는 구절을 아는 사람은, 지금은 오로지 방회가 있을 뿐이로다."少遊醉臥古藤下, 誰與愁眉唱一杯? 解作江南斷腸句, 只今唯有賀方回.는 구절이 있다.

8 行齋(행재): 운항 중인 큰 배. 송대에는 비교적 큰 배를 '재'齋라고 하였다.

9 黏天(점천): 하늘에 붙다. 하늘과 이어져 있다.

10 南浦(남포): 이별의 장소. 굴원의 『구가』「하백」河伯에 "그대 장차 동으로 떠난다니, 내 남포에서 미인을 보내네."子交手兮東行, 送美人兮南浦.에서 유래했다.

11 折柳(절류): 버들가지를 꺾다. 고대에 이별할 때 버들가지를 꺾어서 주는 습속이 있었다. 버들을 뜻하는 '류'柳 자의 발음이 머물러 있으라는 뜻의 '류'留 자 발음을 연상시키거니와, 버들가지를 둥글게 고리環처럼 말아 빨리 돌아오라는 '환'還의 뜻도 나타내었다. 『삼보황도』三輔黃圖에 "파교는 장안 동편에 있는데 강을 가로질러 다리를 놓았다. 한나라 사람들은 이 다리에서 나그네를 보내며 버들가지를 꺾어 증별하였다."霸橋在長安東, 跨水作橋, 漢人送客至此橋, 折柳贈別.고 하였다.

12 君逢(군봉) 2구: 유송劉宋 시기 육개陸凱의 「범엽에게」贈范曄에 나오는 뜻을 이용하였다. "북으로 가는 역리 만났기에 꽃을 꺾어서,

멀리 농두에 있는 그대에게 부치네. 강남에는 보내기 좋은 물건이 없어, 잠시 매화 꽃가지 하나를 보내드리네." 折花逢驛使, 寄與隴頭人. 江南無所有, 聊贈一枝春.

13 落帽山(낙모산): 용산龍山. 호북 강릉현 서북 십오 리에 있다. 『진서』「맹가전」孟嘉傳에 나오는 전고이다. 진晉의 환온桓溫이 중양절에 연룡산燕龍山에 오를 때, 참모들이 모두 군복을 입고 함께 올랐다. 이때 바람이 불어와 맹가孟嘉의 모자가 날아갔지만 맹가는 깨닫지 못했다. 환온이 사람들에게 알려주지 못하게 하여 맹가가 어떻게 하는지 보려고 하였다. 한참 후 맹가가 측간에 가니 환온이 모자를 가져오게 하여 손성孫盛에게 희롱하는 글을 써서 맹가의 자리에 놓게 했다. 맹가가 돌아와 그 글을 보고 바로 뛰어난 답글을 지으니 주위 사람들이 모두 감탄하였다. 중양절과 관련된 미담으로 알려졌다.

14 呼鷹臺(호응대): 호북 양양에 소재한 누대. 『수경주』水經注에 의하면 동한 말기 유표劉表가 형주를 다스리고 있을 때 경승대景昇臺에 자주 올랐는데, 평소 매를 좋아하여 여기에 올라 「야응래곡」野鷹來曲을 노래했다고 한다.

15 花須滿縣栽(화수만현재): 서진의 반악潘岳이 하양령河陽令이 되었을 때 현의 경내에 온통 오얏꽃과 복사꽃을 심어, 사람들이 '하양은 온통 꽃'河陽一縣花이라고 한 데서 유래하였다. 하양은 지금의 하남성 낙양시의 동북 황하 북안에 있는 맹현孟縣. 나중에는 '현에 꽃이 가득하다'는 말로 현령의 치적이 훌륭함을 가리켰다.

해설

친구 조경명을 보내며 이별을 아쉬워하고 격려하였다. 1181년 조경명이 강릉 지현을 마치고 수도 임안(항주)으로 돌아가는 도중 신기질이 있는 예장(남창)에 들렀을 때 지었다.

상편은 일찍이 신기질이 호남 안무사로 있을 때(1180년) 시문을 주고 받다가 만나기로 했으나 만나지 못한 일부터 상기하였다. 그러다가 바람에 불려와 떨어졌는지 서강에서 만나게 되었다. 그때 본 인상은 무장의 모습인데, 이제 잠시 전근을 기다리며 강남에 와 있는 시간에 뛰어난 시문을 짓게 된다.

하편은 지금 다시 이별하면서 이전에 헤어진 후 종종 시문을 보내온 일을 회상하고, 조경명의 강릉에서의 치적을 칭송하고 전도를 격려하였다. 두 사람 사이의 만남과 헤어짐을 지금 이별의 장면과 연결하여 시공을 반복적으로 교착시키면서, 두 사람 사이의 깊은 마음을 전아한 언어로 묘사하였다. 일면 호방하면서도 진지하여 신기질 사의 특색이 잘 보인다.

보살만 菩薩蠻

가헌稼軒 선생이 날마다 아이들에게 말하지.
대호帶湖의 청풍명월을 새로 샀다고.
머리가 하얘져 일찌감치 전원으로 돌아오니
심었던 꽃들도 벌써 피어났다네.

공명은 온통 잘못된 것
다시는 생각지 않으리라.
듣자하니 작은 누대의 동쪽
좋은 산이 첩첩이 있다더라.

稼軒日向兒童說: 帶湖買得新風月. 頭白早歸來, 種花花已開.
功名渾是錯, 更莫思量着. 見說小樓東,¹ 好山千萬重.

注

1 小樓(소루): 대호帶湖 호숫가에 있는 집산루集山樓를 가리킨다. 홍
매洪邁의 「가헌기」稼軒記에 "집산에 누대가 있고, 파사에 방이 있
고, 신보에 정자가 있고, 척연에 물가가 있다."고 하였다.

해설

은거생활의 즐거움을 말하였다. 여기에는 공명功名에 대한 추구와
은거로 돌아감歸來의 대비가 선명하다. 공명 추구는 애초에 잘못된 것

이고, 풍월과 꽃들이 있고 좋은 산이 있는 대호야말로 가야할 곳이다. 어조가 명랑하고 논리가 명쾌하다. 1181년 대호의 가헌이 완성되었으나 아직 가지 못하고 있을 때 지었다.

접련화蝶戀花
— 조경명 지현에 화운하며和趙景明知縣韻[1]

늘어가니 젊은이와 함께하기 두려워
채색 두공과 주렴
청풍명월도 찾지 않게 되었네.
그대가 본 꽃은 붉고 푸른색이 현란해
새로 보내온 가사가 그리운 마음을 뒤흔드는구나.

서늘한 밤 시름에 애간장은 백 번 천 번 뒤틀린다.
서풍의 기러기에 실어
비단 편지는 언제 보내주려나?
결국은 우는 새가 생각이 짧아
하늘 멀리 그대와 함께 하는 새벽꿈을 깨우는구나.

老去怕尋年少伴. 畵棟珠簾,[2] 風月無人管. 公子看花朱碧亂.[3]
新詞攪斷相思怨.[4]
涼夜愁腸千百轉. 一雁西風,[5] 錦字何時遣?[6] 畢竟啼鳥才思短,[7]
喚回曉夢天涯遠.

注

1 趙景明(조경명): 신기질의 친구. 1179~1181년 사이에 호북 강릉현
  지현을 지냈다. 앞의 「심원춘」 참조.

2 畵棟珠簾(화동주렴): 남창의 등왕각을 가리킨다. 왕발의 「등왕각」에 "아침이면 남포의 구름이 채색 두공에 날아들고, 저녁이면 서산의 비가 주렴에 걷히어라."畵棟朝飛南浦雲, 珠簾暮卷西山雨.란 구절이 있다.

3 朱碧亂(주벽란): 붉은색인지 벽옥색인지 구분을 못하다. 왕승유王僧孺의 「밤의 시름에 여러 손님에게 보임」夜愁示諸賓에 "누가 알았으랴, 마음과 눈이 어지러우니, 붉은 색을 보아도 갑자기 파란색으로 보이는 걸."誰知心眼亂, 看朱忽成碧.이란 구절이 있다.

4 攪斷(교단): 교란시키다. 어지럽히다.

5 一雁(일안): 기러기 한 마리. 편지. 안서雁書 또는 홍안전서鴻雁傳書의 전고에서 나왔다.

6 錦字(금자): 비단 위에 쓰거나 수놓은 글자의 편지. 소혜蘇蕙의 회문시에서 유래했다. 앞의 「감자목란화」 참조.

7 啼鳥(제조): 새가 울다. 『시경』「벌목」伐木의 "보건대 저 새조차 벗을 찾는 소리를 하는데, 하물며 사람이 벗을 찾지 않을까."相彼鳥矣, 猶求友聲. 矧伊人矣, 不求友生.란 구에서 새 울음으로 벗에 대한 그리움을 비유하였다. 고적高適의 시 「밤에 위 사사를 보내며」夜別韋司士에 "새가 우는 것은 벗을 찾는 거라고 하는데"只言啼鳥堪求侶란 구절이 있다.

해설

친구 조경명과 헤어진 후 그를 그리는 정을 그렸다. '채색 두공과 주렴'畵棟珠簾으로 보아 등왕각에서 함께 유람한 후 예장(남창)에서 지은 것을 알 수 있다. 상편은 주경명이 등왕각을 유람하고 떠난 후 풍광에 흥미를 잃은 정황과 그가 보내온 작품에 그리운 마음이 일어난 모습을 묘사하였다. 하편은 조경명의 '새로 지은 가사'新詞에 대한 작자의 답으로 상대를 그리는 정을 나타냈다. 중국의 고전시사古典詩

詞의 전통에서 친구 사이의 그리움은 종종 연인에 대한 그리움 보다 더 절실한데, 이 작품 역시 상대에 대한 절실한 마음을 연정처럼 표현 하였다.

축영대근祝英臺近

一늦봄晩春

비녀를 둘로 쪼개 나누어 가지고 헤어진
도엽 나루터
남포 안개 속에 버들빛 짙어라.
누각에 오르기 두려우니
열흘 중 아흐레는 비바람.
애달파라, 붉은 꽃잎 편편이 흩날려도
아무도 마음 쓰는 이 없고
더구나 꾀꼬리 울음 멈추게 할 사람도 없어라.

귀밑머리에 꽂힌 꽃이 눈에 띠어
꽃잎 세어 돌아올 날 점치고는
다시 꽂았다가 다시 또 세어보누나.
비단 휘장에 등불이 어두운데
흐느끼며 꿈속에서 중얼거리네.
"봄은 시름을 가지고 왔으면서도
봄이 가면서
시름을 데리고 갈 줄 모르네요."

寶釵分,[1] 桃葉渡,[2] 煙柳暗南浦.[3] 怕上層樓, 十日九風雨. 斷腸
片片飛紅, 都無人管; 更誰勸啼鶯聲住.

鬢邊覷.⁴ 試把花卜歸期, 才簪又重數. 羅帳燈昏, 哽咽夢中語:
是他春帶愁來; 春歸何處. 却不解帶將愁歸去.

注

1 寶釵分(보채분): 비녀를 둘로 나누다. 남녀가 헤어질 때 여인이 비
   녀를 둘로 나누어 한쪽을 남자에게 주는 풍속이 있었다. 왕명청王明
   淸의 『옥조신지』玉照新志에 의하면 남송 때는 특히 더 성행했다고
   한다.

2 桃葉渡(도엽도): 이별의 나루터. 남경 진회하秦淮河와 청계가 모이
   는 곳에 있는 나루터. 동진 왕헌지王獻之가 애첩 도엽桃葉을 기다리
   며 지은 노래에서 유래했다. "도엽이여, 도엽이여, 강 건너 올 때는
   물길이 빠르니 노 젓지 마오. 이왕 강 건너 온다면 걱정하지 마오,
   내가 직접 맞이하러 나갈 터이니."桃葉復桃葉, 渡江不用楫. 但渡無所苦,
   我自迎接汝.

3 南浦(남포): 이별의 장소. 굴원의 『구가』「하백」河伯에 "그대 장차
   동으로 떠난다니, 내 남포에서 미인을 보내네."子交手兮東行, 送美人
   兮南浦.에서 유래했다.

4 鬢邊覷(빈변처) 3구: 여인이 꽃잎으로 돌아올 날을 점치는 행위를
   말한다. 鬢邊覷(빈변처)는 귀밑머리에 꽂혀 있는 꽃을 엿보다.

해설

규중 여인의 그리움을 그렸다. 상편은 주로 봄날의 풍광 속에 이별
의 애상이 담담히 그려져 있다. 하편에서 주로 여인의 상사의 정을
그렸다. 꽃잎을 세며 돌아올 날을 점치는 모습이 천진스럽다. 게다가
꿈속에서 중얼거리는 말에서 어디라 탓하지 못하는 마음이 깊다. 칭칭
얽힌 정과 응어리진 슬픔이 부드럽고 완곡한 언어로 나타난 완약사婉

約詞이다.

　고금의 수많은 평론가들은 이 사를 기탁이 있는 것으로 보아, 상편
은 나라가 점점 기울어가는 것을 비유하고 하편은 회복할 날이 없음을
비유한다고 보기도 하였다. 이러한 작품에 대한 고대의 감상법은 먼저
작품 자체의 의미를 충실히 감상하고, 이어서 비흥比興과 기탁으로 연
장하였다가, 다시 작품 자체의 의미로 돌아온다. 그러므로 신기질이
비록 비흥과 기탁을 많이 썼지만 완약한 규원사閨怨詞도 더러 지었으
므로, 이 작품에선 기탁은 다만 참고로 할 뿐 작품 자체는 봄과 이별의
애상을 위주로 한 규원사閨怨詞로 보는 것이 적절할 것이다.

축영대근 祝英臺近

푸른 버들 늘어진 둑
청초 우거진 나루터
꽃잎은 강물 따라 흘러간다.
백설조百舌鳥 지저귀는 소리가
잠자는 해당화를 깨운다.
애끊는 수심에 시드는 붉은 꽃잎
눈물 방울 아직도 남아 있어
간밤의 비바람을 원망하는구나.

헤어진 마음 쓰라려라.
말발굽이 역참을 다 돌아다니느라
돌아갈 기약 또 지키지 못했어라.
청루에선 주렴을 걷어 올리고
머리 돌려 어디를 바라보고 있을까?
화려한 들보에 제비가 쌍쌍이 날아들어
지지배배 말을 하건만
내 대신 '상사'相思라는 말은 할 줄 모르네.

綠楊堤, 靑草渡, 花片水流去. 百舌聲中,[1] 喚起海棠睡.[2] 斷腸幾
點愁紅, 啼痕猶在, 多應怨夜來風雨.
別情苦. 馬蹄踏遍長亭, 歸期又成誤. 簾卷靑樓,[3] 回首在何處?

畫梁燕子雙雙,[4] 能言能語, 不解說相思一句.

注

1 百舌(백설): 새 이름. 온 몸이 검으나 부리만 노랗다. 입춘 이후부터 하지까지 운다. 『역통괘험』易通卦驗에 "혀를 뒤집어 백 가지 새의 소리를 낼 수 있다"能反復其舌如百鳥之音고 하여 백설조라 이름 지었다고 하였다.
2 海棠睡(해당수): 睡海棠(수해당)의 도치. 잠자는 해당화.
3 靑樓(청루): 미인이 거처하는 호화로운 누각. 여인이 거주하는 누각을 가리킨다.
4 畫梁(화량) 구: 노조린盧照隣의 「장안 고의」長安古意에 "제비 한 쌍 나란히 날아와 조각 들보 휘돌고"雙燕雙飛繞畫梁란 구를 환기한다.

해설

　객지를 떠도는 나그네의 청루에 대한 그리움을 그렸다. 상편에서는 나루터에 있는 나그네의 봄에 대한 애상감을 묘사하였다. 늦봄에 물에 떠내려가는 꽃잎과 백설조 울음에 해당화가 지는 처연한 풍광으로 그 심상을 나타냈다. 하편은 객지를 떠도는 나그네가 청루에 있는 아낙을 그리며 자신의 마음을 호소하지만 이를 수 없는 안타까움을 제비를 빌려 말했다. 부드럽고 완곡한 언어로 그리운 정을 청신하고 담아하게 써낸 완약사婉約詞이다.

석분비惜分飛
─봄의 그리움春思

비취루翡翠樓 앞 방초 길
말채찍 떨어뜨려 잠시 준마를 세웠지.
주랑周郞이 돌아보기를 간절히 원해
술잔 앞에서 몇 번이나 노래를 틀리게 불렀던가.

멀리 바라보니 구름 뜬 하늘에 부질없이 해 지는데
흐르는 강물에 도화원은 어디에 있나?
봄도 다 저물어가는데
붉은 비처럼 휘날리는 꽃잎에 마음 쓰는 사람 없구나.

翡翠樓前芳草路,¹ 寶馬墜鞭暫駐.² 最是周郞顧,³ 尊前幾度歌
聲誤.
望斷碧雲空日暮,⁴ 流水桃源何處? 聞道春歸去, 更無人管飄
紅雨.⁵

注

1 翡翠樓(비취루): 누각 이름. 소재지는 명확하지 않다.
2 寶馬墜鞭(보마추편): 말에서 채찍을 떨어뜨리다. 일부러 채찍을 떨
  어뜨려 상대의 주의를 끌다. 백행간白行簡의 전기 소설 「이와전」李
  娃傳에 보면, 정생鄭生이 과거 시험 보러 도성에 갈 때, 친구를 만나

러 명가곡鳴珂曲에 들렀는데 우연히 두 쪽을 지고 파란 옷을 입은 여인이 절세미인인 것을 보고 말에서 머뭇거리다가 일부러 채찍을 땅에 떨어뜨렸다.

3 周郎顧(주랑고): 주유周瑜가 돌아보다. 『삼국지』 중의 『오서』吳書 「주유전」周瑜傳에서 유래하였다. "주유는 젊었을 때 음악에 정통하였는데 비록 술을 세 잔 마신 후라 하더라도 음률에 잘못이 있으면 반드시 알아냈고, 알면 반드시 돌아보았다. 그리하여 당시 사람들 속담에 '곡이 잘못 연주되면 주유가 돌아본다'는 말이 있었다."瑜少精意於音樂, 雖三爵之後, 其有闕誤, 瑜必知之, 知之必顧. 故時人謠曰: "曲有誤, 周郎顧."

4 望斷(망단) 구: 멀리 해가 지는 벽옥색 하늘에 구름이 보인다. 강엄江淹의 「휴 상인의 '이별의 원망'을 모의하여 지음」拟休上人怨別에 "해 지고 벽옥색 하늘에 구름 모이는데, 미인은 아직 돌아오지 않아라."日暮碧雲合, 佳人殊未來.라는 구절을 환기한다.

5 紅雨(홍우): 붉은 꽃잎이 비처럼 떨어지다. 이하李賀의 「장진주」將進酒에 "더구나 봄날에 해는 장차 저무는데, 복사꽃 어지러이 붉은 비처럼 떨어지네."況是青春日將暮, 桃花亂落如紅雨.라는 이미지가 있다.

해설

봄의 소멸을 아쉬워하며 정인을 그리워하였다. 상편은 준마를 탄 남자와 미인이 처음 만날 때의 정경과 함께 노래하고 노닐던 장면을 그렸다. 하편은 떠난 사람은 오지 않고 붉은 꽃비만 내릴 때 지나가는 봄을 아쉬워하였다. 늦봄의 이미지들로 기다리고 그리워하는 마음을 나타내었다. 시적 화자는 준마를 탄 사람일 수도 있고, 술잔 앞에서 노래 부르던 미인일 수도 있다. 이는 동한 말기 '고시십구수' 이래 종종 나타나는 방식으로 시적 화자를 어느 쪽으로 보아도 모두 가능하다. 그것은 곧 두 사람이 모두 상대를 그리워한다는 의미로 읽을 수 있다.

연수금戀繡衾
─ 무제無題

밤이 길고 싸늘해 이불을 더 덮고
베개를 이리저리 옮기며 잠 못 드네요.
내 예전에 남을 비웃었는데
당사자가 되니 비로소 어쩔 줄을 모르네요.

지금은 그저 인연이 옅은 걸 원망하지
한사코 그대를 원망하지 않아요.
처음에 잘 차려진
잔치자리도 언젠가는 파할 때 있으니까요.

夜長偏冷添被兒. 枕頭兒移了又移. 我自是笑別人底, 却元來
當局者迷.[1]
如今只恨因緣淺, 也不曾抵死恨伊.[2] 合下手安排了,[3] 那筵席須
有散時.

注

1 當局者迷(당국자미): 당사자는 판단을 잘못한다. 『구당서』「원행충
전」元行沖傳에 "당사자는 미혹되고, 제삼자는 알아본다."當局稱迷, 傍
觀見審.는 말이 있다. 여기서는 예전에 당사자는 그 이유를 모른다
고 비웃었는데 이제 자신이 그런 상황에 처했다는 뜻으로, 번역에

서는 의미를 순조롭게 하기 위해 어구를 조정하였다.

2 抵死(저사): 결국. 한사코. 결사코.

3 今下手(합하수): 즉시. 지금. 당초. 원래.

해설

남자에게 내쳐진 여인의 마음을 간결하게 표현하였다. 구어체의 말투에 일상적인 언어로 기부棄婦의 처지와 마음을 생생하게 그려내었다. 밤에 잠 못 드는 것이 예전에는 밤이 길고 이불이 차가워서 그런 줄 알았는데, 막상 자신이 남자로부터 버림받아 혼자 자니까 왜 잠을 못 자게 되는지 알게 되었다는 구체적 감각과 경험에서 시작하여 여인의 마음을 절실하게 표현하였다. 그러나 여인은 자신만이 그런 것이 아니라 세상일이 원래 그런 것이라며 스스로 위로하였다. 기부사棄婦詞는 『시경』「맹」氓부터 시작하여 오랜 전통이 있는 제재로, 신기질은 통속적인 언어와 구체적인 감각으로 기부의 완강한 정신을 형상화시켰다.

감자목란화 減字木蘭花
― 승방에서 묵으며 짓다 宿僧房有作

승방 창밖엔 밤비 내리는데
차 솥과 난로가 있으니 잠시 머물기 좋아라.
오히려 한스러운 건 봄바람
시정 詩情을 끌어내며 이 늙은이를 애태우네.

미친 듯 소리 높여 노래 부를 수 없어
잠시 한 잔 술로 나를 다스리네.
내 달리 할 일도 없어
그저 사람들이 부르는 「맥상가」를 듣노라.

僧窓夜雨, 茶鼎熏爐宜小住. 却恨春風, 勾引詩來惱殺翁.
狂歌未可, 且把一尊料理我.¹ 我到亡何,² 却聽儂家陌上歌.³

注

1 料理(요리): 처리하다. 안배하다.

2 亡何(망하): 無何(무하)와 같다. 여기서는 할 일이 없다.

3 儂(농): 나. 너. 그. 강소江蘇와 절강浙江 일대의 방언. ○陌上歌(맥
  상가): 길 위의 노래. 오대십국 시기 오월왕 군주 전류錢鏐의 왕비는
  매년 한식이면 반드시 임안으로 돌아가는데 어느 해는 봄이 다 끝
  나가도 돌아오지 않았다. 이에 전류가 편지를 써 보냈다. "길 위에

꽃이 피었으니 천천히 돌아오시오."陌上花開, 可緩緩歸矣. 이에 오 땅 사람들은 그 말을 가지고 노래를 지었다. 소식蘇軾 「맥상화' 서문」 陌上花序 참조.

해설

봄날 승방에 머무는 흥취를 썼다. 상편은 밤비 내리는 조용한 시간에 차를 마시며 봄바람春風에 시를 짓는다. 봄바람이 일으키는 감흥은 하편으로 이어지는 역할을 한다. 하편에선 술을 마시며 노래를 듣는 모습을 그렸다. 절이라서 노래를 부르지 못하는 대신 술을 마시며 다만 남의 「맥상가」를 듣는다. 이 작품에서 절에 가서도 속인의 태도로 자연스럽게 지내는 작자의 일면을 볼 수 있다.

감자목란화減字木蘭花

어제 아침 관아에서 통보하였지
백 다섯 살 이상 시골 어르신들에게.
그리고 의심하지 말고 참석해 달라고 했지
'인생 칠십 드물다'고 말하는 어르신들에게.

태수가 기뻐하며
화려한 전당에서 축수연을 베풀었지.
나이가 어떻게 되시오?
백 살 되는 아들 손자가 증조할머니 둘러싸고 있다오.

昨朝官告,¹ 一百五年村父老. 更莫驚疑, 剛道人生七十稀.²
使君喜見,³ 恰限華堂開壽宴.⁴ 問壽如何? 百代兒孫擁太婆.⁵

注

1 官告(관고): 관아의 고지.
2 剛道(강도): 비로소 말하다. 완고하게 말하다.
3 使君(사군): 주군州郡의 장관. 한대의 지방 최고 행정관인 태수太守
   혹은 자사刺史. 송대에는 지주知州.
4 恰限(흡한): 마침. 공교롭게도. 송대의 구어口語이다.
5 太婆(태파): 할머니의 엄마. 증조할머니.

해설

　백 다섯 살 이상의 노인을 위한 축하연을 그렸다. 상편은 관아에서 장수한 어른들에게 잔치를 연다고 알리면서, 자신의 나이를 낮추어 일흔도 안 되었다고 말하는 어른들에게는 관아의 행사에 대해 의심하지 말고 참석해달라고 하였다. 하편은 태수(즉, 지주)가 축하연을 열고 축하하는 모습을 그렸다. 나이가 너무 많아 몇 살인 줄 몰라 태수가 나이를 물었다. 그러자 "백 살 손자가 증조할머니를 둘러싸고 있다"고 대답하였다. 해학적인 어조로 나이의 많음을 표현하였다. 나이가 많은 사람은 태평성대의 증거이자 상서로운 현상이므로 역대 왕조에서 기로연을 베푸는 등 특별한 대우를 하였다. 송대의 민속을 보여주는 좋은 자료라 할 수 있다.

당다령糖多令

청명절이라 맑은 경치 다투어 펼쳐지고
부드러운 바람이 얼굴에 가볍게 스치네.
작은 술잔과 소반 들고 교외에 모였네.
가마가 있어도 타려 하지 않고
꼭 고집하여
여럿이서 함께 걸었지.

발걸음이 점차 가벼워지고
걸어가면서 자주 웃고 재잘거렸지.
수놓은 신발에서 발뒤꿈치를 조금 빼내며
갑자기 몸을 기대며 웃는 얼굴로 말하였네.
"정말이지
발이 아파요."

淑景鬪淸明,¹ 和風拂面輕. 小杯盤同集郊坰.² 着箇籬兒不肯
上,³ 須索要,⁴ 大家行.

行步漸輕盈, 行行語笑頻. 鳳鞋兒微褪些根.⁵ 忽地倚人陪笑道:⁶
"眞箇是, 脚兒疼."

注

1 淑景(숙경): 좋은 시간이나 경치. 봄날을 가리킨다.

2 杯盤(배반): 술잔과 접시. ○ 郊坰(교경): 교외.

3 籥兒(교아): 농기구의 일종. 신계태辛啓泰가 편집한 『신사보유』辛詞補遺에서는 '轎兒'라고 되어 있다. 여기서는 앞뒤로 걸음과 관련되므로 신계태의 의견에 따른다.

4 須索(수색): 반드시.

5 鳳鞋兒(봉혜아): 여성이 신는 수놓인 신발. 신발코에 봉황을 수놓는 경우가 많다. ○ 微褪些根(미퇴사근): 발을 약간 뒤로 빼서 뒤꿈치가 신발 밖으로 나오다. 褪(퇴)는 退(퇴)와 같다. 유과劉過의 「심원춘 —미인의 발」沁園春 —美人足에 "웃으며 남에게 잡아 달라 하더니, 발을 약간 빼어 뒤꿈치가 나왔네."笑教人款捻, 微褪些根.란 표현이 있다.

6 忽地(홀지): 갑자기. 돌연.

해설

봄날에 소녀들이 야외에 나간 흥취를 묘사하였다. 상편의 처음 3구에서 이러한 답청의 배경을 제시하였다. 이어서 가벼운 봄바람에 젊은 소녀들이 교외에 나가 웃고 떠드는 모습을 그렸다. 여기서 한 소녀가 가마를 타지 않고 신발을 신고 걸어가는 모습에 주의하였다. 처음 걸을 때, 걸어가는 중간, 멈추어 설 때로 나누어 선명하게 묘사하였다. 신발에 발이 끼어 아파서 뒤꿈치를 접어 신는 세부를 포착하여 보여줌으로써, 생동감 넘치는 봄의 신선한 감수를 나타내었다. 독특한 제재를 경쾌한 필치로 성공적으로 형상화시켰다.

남향자南鄉子
一 기녀에게贈妓

주인이 좋다고
이것저것 묻지도 않고 그저 들어갔지.
병들어 그 사람 추해지자
나올 틈 엿보며
치마끈 졸라매고 일하며 안정시켰지.

떠나올 때 눈물 한 방울 없이
바다와 산을 두고 한 맹서도 결국은 아득해졌지.
오늘 새 사람 만난다니 기억해두게
아이야
십 년 후엔 새 사람도 저리된다는 것을.

好箇主人家,¹ 不問因由便去嗏.² 病得那人粧晃了,³ 巴巴,⁴ 繫上
裙兒穩也哪.

別淚沒些些.⁵ 海誓山盟總是賒.⁶ 今日新歡須記取, 孩兒,⁷ 更過
十年也似他.

注

1 主人家(주인가): 주인.
2 嗏(차): 어기조사. 송대 방언이다.

3 粧兟(장황): 모양이 못 생겼다. 송대 방언.

4 巴巴(파파): 기다리다. 바라다.

5 些些(사사): 약간.

6 賒(사): 아득하다. 송대 방언.

7 孩兒(해아): 아이. 윗사람이 아랫사람을 부르는 호칭.

해설

　주인을 버리고 떠나는 기녀에게 권계로 준 사이다. 앞 7구는 전 주
인과의 만남과 처신을 묘사하였다. 남의 말을 믿고 그냥 따라 갔는데
알고 보니 새 주인은 병들고 못 생겼다. 바로 나오기 어려워 치마 끈
동여매고 일하며 주인을 안정시키고 나올 틈만 엿보고 있었다. 하편
앞 2구에서 전 주인을 버리고 떠나는 기녀의 무정함을 묘사하였다.
나머지 3구는 기녀에게 주는 권계의 말로, 지금 새로 선택한 사람도
십 년이 지나면 전 주인과 마찬가지로 늙고 추해질 것이니 사람의 말
을 쉽게 믿지 말라고 하였다. 송대의 속어를 많이 사용하여 통속적이
고 쉬우며, 일상적인 분위기와 정감을 잘 우러냈다.

자고천鷓鴣天

돌아가고픈 마음이 어지러운 구름 같은데
봄 되어 궂은 황혼 수없이 맛보았지.
저녁 무렵 처마 앞 빗줄기 견디기 어려운데
다시 또 오늘 밤 꿈속에서 빗소리를 들어야 하나.

화로의 재 차갑고
향로의 향기 사라졌으니
식은 술은 누굴 불러 다시 데워 오게 하랴?
그 누가 버들 너머 쌍피리를 부는지
나그네 귀로는 차마 듣기 어려워라.

一片歸心擬亂雲, 春來諳盡惡黃昏.¹ 不堪向晩簷前雨, 又待今
宵滴夢魂.

爐燼冷,² 鼎香氛.³ 酒寒誰遣爲重溫? 何人柳外橫雙笛, 客耳那
堪不忍聞.

注

1 諳盡(암진): 모두 맛보다. 모두 겪다.
2 爐燼(노신): 화로의 재.
3 氛(분): 나쁜 기운. 탁한 기운. 먼지. 여기서는 흩어지다는 뜻의 술
어로 쓰였다.

　객지를 떠도는 나그네의 시름을 그렸다. 주지는 첫 구에 나오는 '돌아갈 마음'歸心으로, 고향 생각에 봄날의 황혼, 처마 앞의 비, 꿈속의 빗소리 등의 이미지를 동원하여 적막한 처지를 그렸다. 하편에서는 재는 식고 향기는 사라진 가운데 혼자 식은 술을 마시는 중 듣는 피리 곡조가 더욱 향수를 일으켜 견디기 어려움을 호소하였다. '시름'을 말하지 않았으나 전개한 이미지들이 모두 시름을 말하고 있다.

자고천鷓鴣天

피곤해도 잠 못 드니 이 밤을 어이 할까
돌아올 수 없다는 걸 알면서도 시름이 많아지네.
속으로 지난 일 두루 생각해보고
어느 다정한 여인이 그의 심사 혹여 어지럽힐까.

무슨 일이
그이를 잘못되게 하지는 않을까.
정말 집 생각을 안 하진 않으리라.
천진스럽게도, 잠 잘 자는 향향香香을 질투하여
불러서 잠 깨워 꿈 이야기 한다.

困不成眠奈夜何, 情知歸未轉愁多.[1] 暗將往事思量遍, 誰把多
情惱亂他.

些底事,[2] 誤人哪. 不成眞箇不思家.[3] 嬌癡却妬香香睡,[4] 喚起醒
鬆說夢些.[5]

注

1 歸未(귀미): 未歸(미귀)의 도치. 돌아가지 못하다.
2 些底事(사저사): 이들 일. 이 일들.
3 不成(불성): 설마 ~이 아니겠는가.
4 嬌癡(교치): 아리땁고 천진함. ○ 香香(향향): 시녀의 이름. 신기질

의 시녀로 현재 파악할 수 있는 사람은 모두 여섯 명으로, 정정整整,
전전錢錢, 전전田田, 향향香香, 경경卿卿, 비경飛卿이다.

5 醒鬆(성송): 惺忪(성송)이라고도 쓴다. 꿈에서 깨어 일어나다.

해설

　　규중의 부인이 객지에 나간 남편이 자신을 그리워하리라고 입장을
바꾸어 노래하였다. 부인이 '잠 못 든다'不成眠는 호소로 시작하여, 하
편의 제3구까지는 모두 부인이 떠난 사람에 대해 이리저리 생각하는
모습을 그렸다. 말미의 2구는 잠자는 시녀를 깨워 자신의 고민을 이야
기하는 천진스러운嬌癡 모습을 생생하게 그렸다. 구어를 사용하여 청
신하고 유창하며 민요의 풍미가 난다.

보살만菩薩蠻

서풍은 모두 행인의 한恨

돌아갈 기약 가까우니 말머리 쓰다듬으며 기뻐한다.

그녀는 작은 홍루에 올라가

날아가는 기러기들 바라보며 시름하리라.

난간에 한가히 기대어 바라보니

일대의 무수한 산들

그녀의 가로로 길게 그린 눈썹보다 못 한데

가을 물은 그녀의 눈빛처럼 빛나는구나.

西風都是行人恨, 馬頭漸喜歸期近.¹ 試上小紅樓,² 飛鴻字字愁.
闌干閑倚處, 一帶山無數. 不似遠山橫,³ 秋波相共明.

注

1 馬頭(마두) 구: 진도옥秦韜玉의 「장안에서 감회를 쓰다」長安書懷에
"오랫동안 돌아갈 마음 말머리에 걸려 있으니"長有歸心懸馬頭를 환
기한다.

2 試上(시상) 2구: 이 구의 이미지는 진관秦觀의 「감자목련화」에도 나
온다. "곤하여 높은 누대에 기대 서 있으니, 기러기들 모두 날아가
고 만든 글자마다 시름이구나."困倚危樓, 過盡飛鴻字字愁. 字字(자자)
는 기러기들이 날아가며 만드는 '人'(인) 자를 말한다.

3 遠山(원산): 눈썹. 『서경잡기』西京雜記에 "탁문군은 아리따워, 눈썹이 바라보이는 먼 산과 같다."文君姣好, 眉色如望遠山.고 하였다.

객지에 나간 사람이 규중의 여인을 그리워하였다. 처음 2구는 객지의 남자가 고향에 돌아갈 날이 가까워오자 기뻐하는 마음을 썼고, 이어지는 2구는 규중의 여인이 자신을 기다리고 있으리란 상상을 하였다. 하편은 객지의 남자가 고향 쪽이 보이지 않는 상황에서 산과 강물로부터 여인의 눈썹과 눈빛을 상상하였다. 먼 산의 모습에서 눈썹을 연상하고, 가을 강물에서 눈빛을 연상하는 모습으로 지극한 정을 표현하였다.

| 역주자 소개 |

서성

북경대에서 중문학 박사학위를 받았다. 현재 배재대에서
강의. 중국고전시와 관련된 주요 실적으로는 「이소」離騷
의 주석과 번역, 「구가」九歌 주석과 번역, 『양한시집』兩漢
詩集, 『한시, 역사가 된 노래』, 『당시별재집』唐詩別裁集,
『대력십재자 시선』大曆十才子詩選 등이 있다.

한국연구재단
학술명저번역총서
[동 양 편] 623

가헌사 稼軒詞 ❶
신기질 사 전집

초판 인쇄 2020년 7월 1일
초판 발행 2020년 7월 15일

저   자ㅣ신기질
역 주 자ㅣ서   성
펴 낸 이ㅣ하운근
펴 낸 곳ㅣ學古房

주   소ㅣ경기도 고양시 덕양구 통일로 140 삼송테크노밸리 A동 B224
전   화ㅣ(02)353-9908 편집부(02)356-9903
팩   스ㅣ(02)6959-8234
홈페이지ㅣwww.hakgobang.co.kr
전자우편ㅣhakgobang@naver.com, hakgobang@chol.com
등록번호ㅣ제311-1994-000001호

ISBN   979-11-6586-084-4 94820
       978-89-6071-287-4 (세트)

값 : 27,000원

이 책은 2015년도 정부재원(교육부)으로 한국연구재단의 지원을 받아 연구되었음
(NRF-2015S1A5A7017018).

This work was supported by National Research Foundation of Korea Grant funded by the Korean
Government(NRF-2015S1A5A7017018).